我与母校

郭占恒 著

图书在版编目(CIP)数据

我与母校 / 郭占恒著. —杭州：浙江工商大学出版社，2016.5
ISBN 978-7-5178-1637-9

Ⅰ. ①我… Ⅱ. ①郭… Ⅲ. ①散文集－中国－当代 Ⅳ. ①I267

中国版本图书馆 CIP 数据核字(2016)第 097084 号

我与母校
郭占恒 著

出 品 人 鲍观明
责任编辑 沈 娴
责任校对 何小玲 穆静雯
封面设计 林朦朦
责任印制 包建辉
出版发行 浙江工商大学出版社
(杭州市教工路 198 号 邮政编码 310012)
(E-mail:zjgsupress@163.com)
(网址:http://www.zjgsupress.com)
电话:0571-88904980,88831806(传真)
排 版 杭州朝曦图文设计有限公司
印 刷 浙江云广印业股份有限公司
开 本 880mm×1230mm 1/32
印 张 12.625
字 数 295 千
版 印 次 2016 年 5 月第 1 版 2016 年 5 月第 1 次印刷
书 号 ISBN 978-7-5178-1637-9
定 价 36.00 元

序

亲切温暖真诚的好

王旭烽

世界上的确是存在着这样一种文体的——您说它是散文呢，它更像回忆录；您说它是回忆录呢，它又像口述史；您说它像口述史吧，它又像随笔；您说它是随笔吧，它又像评论。总之，面对这样的文本，是不能按常规套路来评论的，反复斟酌，我只能给本书作者郭占恒先生的劳动成果下这样一个定义：文化读本。

我又给读本下了一个判断：亲切温暖真诚的好——这本是一个相当道德化的评价，但人们难以否认，中国文化对全球精神产品最大的贡献之一，就是文以载道，它是厚德载物的最精确的文本标识。

当下，亲切、温暖、真诚，似乎太容易与普遍、幼稚、作秀扯在一起，殊不知阳光、空气与水也是最普遍的，有谁敢反讽呢。

这里的亲切、温暖和真诚包含了三层判断：第一，这部文本是好的，我喜欢读；第二，好读本的具体品相是"亲切、温暖、真诚"；第三，亲切、温暖、真诚属于读本评价体系中的最高层面，犹如雨果先生所说："在人间一切之上，存在着一个绝对正确的人道主义。"我以为，在一切的文艺评价之上，也有一个真、善、美的存在。

为什么说读这些文字非常亲切呢？这自然是与我这个读者的共鸣分不开的。可以说，除了乡村生活这一块我不曾与作者相同之外，作者其余的人生经历，我都相当熟悉。少年求学时的时代背景，几乎一模一样；当兵成了电影放映员、广播员的，那都是从前在眼前晃来晃去的英武军人——我从小在部队大院长大，父亲就在政治部领着这些参谋干事戎马生涯。文中提到的参谋长式人物，栩栩如生。“他最常说的一句话是：我是参谋长，我听师长的，你们都得听我的。包括洗澡，他陪师首长先洗，我们后洗。”不是部队出来的人绝听不到这样的话，也看不到这样个性奇特的军人。

再说读大学吧，老郭同学与我同校同届，均为 77 级。他文字中那些老师和同学，有多少是我相识的啊！就说他提到的那位当了省社科联党组书记的薛克诚老师，彼时也给我们历史系上哲学课。有一次我们正低头做笔记，突然发现他在讲台上消失了，再一眨眼，他又从另一扇门里走进来了，原来他上哲学课还绕个圈上。作者提到的经济学家张旭昆教授，是我的好学友；至于在武警学校教学时的老同学吴雪景，他可是我们排话剧时的男主角。后来老郭同学转业去了省府大院，那也是我很熟悉的地方，大学毕业第一站我就去了省府，掐指一算，老郭同学还曾与我同在省府大楼工作，在一个饭厅打过饭呢。

一个人贴着生活写文字，读者一眨眼就看到活生生的存在，一伸手就抓住了这生活，这其实是一种心灵与技艺相结合的本事，这里除了磨炼，也是要有天赋的。

比如，怎样让文字温暖起来，这便是个大问题。首先你承不承认温暖是好的，这就已经是个各有论理的所在。有多少人以为高冷才是好，酷才是好，还有人以为零度创作才证明他是高手。但凡文字有温度了，就离无节制的善男信女不远了。而我们的郭同学却保持着生命的温度，这对他原本也非容易之事。都说“贫贱不能移”，为什么呢？因为贫穷特别容易让人移；贫穷虽然催生杜甫的"大庇天下寒士俱开颜"，但也容易让人滋生出一些反社会型人格。而穷人家的孩子郭占恒却在贫穷中学到了最珍贵的东西：自信与感恩。

再一个，就算你承认文章要温暖，你有这个能力吗？作为一名省委政策研究室领导，作者要多理性就该有多理性吧。这样一个基本在党校理论之树上挂至熟透的"金苹果"学者官员，要写出如此充满人性人情的抒情文章，你以为有心就有能力到达吗？老实说，何其难也。

我最想说的是他那真诚的感觉，他文中的某些段落，因为真诚而具备了很强的文学性，让我想到了王蒙先生的某些小说。而多年行政与理论的职业训练，没有遮蔽他少年时代一以贯之的天真烂漫，他记录下那么多的好人，好人，好人，他应该是吞下了坏人，只让好人一生平安啊。

作者让我佩服的还有他对客观事物的详细准确描写，这有点类似中国画中的工笔画，慢工出细活。而且，这样写作的人，必须直面生活，对外部世界有很强的好奇心，热爱自己之外的他人、他物、他世界。你看他从童年开始记得多少人的名字啊，一一数过来，一一地感谢，那从蕴藏在大地深处的化解的力量，使人惊叹。我这样说，是因为这个世界上生活着一些无比热爱自己的人，他们看到的仿佛是客观世界，其实都是客观世界中的自己。而伟大的作家和艺术家们，对外部世界和内心世界的探索往往同样博大深远。今天，我们缺乏那些对自己之外的他物与他世界真正抱有热情和观察能力的人，俗话说就是不接地气，因为他们更愿意"接自己"，他们的热情被自己这个黑洞给吸完了。郭占恒不是这样一个人，他在文字中已经诚恳地表态，说自己是一个简单的人、简朴的人，我想他应该是一个不太愿意在自己身上花太多力气琢磨的人吧。马克思认为人是社会关系的总和。你的社会关系简朴，你这个人就简朴；你的社会关系一团乱麻，你就是个一团乱麻的人。

断文识人，可知郭占恒干净纯朴。他的文字中没有那种拿腔拿调的东西，更无我非常反感的傲慢与偏见。许多地方读着读着我就会笑出来，因为我读出了他自己其实很想隐藏的一些微妙，这使得他的文字在真诚中透露出了幽默和微微的善意讽诫。期待这样的文字风格在他的下一部作品中继续发扬光大吧。文字和人生一样，总是会有提升空间的。

是为序。

写于2016年2月10日

（序言作者为浙江农林大学文化学院院长、浙江省作家协会副主席、国家一级作家，作品多次获中宣部“五个一工程”奖，其长篇小说“茶人三部曲”获第五届茅盾文学奖。）

目录

附录（读《我与母亲》）

记忆中的通县复兴庄小学

20世纪60年代的第三年，母亲领着我走进了通县复兴庄小学的校门。9岁时的我终于上学了，胆怯而欢喜的心情持续了好几天。老师教我学拼音、做算术，我第一批加入少先队，戴上了鲜艳的红领巾，还当上了少先队的大队长，幸福得我常常低声吟唱“我们是共产主义接班人”，对祖国和自己的未来充满了憧憬。

母亲领着我去报名

1963年9月初的一天，正值暑气稍退的时候，母亲领着我来到邻村的复兴庄小学报名上学。那一年我9岁。

至于为什么9岁才上学，9岁以前的我在干什么，一无所知，一片空白，只记得五六岁起就帮着母亲做家务，帮着父母带弟弟。9岁以前的我没上过幼儿园，没学过音乐，没练过钢琴，没背过“四书”“五经”，也没背过唐诗宋词，记忆中最好的一段时光就这样荒芜了。

十分幸运的是，9岁时的我终于上学了。否则，真不知道失去上学读书机会的我会是一个什么样子。

那一天，天很蓝，地很阔，复兴庄小学打扫得干干净净、清清爽爽，校门口两旁的槐树、榆树根深叶茂，树上的蝉儿欢快地鸣叫。几个大班的同学帮着老师们忙前忙后，做着迎接新生的准备，老师在学校黑板上用红色粉笔字醒目地写道："欢迎新同学！"

我穿着半截袖的白衬衫、蓝裤子和母亲新缝制的粗布鞋，傻傻地跟在母亲后头，来到门口摆放的一张课桌前。一位年轻貌美的女老师，即后来成为我第一任班主任的徐老师，热情地接待了我们母子俩，负责学前测试和办理入学登记手续。测试很简单，就是数 100 以内的数，分辨色盲本中的图案。时年 9 岁的我智商尚可，眼睛明亮，自信而轻松地通过了测试，在母亲面前好好地表现了一番。

校园里的碧桃树花艳果涩

复兴庄小学是一座老学堂，前身可能是传教士办的学校。对此我虽没考证过，但我们这一带曾是传教士聚集的地方，留下了许多关于传教士的传说。清嘉庆年间，意大利天主教传入通州，清同治六年，即 1867 年，美国耶稣教传入通州，在城乡地区建教堂，纳教民，发展迅速。清光绪二十六年即 1900 年春，通州义和团起义，开始烧教堂，驱牧师，杀"邪教徒"，一时间，通州城乡的教会被驱散，纷纷逃离到京城使馆寻求庇护。后来，八国联军与清政府勾结，将义和团镇压下去，清政府被迫与帝国列强签订丧权辱国的《辛丑条约》，条约中规定赔款通州传教士 6 万两白银。美国传教士利用这些赔款在我家附近一带建学校、设医院、立坟地、盖楼房。先把我邻村的房成村改为复兴耶稣教之意的复兴庄，再把我居住的杨富店村作为传教士和教徒们的坟地等。

在我的记忆里，复兴庄小学很大，每个年级有 2 个班，6 个年级有 12 个班及 12 个教室，还有老师的办公室、单身老师的宿舍、老师的食堂等。教室布局在东西两排、南北一排，房子都是洋灰（水泥）地面，青砖堆砌，人字脊的木梁，玻璃框窗加纸糊窗户。冬天，教室中间摆放一座生铁铸造的煤球炉，烟囱弯弯曲曲通向室外，我常常约几个同学，凌晨五六点摸着黑赶到学校生炉子，待同学们来上学的时候，炉火正旺，教室里充满了温暖。这一坚持就是 6 个冬天。

校园的南面有一个宽敞的操场，坐北朝南，有一个砖头堆砌的主席台，学校开大会、开运动会、上体育课等都在这里。每天早上做早操的时候，全校师生列队在操场上，在体育老师平俊瑶的示范带领下，按照“一二一”“左右左”的节拍，做着伸展运动、下蹲运动、踢腿运动等。而课余时间，这里又成为我们追逐玩耍的中心，玩什么撞拐、丢沙包、弹球、拍三角、打陀螺、滚铁环、捉迷藏、老鹰捉小鸡等等，或围绕着主席台上蹿下跳、你追我赶，进行一些似乎毫无意义的玩耍。

印象中校园最美之处，是操场四周种植了许多碧桃树，枝繁叶茂。碧桃树树皮光滑，泛出红润的光泽，每到春天，叶子还没长出来，粉红色的花朵早已纷纷绽放，微风一吹，落英缤纷，洒满整个校园。花期过后，树枝上不知不觉钻出许多密密麻麻幼嫩的果实。可碧桃长不大，成熟的果实皮薄核儿大，果肉干涩，虽不能吃，但果核儿很坚硬，纹络非常漂亮，我们常常用来抓子儿玩或打弹弓玩。校园的南侧有一条北京到通县的铁路，后来这条铁路又修到了唐山，我们上课的时候，不时听到铁轨上咣当咣当的火车行驶声，这声音常常把我的思绪带到不知名的远方。

从田字格写开去

开学第一天，先是分班、分组、分座位，男生女生混坐一张双人课桌，小个排前，大个排后。然后，老师按花名册点名，同学们一个个喊到后再坐下，也算初次认识。由于复兴庄地处通州城乡接合部，班里同学大多是农村孩子，工人、老师的子女也有，但很少，年龄要相差三四岁，有的还流着清水鼻涕，有的则像傻大个子一样。我属于后者，所以老师指定我当班长，好去管其他小同学。当然也有比我大的，可又不如我机灵。说来好笑，男女生混坐一桌的同学，不知谁起的头，很快在课桌中间画了一条“三八线”，谁也不能越界，为此还常常发生争吵，你推我搡，以证明男女授受不亲。

那时候，新书很珍贵，为防止弄脏弄破，每次发新书，老师都先让我们包好书皮。最简单的包书皮方法是直线对折，复杂一点的要折成对角，这样既美观又牢固。书皮也有好差，条件好的用油光画报纸，差一点的用牛皮纸，我家里条件差些，只好找一点旧牛皮纸来包。一个学期下来，往往书皮已破，但书还很新。当然，也有的同学不爱惜书，期末不到，一本书就剩不下几页了，气得老师挖苦地说：“让你读书又没让你吃书，怎么把书都吃到肚子里去了？”

那时候的课程很简单，大概只有语文、算数、美术、音乐、体育等。语文先从学汉语拼音开始，老师拿出一些卡片，教我们看图、发音，反复念叨什么声母 b，p，m，f，韵母 a，o，e，i，u，ü。背诵口诀为“大嘴 a、圆嘴 o、扁嘴 e、门字 m、拐棍 f、椅子 h”什么的，放学后还要在汉语拼音本上书写多遍。然后学点、横、竖、撇、捺，接下来再学上、中、下、大、小、多、少等。语文课的课文丰富形象，记得好像有“房前屋后，种瓜种豆，种瓜得瓜，种豆得豆”之类，还有“秋天来了，天气凉了，一群大雁往南飞，一会儿排成个一字，一会儿排成个人字”。没想到10年后的一天，我也像大雁一样，飞到南方去了。

学算术是从掰指头和数小棍开始的。老师先是伸出一只手，教我们数一二三四五，再伸出一只手接着数六七八九十。超过十的数字，就叫我们准备100根小棍，带到学校来数。准备小棍是我们农村孩子的强项，过去村里种高粱，高粱穗的秆子很细很长，我就把晒干的高粱秆折成几段，很快就做好一捆捆白白净净的小棍，每捆100根，多出的可送给老师和同学使用。稍大一点的时候，我们开始学加减乘除以及混合运算，同时用所学的知识，帮助母亲盘算家里不太宽裕的财务收支。

美术和手工算一门课，买一盒共12根赤橙黄绿青蓝紫黑等不同颜色的蜡笔，蜡笔油腻腻的，在粗糙的画本上作画，画什么太阳升起、大海波涛、花草树木、飞鸟走兽，还画什么反映小学生生活的戴红领巾敬礼、扫地植树、放风筝等。手工课就是学一些用白纸折叠纸衣服、纸裤子、纸飞机、纸手枪，或者按照发下来的图案，经过剪、刻、粘等做成可拉可动的人物、动物，有趣得很。有段时间，我还迷上了剪纸，记得剪刻了许多当时流行的毛主席头像和八个样板戏的人物造型等，夹在一个笔记本里，私下偷偷欣赏或向同学炫耀。

那时候我们最喜欢上体育课。教体育的平俊瑶老师个头不高，留着平头，有课没课都穿着一套运动服，胸前挂着一个哨子，脚下功夫不错，会踢足球和翻跟头。每次上体育课，他先带我们围着操场跑几圈，然后伸伸腿、弯弯腰、做做操，算是热热身、活动活动筋骨。接下来教跳绳、跳马、跳高、跳远、单双杠，在水泥台上打乒乓球，或教男生踢足球，教女生踢毽子、跳牛皮筋等。在体育课中，我最怕的是单双杠，单杠不会引体向上，双杠不敢分腿坐前进，这个弱项一直延续到我的初高中，甚至延续到我女儿身上。有一年，我带女儿到少年宫玩，叫她爬云梯，她哭着喊着不敢上去，这大概也是受我的遗传影响吧。

小学的音乐课是丰富多彩的。每当上音乐课时，几个大个儿学生先在老师的指导下，笨手笨脚地抬进一台大风琴，老师坐在风琴前，一边教着歌词和简谱，一边脚踏手弹风琴，为我们示范和伴奏。记得那时学的歌曲很多，什么《中国少年先锋队队歌》《让我们荡起双桨》《学习雷锋好榜样》《歌唱二小放牛郎》《唱支山歌给党听》《社会主义好》等。有时还搞歌咏比赛，男同学穿白衬衫、蓝裤子，女同学穿白衬衫、花裙子，戴着鲜艳的红领巾，大、中、小队长佩戴着白底红杠的臂章，排着整齐的队伍，精神抖擞地投入比赛，放声高唱：

我们是共产主义接班人，
继承革命先辈的光荣传统，
爱祖国，爱人民，
鲜艳的红领巾飘扬在前胸，
不怕困难，不怕敌人，
顽强学习，坚决斗争，
向着胜利勇敢前进，
向着胜利勇敢前进前进，
向着胜利勇敢前进，
我们是共产主义接班人。
…………

一时间，此起彼伏的歌声响彻校园。

两位温馨的女班主任

小学时期的班主任先后由两位女老师担任。首任班主任叫徐淑芬，她从一年级一直带我们到三年级。那年，徐老师刚从师范学校毕业，比我们班里最大的同学也大不了几岁，正值风华正茂、青春无敌的年纪，说是老师，其实更像大姐。她个头中等，梳着两根粗短的发辫，脸庞圆润，眼睛大而明亮，皮肤白皙，面目和善，体形微胖，老师们常叫她“徐胖子”。需要说明的是，我们那一带有给人起外号的习俗，起外号不完全是恶意，但也有恶作剧的成分。徐老师慈眉善目，说话声音富有磁性，一笑起来还有两个小酒窝，很像电影《平原游击队》中李向阳的母亲。不同的是，徐老师当年非常年轻。

在我们眼里，徐老师很能干，几乎什么都会。好像除了体育课外，什么语文、算数、音乐、美术等课都是徐老师一人教，还担任我们少先队的大队辅导员。徐老师的教学特点是亲和力强，不急不躁，循序渐进，以温雅亲善感化调皮捣蛋的同学。记得许多年以后，我们班很顽皮的马永贞同学，千方百计找到早已失去联系的徐老师，约我和几个同学前去看望。小马同学的理由很简单，当年他家困难，买不起书包、铅笔，徐老师就自己花钱为他买了一套学习用品，使小马同学终生难忘。

除教学外，课余时间徐老师也大多与我们在一起，组织各种少先队活动。不知是源于徐老师的偏爱，还是其他什么原因，我上学后一直受到学校的器重，第一批加入了少先队，戴上鲜艳的红领巾，还当上了大队长，戴上了三条杠的臂章。记得当时的班干部有潘亚军、邵建军、张建国、陈婉荣、王爱芹、徐潜、赵暄等同学。在徐老师的指导下,我常常组织召开班干部会,带领同学们开展少先队活动和学雷锋做好事活动,如清明节祭扫革命烈士纪念碑,春季开展植树造林,年节为村里"五保户"扫院子,等等。记得有一年,我还代表学校少先队出席了全县少代会,那是我第一次参加县级高规格会议,虽然会议的内容早已淡忘,但一路上前往县礼堂报到开会的雀跃心情,凭油印的代表证免费用餐,以及会场上鼓号齐鸣的开幕场景,至今还常常浮现在脑海。

到了小学四年级,班里的同学先后进入了青春期,也步入了逆反期。几个稍大一点的男女同学,不知不觉互相吸引和倾慕,胆子大一点的,已开始传递纸条了。同时,学生也越来越难带了,几个调皮捣蛋的同学常常惹得徐老师哭鼻子。这时候,我们班换了第二任班主任。

新班主任叫袁桂林,年纪比徐老师稍大,个头稍高,体形清瘦,脸庞瘦长,梳着两根发辫,戴着一副眼镜,镜片后两只眼睛炯炯有神,同学们私下叫她"袁四眼"。袁老师很有带班经验,说话声音响亮,节奏感强,处事干练,威风凛凛,再调皮捣蛋的同学也能治住。有时候,正在教室里打闹玩耍的同学们一听说袁老师来了,立马安静坐好;还有的男同学淘气后躲在厕所里,袁老师照样冲进去给揪出来,狠批一通。

袁老师教我们的那几年,语文、算数等课程的难度越来越大,知识积累也渐渐多了起来。好在我读书晚,理解能力强,学习成绩一直名列全班前茅,加上担任班干部,积极组织同学参加课外活动,每学期都被评为德智体全面发展的三好学生,获得的奖状把家里的山墙都贴得满满的,为此常常受到母亲的夸奖。进入小学四年级,我就开始写日记了,无非是记些天气如何、开展了哪些课外活动、做了哪些好人好事等，一直记到高中毕业。可惜后来当兵离家后，留在家里的日记本在翻造房子时都遗失了，否则还真是有些史料价值的。

由于袁老师的爱人与我老姑夫同在通县驻地部队252医院工作，彼此有些熟悉，加上袁老师经常到我们村走访学生家长，同我父母很聊得来，我也经常到袁老师家做客，与袁老师一直保持着密切的联系。1975年初，我当兵临行前向袁老师道别，袁老师还特意送给我一本红皮相册，扉页上写了一首鼓励我好好当兵、保家卫国的打油诗：

郭占恒同志：

战友肩并肩，
奔赴东海边。
刺杀投弹一身汗，
汗洗筋骨志更坚，
汗磨刺刀刀更利，
汗洒战旗旗更鲜。
毛主席路线来指引，
永远战斗在海防线。

袁老师赠
1975年1月4日

或许是受袁老师这首诗的引导和鼓舞，我当兵后除了在青岛海军航空兵第一机务学校短暂工作过两年外，其余时间都是在东南沿海地区学习和工作的。先在江苏常州海军航空兵第一师服役,后在杭州大学读书,再后来又调到武警杭州指挥学校任教,1994 年转业留在杭州后,更是永远战斗在海防线了。

写于 2014 年 5 月

20 世纪 70 年代初的通县二中

通县二中是一所由女子中学发展起来的百年名校，老师在“文化大革命”时期，精心培育我们这些不大懂事的学生，要求我们学习毛主席著作，学习社会主义文化课，努力做德智体全面发展的好学生，还培养我加入了中国共产主义青年团。

村东头的富育女子中学

1970 年初春，我从通县复兴庄小学毕业，就近升入了北京市通县第二中学。粗算起来，自 1963 年秋季入小学，到 1970 年春季入中学，小学竟读了六年半。读初中时，年华已过 15 个春秋。那时候还没有升学考试一说，除了家境特别困难或学生自己实在不想读书的，都可以就近上初中。

十分幸运的是，我就近上的初中是一所名校。至于这所名校的历史，我是在多年后才陆陆续续知道一些的。据传，通县二中的前身是 1904 年美国基督教会公理会海外布道会传教士富善慕柯偕夫人撒拉女士，在通州新城南门外西侧护城河南岸修建的"安士学道院",用来专门培养传教士。这好像也是用1901年《辛丑条约》的"庚子赔款"建立起来的。1914年"安士学道院"扩建改为"女蒙馆",1926年改为"富育女学校",1927年改为"富育女子中学",1951年改名为"河北省立通县女子初级中学",1959年起兼收男生,1960年改为"北京市通县第二中学",1997年11月改为"北京市通州区第二中学"。算起来,通县二中距今已走过110多年的历程,成为超百年的名校了。

学校的著名校友首推李德全女士。此同学我从小就听我母亲说过,这倒不仅是因为她后来成了冯玉祥将军的夫人、新中国卫生部第一任女部长、第四届全国政协副主席,还因为她是我们邻村复兴庄人,有一种乡里乡亲的亲近感和自豪感。

其实,我就读时的1970年3月至1973年1月的初中三年,是通县二中历史上一段十分艰难的时期。当时,正值"文化大革命"中期,大字报时常在校园里贴来盖去,"造反派"的传单时常在校园里散发,挖防空洞和参加夏收夏种时常成为同学们的大课堂,但学校和老师还是艰难地维持着正常的教学秩序,精心培育着我们这些不大懂事的学生。

国槐松柏遮蔽下的校园

20世纪70年代初,那时候还没有玉带河大街,通县二中仍旧坐落在通州新城南门外西侧护城河南岸。在我的印象里,学校的北侧是一条从西向东的护城河,有围墙围起,开了一个小门,来自新城南街一带的同学经一座木桥进入后门来到校园;东侧与通县卫生学校相邻;南侧面对复兴庄横贯东西的大路,说是大路实际上也就是一条宽敞的石子路,是进出二中的主道，学校的大门就设在东南角，有坐北朝南、紫气东来之势；西侧邻接复兴庄与杨富店两村的交界处，由于那里的围墙时常被损坏，往往成为我们这些住在西侧方向同学就近上学的通道。

通县二中的校园很大，宽度从护城河南岸到复兴庄村北，约莫半公里；长度从复兴庄村西头到村东头，约莫一公里，转一圈要二十来分钟。校园西头是一块菜地和果园，校园中有一个缓坡，缓坡中间修了一座平台，既是全校召开师生大会或运动会时的主席台，也是教体育的薛福秀、董玉儒和王洪斌等老师带领我们做广播体操的地方。

缓坡下面建有一个300米跑道的运动场，东头有跳高、跳远的沙坑，西头有篮球场和一些不怕日晒雨淋的体育器材。每当召开春季或秋季运动会时，校园四周插满了鲜艳的彩旗，高音喇叭里不时传出雄壮的《运动员进行曲》和播报运动员比赛成绩的声音，各班同学竞相高喊“加油！加油！”的声音响彻校园，引得复兴庄和杨富店等附近的村民，或站在高坡，或骑在墙头，或爬在树上观看。一时间，这里便成为欢快的海洋。那几年，我曾当过学校长跑队队员和全县中学生运动会的仪仗队队员，100米的最快成绩是13秒8，但由于身体长期缺乏营养，体育一直是我的弱项，短跑无速度，长跑无耐力，踢球无脚力，单双杠上不去，只是养成了喜欢和坚持锻炼的习惯。

缓坡西侧有一座1901年建造的小洋楼，二楼是我们的图书馆和阅览室，一楼是实验室和校办工厂，好像生产过硫酸亚铁和晶体管收音机的线路板等。环绕小洋楼的是一排排平房教室，当时年级称连，班级称排，我们1970级初中连有8个排，错落有致地排列着8个教室，我所在的一连二排的教室位于临近操场的西南侧。平房教室群中有一座小四合院，一些单身女老师，如教我们数学的刘学贤老师、教英语的申宝兰老师等，就曾住在这里，而男老师，如教我们语文课的朱少庄老师，则住在靠近北侧围墙的宿舍里。

平房教室群的东侧是一座古色古香的二层教学楼，墙基由花岗岩堆砌，其中一块还雕刻着建造年代，好像是 1929 年。教学楼一层有一个东西走向的过道，便于师生前后进出，地面为水磨石打造，雕梁画栋，飞檐翘角，中间横匾还隐约露出“富育女学校”的字迹。我们班初中一年级的时候，曾在一层南侧的一间教室。教室的窗户为木框玻璃窗，采光极好，窗户两层，可上下推拉，滑动非常灵活，既便于我们擦玻璃搞卫生，又便于通风换气，设计得十分巧妙。

教学楼的东侧生长着一棵枝叶蔚茂的国槐，据说已有 300 多年，树身粗壮，树皮苍皱，树冠高大，有直刺云天之势。周边还有许多洋槐，每当暮春来临，洋槐开出一串串乳白色的花朵，花蕊嫩绿，晶莹剔透，清香四溢，口感微甜，把整个校园都熏香了，一阵微风吹来，花瓣徐徐落地，铺满整个校园。

校园中间，在一丛丛洋槐、核桃树、松柏树、榆树、杨树以及其他不知名树种的簇拥下，耸立着两座 1901 年建造的西式小洋楼。小洋楼设计新颖，凹凸有致，回廊环绕，分上下两层，建有宽敞的地下室。楼体建筑青砖堆砌，墙体灰色，楼顶暗红，里面装饰着木楼梯和木地板，显得格外典雅和奢华。南楼叫映竹楼，临近操场，四周种植了北方少见的翠竹，是体育教研组办公和堆放体育器材的地方，楼前安装了一些单双杠、高低杠等运动器材，楼东侧有几排砖头水泥堆砌的乒乓球台。北楼叫翠柏楼，两侧各有三棵巨大的柏树，柏枝苍翠，松果累累，清香四溢，是校长、教务长，以及语文、数学等教研组办公的地方，也是老师们找学生谈话或批改作业的地方。或许是因为年代久远的缘故，小楼的地板有些老化，我们走在上面不时发出咚咚咚咚或嘎吱嘎吱的响声。

最爱上政治课和语文课

通县二中历史悠久，文化积淀深厚，办学经验丰富，尤以初中见长，会聚了当时通县甚至北京一些最好的中学老师。后来，我的另一个母校——通县一中恢复高中班的时候，方田古校长和陈绍禹等老师被调到一中，欧阳中石老师被调到北京师范大学，可见当时通县二中的领导和师资力量有多么强大。据说即使在今天，通县二中的初中教学水平也是全区数一数二的。

当时的校长叫方田古，或许是由于"文革"靠边站的缘故，与我们接触不多。但这个人很传奇，据说是新四军五师的老革命，转业时就是团级干部，曾在一中当过校长，享受正县级待遇，热心教育，管理严厉，很多师生都怕他。我常见他围绕校园散步，或许是无奈，或许是思考，或许是等待东山再起的机会。果然，"文革"结束后他重回一中当校长，大胆拨乱反正，把一中带进了一个新的春天。

当时校领导班子被称为革命委员会，革委会主任叫刘宝琴，她家住在杨富店5号，就在我家隔壁，论辈分我叫她"刘大姑"。我们两家走得很近，不是亲戚胜似亲戚。刘宝琴系师范学校毕业，教过我们政治课，我最初接触到的一些诸如人民群众、阶级斗争、社会主义、资本主义、生产力、生产关系等政治学概念，都是刘宝琴教的，课余时间她还指导我看了许多政治理论书籍。记得当年为防止红卫兵把学校珍贵的运动衣、运动鞋抄走，刘宝琴还特意与张斌等老师商量，将这些东西分头藏了起来，其中有几麻袋的冰鞋、跑鞋等就藏在我家堆柴火的棚子里，后来感到安全时才运回学校。前几年，我回故乡去看她，她虽已退休多年，身体也不大好，但见到我谈论最多的还是教育体制改革和防止两极分化等国家大事，还想给中央领导写信反映情况呢，可见其关心政治的习惯一直未改。

在刘宝琴老师的影响下，我也渐渐喜欢上了政治，并积极投身学校的活动，带头学习毛主席著作和学雷锋做好事等。大约在初二的下半年，我作为全班第一个、全年级第一批的三个同学之一，光荣地加入了中国共产主义青年团，并任校团支部宣传委员，负责出黑板报、刻蜡纸等工作。同时，我还积极协助班主任进行家访，做同学的思想工作，在老师和同学中赢得了很好的威信，也锻炼了自己的组织协调能力。

当时我最喜欢上语文课，虽然那时候的语文课本很简单，语文教材大多是“语录加大批判”，但幸好教我们年级的语文老师水平都很高，像欧阳中石老师、朱少庄老师、康老师、陈老师等，能把简单枯燥的课文，通过生动的朗读、书写、讲解，传输给学生。教我们班语文的老师叫朱少庄，是回族人。他的粉笔字、毛笔字苍劲有力，尤其在黑板上写字时，常常先把粉笔折断一头，喉咙不自觉地轻哼一声，然后用气用力，一板一眼，字体工整漂亮。朱老师还教我们要根据课文内容使用不同的朗读语气，如朗读毛主席的诗歌《七律·人民解放军占领南京》，要用激昂的语气；朗读鲁迅《论“痛打落水狗”》《文学和出汗》，要用辛辣讽刺的语气；朗读《木兰诗》《藤野先生》，要用平缓的语气。记得一次周末，我带着王建国、武志慧、刘颖等几个同学出黑板报，朱老师在一旁指导，还特意买来白面馒头，在炉子上烤得焦黄喷香送给我们吃，这一场景和美食的味道至今难以忘怀。

当时教我们班数学的老师主要有刘学贤、王克扑、李娟，教物理的老师是胡佩哲，教化学的老师是陈绍禹，教历史的老师是宗玉寿，教政治的是李明珍，教英语的老师是申宝兰，还有教生物的是秦老师，等等。这些老师都非常敬业乐业、认真负责，善于循序诱导、深入浅出。记得我们学英语 26 个字母时，常常与汉语拼音混淆，而且总发不准音，申老师就不厌其烦地教。由于陈老师和宗老师当过我的班主任，经常到我家走访，与我父母和家人都很熟，以至于我当兵离开通县后的很长时间里，一直与这两位老师保持着联系，回故乡探亲时也经常去看望他们。

在老师中，教体育的薛老师很有意思，他身材高挑，身板挺直，面带微笑，即使批评不听话的学生，也是面带笑容，有的同学私下叫他“笑面虎”。薛老师不仅体育示范动作潇洒，还懂得许多运动心理学、生理学等方面的知识，每当上体育课遇到天气不好无法搞户外运动时，他就在教室里给我们讲解运动知识。有时，也讲一些国际时事政治，讲中美关系和中苏关系等，这些信息大多来自我们当时看不到的《参考消息》。薛老师还有一个特点，就是穿衣低调，从不穿崭新的套装。他有一套高档的深蓝色全毛制服，但他经常是分着穿，上身穿全毛制服下身套运动裤，或上身穿运动服下身套全毛裤。他的这一习惯对我影响很大，至今我也不大愿意穿套装尤其是笔挺的西装。还有一个难忘的老师是吕凤田，主要负责共青团和学生会工作，我入团后与吕老师接触较多。吕老师个头高，嗓门大，身材魁梧，声如洪钟，镇得住那些调皮捣蛋的学生，每当学校召开师生大会时，往往都是由吕老师出面整队和训话。

同学圈子扩大了许多

我的家离通县二中很近。这么说吧，通县二中西侧墙外就是我们村子，每当通县二中做广播体操或召开运动会传出高音喇叭声音时，我们家都能听到。每当冬季，我仍和小学时一样，常常约几个同学很早就来到教室生炉子；下大雪时，还会拿起竹扫帚从我家门口一直扫到二中西侧的墙边，以防同学们上学滑倒。由于我家临街，家在北京市区的老师上下班一般都要从我家门口经过，然后到北苑乘大一路，印象深刻的像欧阳中石、李娟等老师经常有说有笑、步履匆匆地经过我家门口去赶公交车。

升入通县二中后，我的同学圈子比小学时扩大了许多，既有来自城外的复兴庄、杨富店、杨庄、九棵树一带的，也有来自城里的中山街、后南仓、新城南街一带的。班里 53 个同学中，绝大多数是城镇居民子女，农村孩子也就五六个。那时候城乡差别很大，居民子女各方面的条件都要比农家子弟好一些。我作为班里为数不多的农家子弟之一，不仅没有自卑感，反而一如小学时，在班里担任班长。记得其他班干部还有陈树玲、孙金喜、吕学庆、毕界平、董丽丽、王彩玲、王建国、张秀英、庞文娣等。后来我的这些同学，经过上山下乡的洗礼，有的当了医生，有的当了经理，有的当了会计，更多的则是当了工人，在社会上谋得了自己的一席之地。

那时候的初中教育，教材简单，内容浅显，加上受时局的影响，一些同学旺盛的精力常常随性释放，恶作剧不断。个别调皮捣蛋的同学游手好闲，无所事事，经常拉帮结伙，打架斗殴，谁不服就练练。记得一次我们上卫生常识课时，一位同学竟把小狗带到班里，还不服老师管教，气得老师课都上不下去。更多的时候是放学后，我们跑到操场，书包一放就开始踢足球，玩到天黑才回家。有一次，我与几个同学钻进学校的防空洞，里面弯弯曲曲，很深很长，像电影《地道战》里的地道迷宫，爬着爬着就迷了路，越走越黑，找不到出口，心里越来越害怕，因为没人知道我们下来，真担心出不来了，幸亏遇到几个高年级同学拿着手电筒迎面走来，才把我们带了出去，至今想起来，还有点后怕。

学校放寒暑假时，通常要求学生带给家长一份由班主任编写的“政治思想表现总结评定表”和一张放假“通知书”。后来由于我离家当兵，辗转南北，多次搬家，当时在二中的教材、课本，特别是日记、评定表和通知书大多遗失了，仅留下一张珍贵的学生证和一张薄薄的蜡纸刻印的寒假通知书，今天看起来，恍如回到一个完全陌生的时代，转录全文，可见历史的沧桑变迁：

毛主席语录：好好学习，天天向上。

通 知 书

郭占恒同学的家长：

我校于一月三十一日放寒假，二月二十一日开学。为使学生寒假过得有意义，学校要求学生做到：

（一）组织校外学习小组，每天用一个半小时学习毛主席著作，学习社会主义文化课，认真完成学校布置的语文、数学、外语作业。

（二）春节前后，到军、烈属家里慰问，演出文艺节目，为军、烈属做好事，为人民做好事，培养劳动观点。

（三）积极开展跑步、跳绳、打球、踢毽子等体育活动，增强体质。

（四）提高警惕，注意安全，执行三大纪律八项注意，遵守交通规则。

请您大力协助学校加强思想教育，做好安排，让学生过一个革命化的寒假。具体事项通知如下：

（一）二月二十日上午8:00—10:00报到，交各科寒假作业，交学杂费4.50。

（二）学生的政治思想表现见总结评定表，各科成绩是：

政治 优 语文 97+11 数学 100 外语 94.5 物理 100

（三）凡有不及格科目的学生，于二月二十九日到校补考。

上午：数学、外语　下午：语文、政治、物理

通县二中

一月三十一日

“通知书”上还加盖了“通县二中革命委员会教育革命组”的公章。当时“通知书”虽然没有标明年份，三十一日的落款日期还是三竖一横的民间写法。但经查万年历，那年应该是1972年，因为我所在的初中三年只有1972年有2月29日，还是个元宵节。

时光荏苒，日月如梭。如今40多年过去了，恍如白驹过

隙，忽然而已，而我这些尊敬的老师却已然老去，有的甚至已不在人世，往昔风华正茂的同学也已青春不再，两鬓斑白，但母校的培养之情，老师的谆谆教诲，恰同学少年的读书玩趣，仍深深留在我的记忆里。

写于 2014 年 6 月

梦开始的通县一中

1973 年至 1974 年，我有幸走进潞河校园，成为通县一中首届恢复高中班的学生。老师们在艰难的环境下，积极推动教育与实践相结合，带领我们学工、学农又学军，培养我加入中国共产党。毕业前夕，我应征入伍，满怀理想离开了梦开始的母校。

校史悠久而传奇

1965 年前后的一个深秋，通县一中的礼堂即解放楼突然失火，火势很大，火光冲天。当时不仅县城的消防车悉数赶到，临近的北京及天津的消防车也被调来了。霎时间，数十辆消防车拉着刺耳的警笛赶来救火。一中附近的复兴庄、杨富店一带的村民也赶来帮着救火。

大火过后的一天，儿时的我提着篮子来到有些荒芜的一中校园，跨过礼堂东倒西歪的横梁和瓦砾，在废墟中寻找未燃尽的木炭，拾点回家生火取暖和烧饭。没想到几年后的一天，我成为这所中学的学生，并有幸作为学生代表站在重新建造的礼堂里讲话。

通县一中在我们这一带十分有名，也十分传奇。据说创办于 1867 年，是我所知道的最古老的学校之一。最初是由美国基督教公理会创立的一所教会学校，始称“八境神学院”，因只招男生也称“潞河男塾”。后来又发展成为包括小学、中学、大学和一所神学院在内的教育机构，改称“潞河书院”。1895 年，经扩建先后更名为“协和书院”和“华北协和大学”。1918 年，其大学部迁出组建“燕京大学”，中斋部仍留在通州原址，始称“私立潞河中学校”。新中国成立后，1951 年由政府接管，成为公立完全中学，先后历经了河北省通县中学校、河北省通州一中、北京市通州一中、北京市通县一中等发展阶段，1988 年恢复潞河中学校名，完成了一个历史的轮回。

潞河系白河或北运河的别称。潞河中学因潞河而得其名，本意为依潞河而建的中学。母校历经晚清、民国、新中国一路走来，百年沧桑，盛名久远，而旁边的潞河一直未变，故潞河竟成了母校的代名词。因母校校园开阔，美如花园，古槐翠柏成荫，奇花绿草铺地，凉亭、石碑、假山、湖水、青竹、曲径散布其间，其又被称为潞园。我就读的时候，校名为通县一中，有些破旧，是母校发展史上一段艰难时期。

高雅而荒芜的校园

如果说通县二中以初中教学见长，那么可以说，通县一中则以高中教育为魁首。在我小时候，全县好像只有通县一中设有高中部，学制三年，著名校友像孔祥熙、黄昆、刘绍棠、李仁堂等人名声很大，如雷贯耳，据说当年刘绍棠读高中时写的小说《青枝绿叶》，竟成为初中生的阅读教材，可见多牛。考上通县一中，就像如今考上北大、清华一样令人羡慕。

1973 年初春，我在通县二中的学业即将结束，得知因动乱而中断多年的通县一中高中部恢复招生，学制 2 年，不搞统一考试，由县里各中学按一定比例推荐。我所在的初中班 53 个同学中只有 5 个推荐名额，竞争十分激烈。当时有的学生家长甚至找到我，希望我能帮着说说，可我毕竟也是学生呀，自己能不能上还很难说呢。还好，时任班主任陈绍禹老师很公平地根据学习成绩并参照德智体表现，推荐我和另外 4 个同学上了通县一中。其余同学除少数上技校、进工厂外，多数则上山下乡，到广阔天地大展拳脚去了。

其实，通县一中与通县二中挨得很近，中间只隔着一个通县卫生学校。然而，在这几所学校中，通县一中明显鹤立鸡群。校园有 360 余亩，西起复兴庄村，东至新城南街，北临护城河，南至铁道边，中间有条横贯东西、可通我家门前的马路，现在叫潞河北街。只是由于年久失修，校园好像落魄的贵妇，苍凉而不失优雅。

当时的校园大门，设在中间北侧的高坡处，有一旱桥横跨马路连通北院的老师宿舍，其他师生可经两侧爬坡经旱桥进入校门。旱桥下有一大桥洞，可供人行马过，但大型拖拉机等要从旁边的高坡驶过。后来为方便交通行人，旱桥拆了，大门向东前移。新大门的对面是一块菜地，我们在那里学过种菜，也受过军训，主要是练习半自动步枪瞄靶。校园西侧有片果园，每当春季，梨花、桃花竞相绽放，释放出阵阵花香。在果树丛中有座小洋楼，记得陈绍禹等老师就曾住在那里，还有的老师住在南院宿舍。或许是年久失修的缘故，学校的围墙时常倒塌，出现一处处豁口，对此我还曾带着几个男同学修补过呢。

校园布局和建筑颇有特色，山水林田湖交相呼应，精致而舒展。从北大门进入校园，经缓坡往南可直通解放楼，此楼在大火烧毁的原址上原样建造，东西走向，一楼净空高，二楼有回廊，大厅宽敞，主席台小巧，可供四五百人的年级集会使用。当年，学校召开欢迎工宣队进校大会时，还是我写的黑体字会标，并作为学生代表发言。如今过了40余年，发言的具体内容早已遗忘，但印象犹存，有时翻阅相册里留存的两张在解放楼主席台就座和发言的照片，青春洋溢，英姿勃发，不免感触良多。

解放楼的北面，隔着一片草坪和林荫道，坐北朝南矗立的是人民楼。这是校园里最大的楼群，长约几十米，墙体青灰，楼高两层，单排房间，回廊环绕。楼群护栏为砖砌圆拱形，两边略微外凸，正中楼梯，东西呼应，顶为西式城堡造型，整体建筑宛如微微展开的扇面，亦如孔雀开屏，从容而优雅。我在校时，这里主要是校领导和老师们办公的地方，一楼东侧有一大开间是我们的物理实验室，二楼中间偏西有一间是学校团总支的办公室，我作为团总支的宣传委员经常在这里召开团支部书记会议，有时也组织团员在这里写黑板报、刻蜡纸等，太累的时候，也在这里休息一下。

人民楼往南偏东一点是红楼，原为初中教学楼，两侧裙楼高两层，中部主楼有三层，精彩之处是主楼高耸，下有圆拱门，上有圆拱窗，四方落顶，凹凸有致，四角有四个圆锥柱，锥体向下，顶层悬挂西式铜钟，敲响铜钟，声传四里，尤其在夕阳照耀下，溢彩流光，是校园的标志性建筑。至于其他一些老建筑，我就印象不深了。

还有不会忘记的是，校园东侧有个大操场，是当年全县除工人体育场外最大的运动场，建有标准的400米跑道和完善的体育设施，旁边还有一个简陋的露天游泳池，是我们上体育课、开运动会，以及放学后踢足球、游泳的好地方。校园南侧有一个很大的人工湖以及因挖湖而堆起的假山，后来才知道这叫协和湖，我们常常在此冬季溜冰，夏季捕蝉，春秋散步，留下了无数儿时的足迹。

听浩然和殷之光的讲座与朗诵

1973 年 2 月刚入学的时候，老师和同学都十分珍惜难得的高中段教学，师者认真备课，学者刻苦读书，同学们一门心思想多学点知识，校园里流行着“学好数理化，走遍天下都不怕”等顺口溜。

当时的学校管理十分严格，要求同学们早来晚归，不能迟到早退，还要课前预习，课后复习，平时一单元一小考，期中还增加了测验，并把测验成绩通知学生家长，以致同学们私下说：“考考考，老师的法宝；分分分，学生的命根。”在我珍藏 40 余年的私密信件中，尚有一封通县一中四年级三班《致家长的信》。信是在一张粉红色纸上油印的，全文内容如下：

郭占恒同学的家长：

现第一学期期中测验结束，成绩评定完毕。该同学各科皆获得优良成绩，特予以表扬，并以书面形式通知家长。希进一步鼓励督促，使其勿骄勿躁，在毛主席指引的“德育、智育、体育几方面都得到发展”的革命途程上更好地茁壮成长。

下面将各科成绩列表如下：

科目	语文	数学	英语	物理	化学
成绩	96.5	98	96	100	100

中间还有一段由班主任刘泽民老师用钢笔书写的评语：

> 郭占恒同学自升入高中以来，在批修运动与学雷锋运动中，政治热情饱满，爱憎明朗，立场鲜明，主动走在前列。大批判稿写得深刻，战斗性强。劳动态度好。
>
> 关心支部与班工作，积极提供自己的意见，而且见诸行动。在政治思想方面严格要求自己，待同学热情诚恳。作风朴实谦虚。
>
> 学习态度踏实、刻苦，不怕困难，孜孜不倦。
>
> 希今后多注意观察班里的倾向，在调查分析的基础上更好地提出个人意见，以便发扬成绩，及时纠正错误。

后面的署名和日期是"通县第一中学四年级三班班委会、团支部、班主任启，一九七三年五月十七日"。

从这封《致家长的信》可以看出，当时通县一中的高中教学管理动了很多脑筋：一是以强化考试倒逼学生读书，并要求家长监督；二是班主任认真负责，对每个学生了如指掌，否则写不出150多字的长篇评语；三是注意发挥班委会、团支部的作用，培养学生的社会组织能力。当然，从中也不难看出，当时我的学习成绩还是比较出色的。

十分可惜的是，这种"好好学习、天天向上"的氛围很快被1973年7月和12月发生的《一份发人深省的答卷》和《一个小学生的来信和日记摘抄》，即所谓张铁生的"交白卷"事件和黄帅的"反潮流"事件给打断了。学校从第二学期开始，一方面不得不组织师生"批判修正主义教育路线回潮"；一方面实行开门办学，到工厂学做工，到农村学种地，还要搞军训、打靶之类。尽管如此，我们的高中老师还是想方设法、千方百计多教我们一些基础性知识。

当时教我们语文课的有两位老师，一位是班主任刘泽民老师，再一位是万久洲老师。二人风格迥异，水平有别，却都有着浓重的外地口音，其中刘老师的四川口音更重一些。万老师见多识广，人脉资源丰富，组织我们搞了许多生动活泼的教学活动。记得曾指导同学们排练演出过话剧《根深叶茂》，请当时红极一时的大作家浩然做报告，还组织我们几个文学爱好者与浩然见面座谈。尤其是请诗歌朗诵家殷之光演讲，使我记忆犹新。殷老师讲："朗读时重音不同则意思不同，如'我不会朗诵诗'一句，重音在'我'，意思不是说'你'；重音在'不会朗诵'，意思可能会写；重音在'诗'，意思可能会其他，如散文等。"他边讲解边朗诵，舞台感很强，使同学们受益匪浅。可惜由于我天资不足，辜负了老师的期望，最终没有走上梦想的文学、朗诵之路。

当时其他学科的老师也想尽办法组织我们开展社会实习活动，记得物理老师带领我们学习组装收音机，现场讲述雷达、太阳炉的原理功效，参观北京光学仪器厂，组织学习开手扶拖拉机等；化学老师讲解合成纤维，组织我们参观橡胶厂和化纤厂等；班主任刘泽民老师带领我们赴西小马庄搞社会调查和到魏家坟村学农，与当地农民同吃、同住、同劳动等。这些社会教学虽说打乱了正常的教学秩序，但对我们来说也是一次次难忘的经历。

加入中国共产党

通县一中是一所具有光荣革命传统的学校，早在 1927 年就先后秘密成立了共产主义青年团支部和中共潞河中学支部，出现过周文彬等 7 位烈士，所以一直来，通县一中不仅重教书，更重育人。

我在通县一中的那两年，在学校培养下，政治觉悟上取得了长足的进步，先是担任校团总支委员，然后光荣地加入了中国共产党，毕业前夕又光荣应征入伍，当然也萌发过初恋，实现了一个农家子弟的一连串梦想。可以说，通县一中是我梦开始的地方！

记得开学的前两天，有人告诉我，一中将让我担任校团总支委员，这使我很意外，也很高兴。事后猜想，这可能与二中陈绍禹等老师的推荐和一中严文厚老师的厚爱有关。严文厚老师是满族人，名如其人，相貌敦厚，在很短的一段时间内是我们班的班主任和校团总支书记。在严老师和团总支副书记王桂兰老师的指导下，我很快进入角色，几乎把所有的课余时间都用来忙乎团总支的宣传工作。

当时团总支办公室就在人民楼二楼中间位置的一个房间。在那里，我时常按照学校的要求部署，召集各班团支部书记开会，记得有一班的李莉、二班的张文龙、三班的孙传京、四班的张政、五班的张思勤、六班的孙振海等同学，研究布置宣传工作。更多的时候则是带领顾建国、卢金刚、黄河、赵薇等同学出黑板报或刻印蜡纸，内容无非是些学习雷锋、准备赛诗会之类的。那两年，学校大门口西侧矗立的两块黑板报，每次都是我和几个同学书写绘画进行内容更新的，春夏秋冬，寒来暑往，从未间断。

在通县一中期间，老师对我的培养是多方面的，一方面给我提供很多锻炼机会，如经常参加暴长起、马琳璋、白桂森、韩淑珍等校领导主持召开的有关会议，及时了解市里、县里的有关会议精神；工宣队进校时，让我作为学生代表发言并参加有关活动；班主任刘泽民老师为了使我有扎实的群众基础，提议我兼任班里团支部副书记，由此我们班同学有了“大书记”“二书记”的叫法。同时，对我的缺点和错误及时提出批评教育。记得王桂兰老师和后来成为我入党介绍人的王成瑞老师、李升云等老师，多次找我谈心，及时把听到的意见向我反映，批评我骄傲自满、个人英雄主义、突出个人、有小农意识、缺乏默默无闻的工作精神等，常常把我批得浑身冒汗、无地自容，之后加倍努力改正。

经过两年的精心培养，1974 年 12 月 21 日下午，是个星期六，学校党支部召开新党员审核会，主要审核我和李彩霞同学的入党问题。在审核会上，王老师、李老师两位介绍人和参加审核会的同学，对我依旧是批评的多，表扬的少。按照王老师的话说，响鼓还需重锤敲，这使我受到了一次终生难忘的党性教育。大约过了两个星期，1975 年 1 月 4 日下午，县教育局的杨老师找我谈话，告诉我在昨天局党委常委会上，正式批准我为中国共产党党员，党龄从上次审核会通过的那天算起，并从去年 12 月开始缴纳党费。当时，我激动的心情溢于言表，暗暗发出誓言：从今天起，把一切交给党，为共产主义事业奋斗终生！

离别母校南下当兵

1974年12月初，正值高中毕业前夕，冬季征兵开始了。

当兵，是我从小的一个梦想。这一方面源自一个血性男儿的本能；一方面是受我两个姑父的影响。当年，我二姑夫是县武装部的干部，老姑父在县252部队医院当军医，都是穿着四个口袋上衣的军官。每逢春节，两个姑父约好似的，穿一身草绿色军装，骑着当年少见的自行车，带着一家人来我家过年，很招人瞩目，惹得我父母和村里人十分羡慕。于是我暗中发誓，一定要去当兵，到外面闯荡闯荡，好让父母脸上有光，让村里人羡慕。

于是，征兵一开始我就报了名。接下来就是严格的体检、严格的政审、严格的家访和焦急的等待。直到12月29日，老师才正式通知我已被批准光荣入伍。那一年，部队从一中征的兵很多，记得仅我们班就有11个同学入伍。女生中班长陈婉荣去了福州军区，班委郭万芳去了新疆军区。男生中我一个，还有彭殿军、许富通、韩文山、卢金刚、张志喜、刘来福、马新国、陈建华等8名同学，我们一起到江苏常州海军航空兵一师服役。

临行前，学校在人民楼前召开了隆重的欢送大会。我们即将入伍的同学，列成两排长队，胸前戴着纸扎的大红花，端坐在椅子上，聆听学校领导、带兵指导员、老师代表和新兵代表的发言。然后，我们赴县武装部集中，领军装、军帽、军挎包、军用水壶、军用棉被和学习打背包。第二天，即1975年1月7日，经刘指导员和孟排长的简单动员，我们全县100余位奔赴江苏常州海军航空兵一师入伍的新兵于中午12时准时出发，向着通县西站进发，乘下午 1 点 50 分的火车离开。

在火车西站，班主任刘泽民老师、大书记孙传京带领李来通、曹树成、姚建民、郭岑、金广兴、王彩玲、李秀玲、张亚兰、周淑华、崔华新、孙淑娴等同学前来送行，据说有的女同学还流下了依依不舍的眼泪。正在西站当装卸工的张宝泉、毕老大等我村村民也赶来送我。而在此之前，我的母亲领着我 5 岁的小弟弟一瘸一拐地赶到北苑路口，默默地看我离去。

我一上车，就一头扎进闷罐车厢里，坐在草席上一动不动，狠狠心再也没有回头，再也没有与老师和同学们道别，大有壮士一去不复返之气概。

一声汽笛肠已断，从此天涯孤旅。随着火车的启动南下，我心里默默念道：再见，老师！再见，同学！再见，母校！再见，爸爸、妈妈、兄弟、妹妹！再见，我亲爱的故乡！

写于 2014 年 7 月

作者小学毕业时的照片，也是作者出生后拍摄的第一张照片

1979年夏，作者在北京中山公园与小学老师袁桂林及同学合影

2015 年 9 月，作者看望小学老师袁桂林时合影，并送老师新著《转型与发展》一书

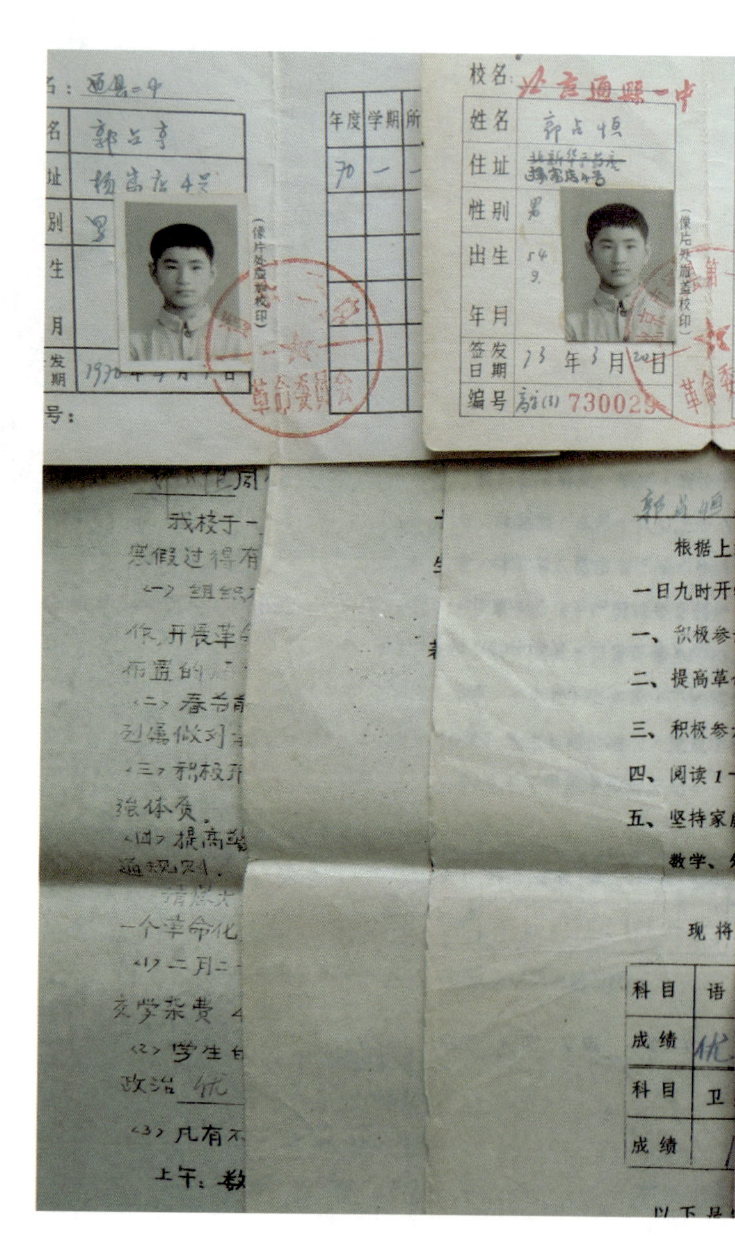

校名：北京通县一中
姓名 郭占恒
住址 杨家店4号
性别 男
出生年月 54.9.
签发日期 73年3月20日
编号 高(1) 730029
（像片处应盖校印）
革命委员会
我校于一
根据上
一、积极参
二、提高革
三、积极参
四、阅读
五、坚持家
科目 语
成绩 优
科目 卫
成绩

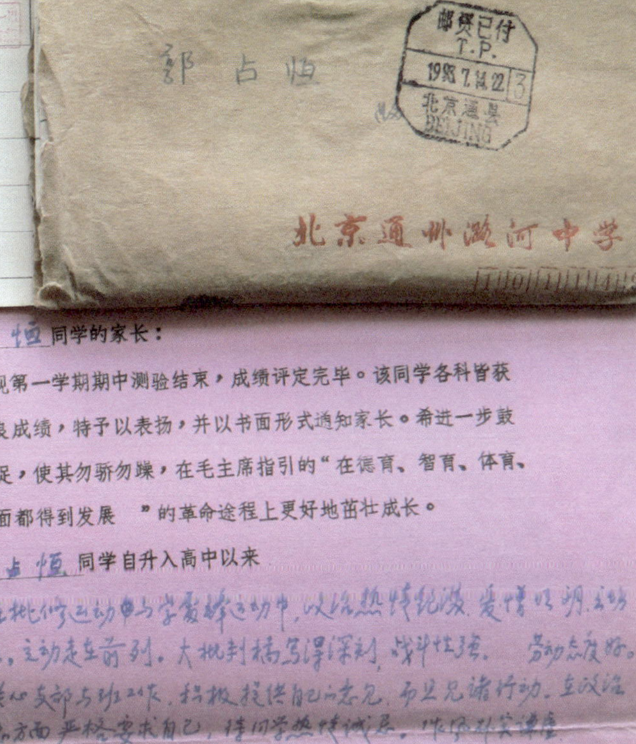

寄：杭州保俶路165号1组101室

郭占恒

邮资已付 T.P. 1983.7.14.22 3 北京通县 BEIJING

北京通州潞河中学

占恒同学的家长：

现第一学期期中测验结束，成绩评定完毕。该同学各科皆获良成绩，特予以表扬，并以书面形式通知家长。希进一步鼓促，使其勿骄勿躁，在毛主席指引的“在德育、智育、体育、面都得到发展 ”的革命途程上更好地茁壮成长。

占恒同学自升入高中以来

面将各科成绩表列如下：

科 目	语 文	数 学	英 语	物 理	化 学
成 绩	96.5	98	96	100	100

谨致

敬礼！

作者就读初中、高中时的学生证和部分成绩单

作者就读通县一中时作为学生代表发言，欢迎工宣队进校，在主席台就座的是时任学校党总支书记暴长起

1974 年 12 月，作者所在班级团支部合影，第一排左五为刘泽民老师

2015年9月，作者看望刘泽民老师时合影

2011年5月，作者与通县一中（潞河中学）老师、入党介绍人王成瑞老师合影

1975年初，作者应征入伍出发前，在通县一中人民楼前参加学校欢送会

难忘的文二街杭州大学政治系

“文革”结束后，我有幸在部队参加了1977年秋季恢复的大学考试，有幸成为百万高考大军的一员，有幸考入位于杭州文二街的杭大政治系，由此开始了改变人生轨迹的大学生活。4年寒窗，不仅学到了经久耐用的知识，结下了弥足珍贵的师生情谊，还找到了一位心仪合适的女生。

狭小而简陋的政治系校园

1978年3月6日上午，经过跨年度的漫长的4个来月的初考、统考、录取、准备和长途奔行，我由位于江苏常州武进县的海军航空兵一师，来到了杭州西子湖畔文二街上一处不显眼的院落，它的门牌号是128号，它的单位是杭州大学政治系。她就是我的大学、我的母校，严格意义上说，是母校的分部。

那时候，杭州大学本部坐落在天目山路上，对面有条路叫杭大路，通往距此不远的松木场居民区和黄龙洞等景点。杭州大学历史悠久，与浙江大学同根同源，前身都是创建于1897年的求是书院和育英书院，尔后分分合合，各自都赢得了很好的声誉。当年我在校时，我们的奋斗目标是“北有北大，南有杭大”。然而由于是第一年恢复高考，杭大校园一下子容纳不了958名新生，只好把政治系、中文系、生物系等安置在校外附近，称为分部。我们政治系开学初有124名新生，后来又很快加招了一个20人的走读班，成为学校的大系。我实际上是在文二街杭大政治系分部读完4年大学的，对文二街的钟情与留恋远胜过本部及杭大路一带。

那一天，当我沐浴着初春的阳光，迎着初春的和风，脚踩着初春的脚步，肩背军用棉被，腰挎军用书包，手里拎着不大的提包走进杭大政治系时，全然没想到映入眼帘的校园竟是那样的狭小和简陋。

杭大政治系校园的前身是建造于20世纪五六十年代的浙江省财贸干校，估计占地面积也就十来亩，四周由简易的砖头水泥墙围起，似曾刷过的白灰早已暗淡。校门是两垛略显外凸的水泥柱，一边挂着白底黑字的“杭州大学政治系”牌子，有无大门似不明显，旁边有个小边门。看门兼管信件收发的是童师傅，年约六旬，身材不高，面容清瘦，热情健谈，曾在杭州邮政局工作过，是我们每天进出校门几乎都能看到的长者。

走入校门迎面是一棵不大不小的雪松，周围种植一圈低矮的冬青树，路边还种植了一排不大不小的青松，还有几棵有点年头的樟树散落在校园各处。雪松和青松后面是一幢两层高的教学楼，一楼有几间小教室，二楼有一间大教室、一个阅览室和几间老师的办公室。每次上大课的时候，全年级144名同学集中在二楼的大教室里，坐在扶手椅上，边听边做笔记。小教室则主要用于上外语课、选修课和自习课。大教室里有一台系里唯一的电视机，但平时只有新闻联播、重大体育赛事才让我们看。周末好一些，我们几个外地同学和不回家的杭州同学，早早占据有利位置，欣赏诸如《加里森敢死队》《大西洋底来的人》等热播的电视连续剧，也为现场直播的女排比赛和乒乓球比赛鼓与呼。

教学楼的右侧是一幢两层高的男生宿舍楼，我住在一楼，宿舍里摆放三组上下铺的木床，我睡在下铺，赵永法同学在我上面。在政治系时，同寝室的同学还有陈广建、景跃进、谭庆华、程晓峰等。后来分到经济系时，又与陈洪檀、吴敏一、徐俊等同学同住过。那时候，我们宿舍没有卫生间，没有电风扇，更没有空调，同学们洗漱、如厕要跑到楼东头朝北的一间公共洗漱室，几排水槽，四面透风；夏天冲凉有几个喷头，冬天洗澡则要跑到杭大本部去。

教学楼的左侧有个小操场，四周种植了几株白玉兰，每当春天来临，先花后叶，亭亭玉立，暗香迷人。操场既是通往食堂和女生宿舍的过道，也是同学们上体育课的地方。由于场地狭小，只设置了一个篮球筐和半个排球场，尽管如此，同学们还是每天下午坚持锻炼，或打半场篮球，或打半场排球，玩得满头大汗，不亦乐乎。有位马姓同学，入学后废寝忘食，患了夜不能寐的失眠症，时常深夜起来跑到操场拍球投篮，自己折腾自己，一时成为同学笑谈。

广场的左侧有两排筒子楼，前排为老师宿舍，吴雪娣、何冬梅等一些年轻老师住在那里，常常带着牙牙学语的小孩进进出出。后排是女生宿舍，因不便常去，就没有更多印象。

女生宿舍后面是学生食堂，也是一个非常简陋的地方，就像一处空荡的厂房，光线暗淡，缺桌少凳，同学们大多打好饭菜回宿舍吃，或一边走一边吃，回到宿舍也就差不多吃好洗碗了。那时候，食堂最好的饭菜就是大肉菜底，一毛五一份，一块烧得油光发亮、肥瘦相间、连皮带肉的红烧肉，加上些许绿油油的青菜底，是当时我们舌尖上最好的美味。吃上一份，一天的学习都充满了力量，可惜要凭肉票供应，去晚了还没有。

就是在这样的艰苦条件下，我们开始如饥似渴地学习，为祖国，为母校，也为自己而奋斗。

像久旱逢甘霖般拼命读书

我刚进校的时候，系里尚有两届工农兵大学生，后来又有1978级、1979级等新生入校，使小小的校园一直处于饱和甚至有些拥挤的状态。在这些同学中，我们1977级的学生无疑是一个前无古人的特殊群体。

作为中断高考十年后的首批大学生，职业五花八门，年龄悬殊，水平参差不齐。从职业看，有曾为工人、农民、现役军人、复退军人、在校教师、插队知青的大男大女，也有应届高中毕业的学弟学妹。从年龄看，有1946年出生的，也有1961年出生的，相差竟达15岁，不少同学已婚嫁生子，有的甚至有了三四个孩子，记得一位林姓同学有4个儿子，形成“儿子读小学、父亲上大学”的奇景。从水平看，有的一直从事教师工作，语文、外语基础非常好，有的则是工农兵，知识早已荒芜多年，外语只能从ABC学起，同学之间的水平完全是先生与学生的差别。

然而，就是这样一个特殊群体，面对知识的渴望，就像久旱逢甘霖一样，拼命读书，异常勤奋，是现在的大学生难以想象的。清晨，大家天不亮就起床，睁开眼睛就开始背英语单词，几乎每个同学都备有英语单词卡片，就像小和尚念经一样，从早念到晚，无论是走在路上、排队打饭、等候看电视或电影，还是同学集会约会等，都离不开背单词。有位叫赵坚的同学，没有一点英语基础，整日背外语，词典都快背下来了，后来他去了奥地利，成为一名华商领袖。而我的语言功底极差，功夫虽下了不少，每次外语考试通常也只有75分，只好留在国内发展。

白天，除上课外，大家都泡在阅览室或跑到学校本部图书馆借书看书。冬天的时候，教室比外面还冷，大家就搬起扶手椅，来到校园朝南的墙角下，穿着厚厚的棉衣，沐浴着冬日的暖阳，闷头看书。夜晚来临，虽说学校要求9点钟熄灯休息，阅览室也早早关了门，可同学们仍旧在昏暗的路灯下或拿着手电筒躲在蚊帐里看书。宿舍、教室阅览室、食堂三点一线的生活，数年如一日，使我的视力急剧下降，大一结束时就戴上了150度的近视眼镜，成为我们老郭家第一个戴上眼镜的知识分子。

实际上，老师们比我们还辛苦。许多老师刚从五七干校或闲杂岗位归队，大部分老师没有职称，有的甚至还没有一个明确的老师名分。虽说校园里时见一个叫严群的精瘦矮小老人，据说是严复先生的侄孙，是系里唯一的哲学教授，擅长古希腊哲学，可惜老教授年事已高，没给我们上过课。在任课老师中，最高职称是教我们《资本论》原著的谢瑞淡老师，当时也只是副教授，而教我们哲学的薛克诚老师——后来当过浙江省社科联党组书记，当时还只是个讲师。然而，老师们淡泊名利，夜以继日地辛勤耕耘，没有教材就动手编写，来不及印刷就油印，来不及油印就口述。记得谢瑞淡、王荣、丁之江等老师编过《资本论解说》讲义，蒋自强等老师编过《经济学说史》讲义，王荣、吴梦娇等老师编过《政治经济学》及名词解释讲义，王学启、杨树标等老师编过《中共党史（社会主义部分）》讲义，李普国等老师编过《中国经济思想史》讲义，余式厚等老师编过《形式逻辑》和《趣味逻辑》等的讲义。后来这些讲义大多成为公开出版的教材，老师们也一个个晋升为教授。

政治系嬗变为经济系和哲学系

20世纪70年代末的中国，封闭的国门刚被打开，僵化的头脑刚被解放，一切在发生变化，一切又似曾不变；一切都是新鲜的，一切又让人感到迷茫。大学更是这样。

作为杭大政治系的学生，关心时事政治，关心改革开放的思想激荡，似乎是我们的本能。记得年龄稍长一点的同学，热心参加学生会民主选举活动，积极组建竞选班子，走班串系发表演说。而有的同学热心组织法律、逻辑、世界语等兴趣小组，利用课外时间学习讨论自己感兴趣的问题。我虽外语不好，还是应邀参加了世界语兴趣小组，后来学了一段时间感觉也没什么用。再有的同学热心创办一份名为《思考》的杂志，不过只出了4期，就被定性为"非法学生刊物"停刊了。

有段时间，社会上风靡的交谊舞也传到校园，一些爱好者就利用食堂空地，找来一台四喇叭的收录机和一些磁带，三三两两你教我学，但响应者不多，总体上也没成什么气候。而有的同学醉心于冲洗照片，买几包显影粉、定影粉和几张相纸之类的，找间空房弄成暗室，洗印出来的照片还真有点专业水平，其中赵杭生、宋培勤、陈广建等同学都是高手。再有的同学组织大家排练大合唱《长征组歌》，记得指挥是最后一批工农兵大学生、海军现役军人李彪，领唱的有杨爱琴、田路等，我是滥竽充数混在其中。当然，大多数同学喜欢的文娱活动，就是花一毛多钱，来到只有一墙之隔的文二街露天电影院看电影，记得当年许多刚解禁的《红楼梦》《阿诗玛》《大浪淘沙》《青春之歌》《一江春水向东流》，以及《大卫·科波菲尔》《流浪者》《望乡》等都看过。也有的男同学为了省钱，趴在宿舍二楼走廊尽头的窗户上“偷看”，自嘲是看“包厢”电影。

不知道什么原因，从大三开始，杭州大学取消政治系，分设经济系和哲学系。分系的时候，学校还算开明，完全由同学们自愿选择。我虽说从小喜欢哲学，当然是那种一分为二看问题的比较浅显的哲学，但考虑到未来的中国更需要“经邦济世”的经济学，就选择了经济系。大概许多同学跟我的想法一样，所以政治系 144 个同学中分到经济系 87 人，分到哲学系 57 人。

分好系，门口的牌子总要换一换。班主任吴雪娣老师知道我在部队宣传科写过美术字，就叫我来写。我也比较听话，没有客气推辞，就利用周末在校门口两边略微凸起的水泥柱上，找来排笔和黑漆，分别写上宋体美术字“杭州大学经济系”“杭州大学哲学系”。如果说，我们这批 1977 级同学既是杭大政治系的终结者，又是杭大经济系和哲学系的创立者的话，而我摘下老系牌、书写新系牌的经历，也算是记载了那一时刻。

真到分系的时候，同学们还是依依不舍的。1980 年 9 月 10 日上午，杭大政治系 1977 级同学汇集在教学楼的雪松旁，按班级拍下了一张张集体照，其中我们一班 40 位同学的集体照上，写有一行醒目的文字——“当我们在一起的时候……”，意味深长。同时，全系 25 个学生党员还特意组织到照相馆，拍下了一张“中共杭大政治系七七届[①]支部合影”的照片。实际上，同学们在政治系结下的情谊，早已融化在记忆里，从来就没有淡忘过，一直到现在，到永远。

① 应为“七七级”。

多彩而浪漫的校园生活

四年的大学生活是寂寞的，也是浪漫和丰富多彩的。那四年，我见证了同学们由相识到相知的过程，见证了杭大政治系的裂变成长，也见证了杭州文二街的变迁。

那时候的文二街，还只是一条短短的柏油马路，宽不过两车道，长不过数百米，而通往学校本部的沿河小路还是条砂石路，每当车辆碾过，带起尘土飞扬一片。小街上挤挤挨挨地都是学校，除了我所在的杭大政治系外，记得周边还有杭州师范学校、省市团校、杭州商学院、杭大中文系、杭州外国语学校、海洋二所等。前面说了，街上有一家露天电影院，无论放什么电影，总有附近的学生来看，既看电影也约佳人。露天电影院东面拐角有一家商店，是我们几乎每天都要光顾的地方，或随便转转看看，或随手买点学习生活用品，尤其是过年过节食堂利用伙食结余加餐时，我常与周克非、郑祥福、赵坚等几个男同学拿着茶缸子来到小店，或打二两散装白酒或打半斤散装黄酒过过瘾。当时文二街的西面全是稻田、菜地和桑基鱼塘，每天清晨或傍晚，我们走在绿草盈盈的田埂上，或背外语单词，或准备考试要点，或闲聊散步，或聆听虫鸣蛙叫，以缓解巨大的学习压力。

那时候的同学都很勤劳简朴，相互帮衬。困难同学可申请补助，补助分三档，最低每月不足 10 元，最高不过 18 元。当时我已当兵多年，每月津贴费可拿到二十几元，还有军衣用品可发，俨然成为班里的“大款”。平时，男生大多穿蓝灰色衣服，稍讲究一点的，也只是戴个假领；女生大多梳着麻花辫，穿着碎花上衣和百褶裙，整天素面朝天的，也挺好看。我们还在校园里种菜，每个小组分一小块地，我是农家子弟，从小会种菜，就到卖鱼桥市场买来菜秧，带领小组同学种下，然后精心浇灌施肥，蔬菜长得绿油油，卖给食堂赚点小组费。周末或节假日的时候，我们也会分组搞一些郊游活动。记得我们小组同学曾泛舟西湖，在曲院风荷搞烧烤；也暴走过十里琅珰，然后到楼外楼里撮一顿。

当然，那四年我最大的收获是毕业前夕找到了一位心仪的女生。她是杭州人，身高1米66，体形微胖，面色红润，梳着两条粗壮的发辫，虽貌不出众，穿着朴素，但掩饰不住青春的活力，是系里的女子排球和篮球队队员，还拿过学校运动会女子铅球第一名；她虽不善言辞，但为人谦和热情，常常是未曾开言口先笑。她一直是我们班的生活委员，一度还代理过班长，经常给同学们发发饭菜票、检查寝室卫生和组织一些文体活动，赢得了老师和同学们的信任。

那时候，学校是不允许学生谈恋爱的，而我和她的事系里老师没有干涉，同学们也是赞许的。记得毕业前夕，董君舒同学在我的《学友录》上题字："军人的敏捷与学者的眼光使你得到了一个高尚的女性，它还会使你得到更多的东西。"学生会主席王东祥题字："事业和幸福是可以并存的，但必须要有糅合它们的艺术。"还有一位同学写道："人们在一生中最大的满足是得到两种东西：事业和爱情。许多人为此追求了一生，而你在四年大学中成功获得了这两者。"当然，后来我们也经历过七年之痒的磨合，但终究不离不弃，一路风风雨雨走来，也算是延续了同学的友情与真情。

写于2014年8月

观海听涛的海航第一机务学校

1982 年初大学毕业时，组织上分配我来到位于青岛沧口的海军航空兵第一机务学校，任政治理论教员。初上讲台的我，既激情四溢，又自命不凡，既孤寂勤奋，又桀骜不驯，被一位老乡战友称为“另类的人”，这种“另类”后来在很长的工作中才逐渐被磨掉。

辗转来到美丽的海航一机校

1982 年 1 月大学毕业时，因我是来自海军航空兵的现役军人，按照海军现代化建设的需要，既不能留在地方工作，也不能回老部队航一师，于是被分配到海军航空兵第一机务学校。

2 月 4 日，我在北京通县老家过完农历春节后，即带着毕业证书、报到通知和组织关系介绍信，乘火车辗转来到位于山东青岛沧口的海军航空兵第一机务学校，开始大学毕业后的第一个任职——当军校政治理论教师。军队院校把老师一律称为教员，包括政治教员、军事教员、文化教员等，所以我的新称呼是郭教员。

海航一机校是一所资历很老的军校,曾数易其名。据记载,最初叫海军第一航空学校,1950 年 10 月 3 日经中央军委批准组建,1950 年 11 月 1 日在青岛沧口正式成立。没过几个月,即 1951 年 1 月,与海军第二航空学校合并,改名为海军航空学校,既培养飞行员,也培养地勤保障人员。1952 年 6 月,以这所学校第一批空、地勤毕业学员为骨干,组建了中国海军航空兵第一支战斗部队——海航第 1 师第 1 团,也就是我的老部队前身,孕育了海军航空兵这一新兵种。后来,这所军校又改名为第一机务学校,专门培养地勤保障人员。再后来,发展为海军航空技术学院。又后来,提升为海军航空工程学院青岛分院,主要担负军官岗位教育、士官教育和研究生教育等。

海军之所以能在新中国成立后,很快在青岛沧口建立第一航空学校,也是废物利用、因陋就简、土法上马的结果。这里,曾是日本人留下的破旧机场,有塔台,有几百米的混凝土跑道,有大量的营房、仓库等。新中国成立前,这里还曾驻扎过美国空军航空队,留下了部分钢板跑道、机库和铁皮活动房屋等设施。这些设施,经过简单修复即可投入使用。另外,沧口航校的基础是第四野战军后勤二分部政治部、六兵站和华北军政大学部分人员,华东军区山东航空办事处驻沧口机场航空站等。由此来看,在此地建航空军校,拥有天时、地利、人和之便。

我来海航一机校报到时,学校的整体环境已大为改观,可谓景色秀丽,气候宜人,傍坡临海,交通便利。这里地处青岛市李沧区四流中路 2 号,校门旁有公共汽车站。学校占地面积 1000 余亩,以四流中路为界,一块是实习场地,经常停着几架轰炸机,好像主要是轰-5 机型,供学员教学中实习训练。由于我的专业与机械、军械、特设、无线电、航拍等专业技术无关,加上旁边有块“闲人免进”的警示牌，我等作为闲人，很少进去。还有一块就是校园本身，为学校教学的主体校园。

主体校园大门宽敞，便于军车和学员方队进出，旁边设有岗楼，昼夜有水兵战士站岗。进入校门右侧有一块不大的草坪，四周种植了几株低矮的松树，草坪中间矗立着一架精心装饰的歼击机模型，机头上喷着鲜红的五个数字“38671”，实际上这几个数字就是当时我们学校的部队番号。

走进校园，左侧是一组两层楼高的红顶的德式建筑群，内铺红漆木质地板，装修简朴，略显陈旧，却还舒适。学校的领导、政治部、司令部、财务后勤以及我们政治教研室等，都在这里办公。右侧缓坡上，建有一幢现代化教学楼，有关机械、军械、通讯等专业教研室和学员教室都在这一带。中间有几排单身教员宿舍，非常简陋，据说是在当年日本兵的马圈的基础上改造的，供我们这些尚未结婚或家属尚未随军的单身教员居住。当时，我与高汝平、王树高教员住在一起，他俩住里间，我住外间。再往右走，就是学员宿舍区和家属区了。

印象深刻的还有，校园道路两旁，种植了一排排樱花树，樱花的花瓣很大，每年春季盛开时，花朵低垂，迎风摇曳，红的热烈，黄的优雅，煞是好看。校园深处有一大片果园，种植了许多梨树和苹果树等。果园深处，有几幢别墅，也叫将军楼，主要是学校政委、校长等校领导居住。当时政委叫安勇，是位老红军，家住北京，我曾到他的将军楼去过，感觉很大，但装修简朴。此外，学校还有一个标准运动场，既是学员开展军事训练、上体育课和学校组织阅兵式的地方，也是我们平时锻炼身体的地方。再往里走，就到外围墙了，围墙外面是一片茫茫大海，站在校园观沧海，海蓝涛涌，声声不息，正是海航一机校的真实写照。

清高自信地走上讲台

青岛是个好地方，海航一机校是个好学校。那一年，学校来了好几个“文革”后首批毕业的大学生，记得有北京航空学院的小谷和小何，还有广东中山大学的小曾，前两个是地方生，学航空技术的，我与小曾是部队生，学文科的，他俩叫入伍，我俩叫归队。我和小曾多少有点优越感。特别是我，初来乍到，自恃老兵，又恃天之骄子，自命清高，心情浮躁，又没有在青岛安身、在学校立业的准备，一来就想走。如果当时这些想法埋在肚子里也就好了，可惜我年轻气盛，不懂韬光养晦，很直白地说了出来。

有一次，教研室冯楠主任与我谈心，我很坦率地说：“冯主任，我没有在青岛安家和在学校长期工作的打算，因为我是北京人，女朋友是杭州人，将来或者调往北京，或者调往杭州，青岛不可能常待。”还好，冯主任性情开朗，擅长音乐，尤其擅长拉手风琴，具有音乐家的感性，没跟我一般见识，还对我的话表示理解和同情。但同志们是否都能理解呢，这就不得而知了。

我的“另类”还表现在组织纪律性上的松散。由于在大学过惯了自由自在的生活，没有早起晚睡、集合排队、穿衣戴帽的纪律约束，养成了自由散漫、自以为是的习惯。军帽常常不戴，上衣很少系风纪扣，腰带系得松松垮垮，见领导也很少敬礼。特别是一天清晨，全校教员、学员在大操场列队，为“八一”建军节前学校举办阅兵式进行排练，天空突然阴云密布，毫无征兆地下起了瓢泼大雨。我心疼刚刚穿上的上白下蓝的军官服装，担心一会儿淋湿了，没等到解散命令就与几个人一起跑开了，使老教员们目瞪口呆。虽然学校值班领导很快下达了解散命令，但我的提前开跑确实不妥，如果有人上纲上线就麻烦了，所以至今想起来也觉得当时的举止不可思议。

当然，我虽说没有在青岛安家立业的打算，举止上也不像一个训练有素的老兵，但工作还是非常努力和勤奋的。每天清晨，军号一响，黎明即起，除了正常的出操跑步、队列训练外，主要就是备课、试讲、讲课、批改作业和参加政治、业务学习。当时，我分配在政治经济学教研组，组长叫程亚中，对工作认真负责，要求严谨，也有些刻板。我本来不想试讲，自信能直接上课，但程组长还是要求我认真准备教案，然后组织政治理论教研室全体教员听我试讲，从内容提要、板书书写、课堂提问、课后小结、作业布置等环节，一一提出改进意见。这对我正式走上讲台、讲好第一课帮助很大。

我上课的学员都是从基层部队选调来的战士，因而整体素质比较高。他们要经两年中等专业技术知识学习即可提干，然后回到部队担任基层领导干部。加上这些学员训练有素，走路、进教室、报告、起立、坐下、听讲、提问、交作业等，都有着严格的规范，还是比较好教的，最多听不懂时，脸上一片茫然，但不会批评教员，更不会在课堂上捣乱起哄。当然，我会尽量运用四年大学所学的知识，联系改革开放的实际，深入浅出地讲授经济学原理。如讲到因地制宜发展商品经济时，会列举温州个私经济和专业市场的兴起，也会讲到萧山的花边、萝卜干等特色经济，深得学员尤其是浙江籍学员的欢迎。

我还有一个教学特点，就是不看重学员分数，不忌讳把教学重点和考试重点告诉学员，所以我教的学员一般考试成绩都比较好。对此，老教员们颇为奇怪，因为他们将学员分数卡得紧，考分普遍比我教的学员低。很多学员对我的教学印象深刻，有的学员，如后来转业回到义乌工作的任祖庭学员，很多年以后找到我，还能说出我讲课的特点、风格和案例等。其实教学上的功夫，与平时的研究积累密切相关。大学时，我就在《学术研究》发表过学术论文，敢于与著名经济学家卓炯进行商榷。来到海航一机校后，我依然保留了学习与思考的习惯，后来写了一篇《对自力更生为主争取外援为辅的一点看法》，简述了改革与开放的关系，还入选海军院校系统交流论文，得到了同行的肯定。

当年，我们海航一机校政治理论教研室是个大教研室，人多实力强，团级编制，十七八位教员，分政工、党史、经济、哲学等教研组，还有一个很大的阅览室。记得教员中，除具有丰富教学经验的冯楠主任、朱启升副主任以及程亚中、殷庆威、李明、徐书林、李爱莉、高汝平、王树高等教员外，后来又从山东大学历史系选调了丁海涛，从天津南开大学哲学系选调了李福坤等大学生，后来这些教员除复员转业到地方工作经外，大多成长为海航一机校的骨干，成为师职领导干部，有的还成为专家教授。其中令我钦佩的是殷庆威教员，此人系山东威海人，比我小一岁，入伍又早我一年，毕业于海军政治学院，教政工课，性格开朗，聪明过人，才华横溢，喜欢书画和打乒乓球，在学校一直干到海军大校。20 年后，我们再见面时，他已是青岛新闻出版局的副局长，他笔名东海人，擅长书画，形成了质朴阳刚、潇洒飘逸、大气豪放的艺术风格。

妻子怀着小女来探亲

青岛是我继北京、常州、杭州后，人生第四个工作和生活过的地方，美丽的青岛、美丽的海航一机校给我留下了美好的印象。

在海航一机校的那两年，每天下班后的大部分业余时间都是泡在办公室和阅览室，或看书看报，或备课批改作业，偶尔也给远在杭州的女友即后来的妻子和北京的家人写封信，报声平安。

我们的阅览室设在一楼，有三四个房间那么大，书架好几排，高度到屋顶，藏书很多。除少量航空专业书刊外，大多是社科类、文学类的书籍杂志，对全校教职员工开放。阅览室由宋爱萍、周莉两位教员管理。宋教员爱人也是本校教员，一般下班就回家了。平时周教员管理得更多一些，经常加班加点整理书刊，也时常在笔记本上抄抄写写，不停汲取和积蓄着文学写作知识。

周教员当时正值青春洋溢的年华，也就二十二三岁，眉清目秀，柳叶眉，瓜子脸，身材高挑，足有 1 米 72，大长胳膊大长腿，一看就是体育健将。果然一了解，周教员曾是海军女子篮球队队员，十几岁就从北京西城区少体校当兵入伍打篮球，灵活敏捷，控制性好，专打后卫。后来海军女篮解散了，她被分配到一机校当教员。难怪我在一机校时，不时看到好几个令我高看一眼的女军官，原来都是篮球健将。

虽说周教员小我几岁，可人家当兵早，提干早，在校资格老，加上又是北京老乡，对我很关心，有点小大姐的风范。她看到好书优先推荐给我，看我着装不整及时指出来，还纠正我一些另类的行为，有时我们也一起在校园里跑步，在樱花下拍照，在海滩上散步，结下了深厚的战友情谊。后来我突然调离一机校时，她正在北京休假，未及告别。待 20 多年后我们再见面时，周教员已成长为西城区劳动社会保障局一位很能干的副局长了。

在一机校时，我们单身教员业余生活比较多的，是到学校政治部会议室看彩色电视，一般先看看《新闻联播》，然后再去看书看报。如果遇到大型体育赛事直播，那就一看到底了。特别有意思的是，高汝平教员的一位天津老乡，好像是政治部的张干事,每次看体育比赛都很紧张。1983 年我们在观看第 37 届世界乒乓球锦标赛团体决赛蔡振华对瓦尔德内尔的现场直播时,当时已是 5 月初,可这位老兄紧张得发冷,要披着棉袄观看,体现了一位球迷的投入和痴迷。

还有,在一机校的那两年,我的妻子来过一次。那是 1983 年 5 月,妻子怀着 6 个月的身孕前来部队探亲。当时的交通很不方便,杭州到青岛没有直达的飞机和火车,妻子要先乘火车到上海,然后从上海乘船到青岛,再换汽车到学校,前后旅程要花 20 多个小时的时间。

妻子的到来大大丰富了我在学校的生活。我们一起来到美丽的栈桥,从岸边走进弯月般的青岛湾深处,顿足在翘角重檐的八角楼,欣赏层层巨浪涌来的"飞阁回澜";徜徉在"栈桥公园",踏着银沙和浪花,沿着青松碧草铺就的路径,观赏海天景色和海洋博物馆;还来到以八大著名关隘命名的"八大关",欣赏俄式、英式、法式、德式、美式、希腊式等 20 多个国家的建筑风格的"万国建筑",领略"红瓦绿树,碧海蓝天"的醉人风光。

当然,给妻子人留下最深印象的是在冯主任家吃饺子。那一天,冯主任和几个教员邀请我们吃饺子,大家一边包一边聊天,特别是冯主任讲饺子馅不能太干,剁好的肉馅要加点水,吃起来水汪汪,那才香;还有煮饺子要煮开后点三次水,否则饺子或没煮熟或煮烂了。这些窍门妻子完全听了进去,每当家里包饺子由她煮时,都要机械地点三次水。其实,包饺子、煮饺子我都是高手,饺子馅看食材搭配,煮饺子看火候大小,没有那么教条。

在海军读书班帮助工作

或许是我一来就想走的缘故,或许是领导真想培养我,或许是两者兼而有之，总之一机校领导给我提供了两次到北京海军西山干部读书班学习的机会，为我调往北京创造条件。

第一次到北京学习是 1982 年 3 月，也就是到一机校一个月后的一天，冯主任找我谈话，说海军要举办一期理论骨干读书班，主要是学哲学，组织决定让我去学习，大约一个月时间。

海军读书班是“文革”结束后海军常设的一个学习机构，编入中共中央党校部队分部海军支部，由海军政治部宣传部负责，学习班配置的教员由海军机关和各院校选调，只负责教学组织和课外辅导，而上课的教员都是来自中共中央党校、解放军政治学院（1985 年该学院与军事学院、后勤学院合并组建国防大学）或北京其他大学的专家教授。学习班地点设在北京香山南路的海军第二招待所，也叫西山海招二所，一幢简朴的没有电梯的六层楼建筑，大教室设在六楼，其楼层为学员宿舍。尽管如此，这里的吃住学习条件比我在一机校好多了。记得当时主要学习《关于费尔巴哈的提纲》《共产党宣言》《哥达纲领批判》《反杜林论》《实践论》《矛盾论》《论十大关系》等，目的主要是深化对实践是检验真理唯一标准的认识，进一步纠正“文革”造成的错误思想认识，为海军现代化建设做思想上和理论上的准备。

第二次组织派我到北京学习是 1983 年 9 月初，有 5 个多月即小半年的时间。我的身份是双重的，既作为学员，也作为读书班临时选调的辅导教员，如果表现得好，还可能正式调往海军读书班。这对我无疑是一次十分难得的机会，所以我十分珍惜。

这次读书班参加的对象大多为海军中高级领导干部，其中包括东海舰队司令员谢正浩等一批高级将领。散步的时候，我发现有些将军走路有点瘸，经询问是老红军，在战争中负的伤，这使我十分感动和肃然起敬。海军党委对这期读书班非常重视，在开班典礼上，时任海军司令员刘华清亲自到会讲话，我负责录音和整理，然后报领导审定。记得当时刘司令员没有讲如何安心学习，而是讲海军如何进行全面整顿，解决处理好历史遗留的问题，消除派性、增进团结等。我当时很不理解，一些中下级干部也不甚明白。现在回忆起来，原来刘司令员是从讲政治讲大局的角度在对海军进行“拨乱反正”，从根本上解决海军存在的派性等问题，团结和带领海军走上现代化建设的轨道，这里有着深刻的政治背景。

在这期读书班上，讲课老师都是外请中共中央党校和解放军政治学院的著名教授，不仅系统学习了哲学、政治经济学和科学社会主义经典原著，还开展了海军现代化建设讲座以及其他时事政治讲座。为了丰富读书班的业余生活，还请李苦禅之子李燕教授等讲授国画，请李铎等书法家讲授书法，请海军文工团演出，其中吕文科演唱的《走上这高高的兴安岭》和《克拉玛依之歌》等，绕梁三日，不绝于耳。当然，这期间我也特别努力工作，在认真学习的同时，积极配合张干事、石干事等做好教学辅导和组织联系工作。周末空闲的时候，我也常回通州老家看望老父亲，与兄弟、小妹团聚。

正当我踌躇满志地准备调往海军读书班的时候，谁知妻子先我一步，帮我联系上武警杭州教导大队，因那边急于组建新的武警杭州指挥学校，急需具有大学学历的教员，商调函已经发到海航一机校。面对武警浙江总队的商调，面对杭州新家的回归，特别是面对刚刚产后 7 个多月的妻子与幼女的召唤，我只好放弃调往海军读书班和返回北京老家的努力。当然我也知道，这一放弃将是永远。

写于 2014 年 9 月

桃花盛开的武警杭州指挥学校

1984年4月，面对妻女的召唤，我离开青岛回到阔别两年的杭州，在杭州北高峰山麓下的武警杭州指挥学校当政治理论教员，先后迎来送走了10届学员，参加了武警初级指挥学校统编教材的主编和主持招生统考试卷命题工作，先后荣获全国武警院校系统优秀教员、三等功和多次嘉奖，被学员称为有思想、有水平、有亲和力的教员。

桃园深处的武警教导大队

30年前，我来到武警杭州指挥学校的时候，学校正值初创时期。由于学校条件艰苦和转换兵种带来的心态变化，想到由海军航空兵转到地方武警部队，想到脱下漂亮的大壳帽、红五星和海蓝色军服，换上当时还很土气的单军帽、圆帽徽和绿色警服，特别是一想到调到杭州将永远回不了故乡北京，将永远是身在异乡为异客，亦将永远成为他乡孤旅，一向心重和恋家的我陷入了消沉和苦闷，很长时间缓不过劲儿来。

记得回到杭州后第一次到学校报到，是在4月下旬的一阵暴雨后。我骑着绍兴产的永久牌26式自行车，挽起裤腿，从弥陀寺路8号临时居住的省直机关简易宿舍出发，经保俶路、曙光路，沿着西溪路，过古荡湾和老东岳，一路爬坡涉水，来到龙驹坞杭州福利工厂附近，然后斜插一条沙石路直往花坞果园的深处，待到尽头看见一个不算高的大门，门旁有一名武警战士站岗，大门一侧挂着一块白底黑字木牌，上书：武警浙江总队教导大队。

实际上，我来时的1984年4月，军委和武警总部已正式批准武警浙江总队教导大队改建为中国人民武装警察部队杭州指挥学校，简称武警杭州指挥学校。但文件尚未下达到基层，也没有举行组建仪式，当时挂的还是教导大队的牌子，只是总队有关部门正紧张而有序地忙于领导班子配备、教员队伍选调、首届学员招生，以及筹建教学楼、办公楼、宿舍楼、食堂、图书馆等后勤建设。

于是乎，我当时看到的学校就显得十分简朴甚至可以说简陋。校园面积很小，呈半缓坡状，占地约45亩，没有一幢高楼，缓坡上是一排排两三层高近乎筒子楼式的房子，缓坡下建有一个400米跑道的标准运动场，各种运动设施齐全。这个操场是学校最奢侈的占地空间，这大概是首先保障军事训练的需要吧。学员上课没有专门的教室，尤其是上马克思主义基本理论课，往往是内卫专业、消防专业、边防专业分批上大课，几十个甚至上百个学员利用饭堂，坐在黄色长条板凳上，听教员讲课。当时兼做饭堂的教室光线比较暗，大白天上课时还要开着长管日光灯，冬天四面透风，十分寒冷，夏天开着叶片电扇亦挥汗如雨，黑板要架在凳子上，后面的学员才能看得清，虽有扩音器麦克风，教员也要大声宣讲，否则后面的学员听不清楚。

由于学校至杭城七八千米，周边没有商店和娱乐设施，于是学校门口的小卖部往往成为教职员工没事转转的地方。当时，小卖部的服务员是梅教员的夫人，好像还有一个漂亮娇小的小余，挺招眼、挺热情的。我买得最多的是一些生活用品，记得有一年传言肥皂要涨价，便抢购了一大箱子回家，结果肥皂快干了也没用完。

学校的周边环境很原始，很美丽，甚至有些迷人。四周是面积数百亩的花坞果园，主要种植水蜜桃，每逢春季来临，果农们便开始施肥灌水，在一阵阵粪香的熏陶下，迎来一层层桃花盛开，然后花谢结果，一个个皮如纸、汁如蜜的水蜜桃挂满了枝头，成为杭城赏花买桃的好去处。我们教职员工常常捷足先登，优先买到带着露水和绒毛的蜜桃，享受近水楼台先得月的舌尖美味。当然，也有个别淘气的学员翻墙偷摘，被抓到后挨批受处分，成为多年后的笑谈。

学校的对面是蒋村乡，总面积 14.6 平方公里，号称西溪湿地，据说还是南宋 个皇帝说了句“西溪且留下”留下来的，结果留下了一片西溪湿地，还留下了一个叫“留下镇”的地方。乡里自然环境十分优美，河道纵横，池塘密布。池塘养鱼，塘岸植桑，到处长满了野果，充满了野趣。村民傍水而居，养蚕养鱼，是典型的桑基鱼塘村落。我常常与夏炳荣、朱立东、谢谦等几个教员，沿着一条砂石小路，走进桑林田埂，或采摘桑葚，或采集野草莓，或闲聊闲逛，或观看闻名乡里的“赛龙舟”。后来，杭州市把蒋村乡改造为西溪湿地公园，成为继西湖之后又一个国内外游客的好去处，我们也就不再是想去就能去了。

教导大队向正规军校的蝶变

我来到武警杭州指挥学校以后，学校的建设热火朝天，变化日新月异。可以说，经历了一场前所未有的由教导大队到正规军校的快速嬗变。

先是从军内外广泛选调了大量的优秀教员。除从总队机关和有关支队选调一些领导和政工教员外，还从海军北海舰队选调来黄国范干事，从南京陆军步校选调来楼天龙、吴跃进等一批军事教员，从福建选调来资深的汤明月、屠镇甫教师，从四川万县师专选调来杨弓老师，从温州师院选调来吴雪景老师，以及从杭州大学、浙江农业大学选调或分配来一批老师等。依托这些老师，学校很快组建了起点很高的军事教研室、政法教研室、文化教研室、后勤教研室和消防教研室等，这不仅确保了学校培养具有高素质的军事技能和文化素养学员的需要，而且成为学校在全国武警院校系统崭露头角和不断升格发展的重要基础。

这期间，学校的硬件设施也快速建设起来。在当地政府和村民的支持下，学校又很快征集了周边花坞果园的45亩地，使校园面积一下子扩大到90余亩，建造了一幢教学兼办公大楼和几幢学员宿舍；操场继续向东延展，配备了一些供特警训练和消防训练的设施；两层高的图书馆拔地而起，使学员有了一个宽敞的图书阅览室，阅览室正面宽敞的白墙上，张贴着由我用红色绒布纸剪刻的周恩来总理手书的八个大字——“为中华崛起而读书”，以激励学员发奋读书。学校的班车也很快开通，悬挂着WJ牌照的大客车，每天接送教职员工上下班，免除了骑自行车上下班的不便。学校还请沙孟海大师挥毫题写了校名“中国人民武装警察部队杭州指挥学校”，并取“杭州指挥学校”六个字作为校徽。据说，当时沙老写这么多字，学校只给了300元润格费，可见大师之谦恭，现在可是价值连城了。

1984年9月初的一天，学校在图书馆一楼举行了隆重的组建仪式，会场布置得庄严肃穆，10面红旗对称两边悬挂，中间是一个巨大的武警警徽，椭圆形造型，橄榄枝托衬着国徽，时任省公安厅厅长夏仲烈、省武警总队总队长于克家等出席了大会，全体教职员工尤其是刚入校的首批学员参加了大会。大会宣读了武警总部关于组建武警杭州指挥学校的文件，宣布了武警杭州指挥学校首任领导班子，学校为副师级建制，朱恺良任校长，沈金来等任副校长，高智德等任副政委。后来，沈金来接任了校长直到退休。

武警杭州指挥学校的正式成立，迈出了由教导大队向正规军校转变的第一步，也使我的教学与研究工作进入了一个新的层级，我的心才真正在杭州安居下来。

勤于备课，苦于执勤

武警杭州指挥学校组建以后，首届正规招生包括内卫、消防、边防三大专业计224个学员，后来随着消防、边防总队的成立和相应学校或教导大队的组建，这两个专业就先后分离出去了，尔后招的都是内卫专业和相应的后勤专业。

我所在的政法教研室是个大教研室，大体包括四部分教学任务：一是部队思想政治工作课程，主要由何志耕、周佐步、江冰、陈信甫等任教；二是党史历史课程，主要由汤明月、朱立东、谢谦、朱永孝等任教；三是法学课程，主要由陈焕章、阮海蕾等任教；四是马克思主义基础理论课程，主要由我、杨弓、王军华等任教。教研室为副团级建制，主任先是由汤明月担任，后来由何志耕担任，我任副主任。实际上，这四门课程完全没有联系，除必要的政治学习和组织活动外，平时都是各备各的课，各上各的课。

谈到马克思主义基础理论教学，开始没有统一的教条大纲和教材。我们曾一度以哲学为主，我教过一段时间的马克思主义哲学原理，以致30多年后，有的学员遇到我，还说我当年讲哲学的三大规律、五大范畴给他们留下了深刻的印象。后来，我们逐渐尝试从马克思主义三个组成部分的角度来系统讲授。我们三个教员也做了相对分工，杨弓、王军华主讲哲学，我主讲政治经济学，兼讲社会主义的改革开放内容。

军校不同于地方院校的一个鲜明特点就是军纪严明，统一行动。学员上课要排队进课堂，统一起立，统一坐下，提问要举手。教员实行坐班制，每天早出晚归，除正常备课、讲课、批改作业和参加学校组织的政治、业务学习外，每周还要定期参加出操、队列训练、节假日值班、战备执勤，以及参加杭州市重大社会活动的执勤等。正因为军校的特殊性，我虽在杭州工作，也很少顾得上家。

教学研究硕果累累

在武警杭州指挥学校的十年，我投入精力最大的是教书、编写教材和从事经济理论研究。这为我后来转业到省委政策研究室工作，打下了坚实的理论基础，也为我后来能够做一些精彩的学术报告锻炼了思维和口才。

大约是1990年上半年，武警总部司令部院校处开始抓统编教材工作，并责成武警杭州指挥学校牵头编写一门《马克思主义基础理论》，长春、呼和浩特、福州等指挥学校共同参加编写。学校安排我来主持教材编写工作，参加编写的教员有我校杨弓、王军华，长春指挥学校谭卫星，呼和浩特指挥学校护群、宋建军，福州指挥学校钟建梅。在编写过程中，我们参考和借鉴了军内外有关教材及研究成果，还在学校训练处处长楼天龙的带领下，赴北京、广州、南宁、长沙、南昌、福州等指挥学校调研，广泛征求和汲取有关领导和教员的意见。

在充分调查研究的基础上，《马克思主义基础理论》一书于1990年下半年着手编写，1991年3月完成，经过一年多的试用，于1992年6月印发，正式作为武警初级指挥学校统编教材，并供消防、边防、黄金、水电、森林等部队的学校使用。该书计9章32节共26万余字。其最大价值包括两点。一是构建了马克思主义基础理论教材的一个新体系，即把马克思主义三个组成部分及中国特色社会主义改革实践作为一个有机整体来编著。整体逻辑框架是：第一章马克思主义是认识世界和改造世界的科学理论体系；第二章马克思主义的唯物论；第三章马克思主义的辩证法；第四章马克思主义的认识论；第五章马克思主义的历史观；第六章马克思主义的劳动价值论；第七章马克思主义的剩余价值论；第八章马克思主义关于资本积累和帝国主义的理论；第九章社会主义制度的确立及其未来发展。同时，每章之后均附有阅读书目和思考题，以便于学员博览相关书籍，深入思考。二是填补了武警初级指挥学校统编教材的一个空白。

与此同时，为了配合《马克思主义基础理论》教学，我还与谭卫星、杨弓等教员一同主编了《马克思主义基础理论学习指导》，全书由我拟定编写大纲、组织编写和编纂定稿，1991年10月完稿，1992年1月由吉林人民出版社出版。该书计25万字,体系结构由三部分组成:第一部分为教学建议、综合练习题和习题参考答案;第二部分为历史人物、事件和典故简释;第三部分为疑难问题解答。该书注意突出重点,抓住难点,解决疑点,针对性强,对教员备课和学员自学,对部队基层单位学习马克思主义基础理论和战士参加部队院校招生统考,以及对已达到中专水平而自修大专学历的干部战士,都不失为一本有价值的政治理论学习指导书。

这两本书完成后,紧接着我又策划编写了《军队生产经营政策法规指南》一书。这是源于 20 世纪 90 年代初,我国改革开放全面拉开,军队为支持地方建设,必须自己动手,自力更生,利用原有的军工厂、农场和三产服务业等,发展生产经营,以弥补军费的不足,同时还可以为地方经济发展做贡献。然而,把军队生产经营纳入法治轨道,按照国家和军队制定的有关政策法规,依法经营,依法保护军队企业的合法权益,是一个亟待研究和解决的大问题。为此,1993 年前后,我联合解放军国防科技大学、解放军长沙炮兵学院、武警昆明指挥学校、武警长沙指挥学校、武警杭州指挥学校的几个领导和教员,主编了《军队生产经营政策法规指南》,请时任浙江武警总队长陈文明大校作序。全书 25 万余字,分上下篇,上篇为军队生产经营政策法规解答,列 6 章,提出和解答了 279 个问题;下篇为军队生产经营政策法规选编,收录了国家、军队、武警有关部门下发的 17 个政策文件,并附有 30 余个名词解释。该书 1995 年 5 月由群言出版社出版,军内发行,这对促进军队依法依规经营发挥了很好的指导作用。

这一期间,我还多次赴北京参加武警总部院校处组织的初级指挥学校统一招生考试命题和阅卷工作;参加编写《马克思主义基础理论教学大纲》和《武警院校政治统考丛书》,后一书

1993 年 1 月由陕西科技出版社出版。我也多次为全校教职员工讲解当时改革开放形势和经济发展形势等。

鉴于我在教学和科研方面取得的突出成绩,我多次获得校嘉奖、优秀教员和三等功,1993 年被评为全国武警部队优秀教员。据说后者是全国性奖励,在我离开学校之后的 20 年间也只有另一教员获得。同时,我的事迹也时常见诸武警系统报刊,1989 年 7 月 12 日,《人民武警报》做出报道——《教员郭占恒研究经济学取得成绩》。新闻干事黄国范对我热爱教学、潜心研究、硕果不断的事迹,进行了深度采访和生动描绘,撰写了《战士·学士·硕士——记武警杭州指挥学校讲师郭占恒》这一长篇通讯,发表在 1992 年第 3 期的《武警教育》期刊上,在同行间产生了较大影响。

坚决要求转业

1993 年前后,正当我全身心投入武警杭州指挥学校的发展建设中,个人事业也达到人生的一个顶峰时,谁料家中屡遇不幸。先是内人生病,医生确诊为淋巴上皮病变,接连做了三次手术,还接受了一段时间的化疗。不久,老家又传来消息,说父亲病重住院,待赶紧请假回京探望,医生说回天无力,仅陪伴了一个多星期,我就眼睁睁看着父亲走了。再后来,岳父岳母又先后在一年多的时间里生病离世。那时候,女儿还十分幼小,整个家庭顿时陷入异常困难的境地,这迫使我做出离开部队、转业到地方工作的决定。

然而,真正促使我毅然决然离开部队、离开学校的原因是评职称。那一年学校评高级讲师,以我作为学校第一个硕士研究生学历、讲师资历和研究成果突出的条件,评上高级讲师本应不成问题。为保险起见，我还找了学校有关领导和几个资深讲师，口头表达了一下愿望。谁知最后竟然花落他家，我被淘汰出局。这一下子激活了我潜藏在心底的谋求更大发展平台的愿望。于是，我向学校提出转业。没想到，我的转业异常艰难。找校长说不同意，找政委也说不同意，找总队领导还说不同意。无奈之下，我给当时素不相识的武警总部政治部主任写了一封信，倾诉了一下家庭困难和转业要求，请总部首长批准。后来据说，总部领导与总队领导讲，人家郭教员家庭有困难还是可以考虑安排转业的。经过相关流程，总队和学校终于批准我 1994 年转业，但要求我的课上到当年 5 月底。

这样，从 1984 年 4 月调入武警杭州指挥学校，到 1994 年 9 月转业离开，我整整干了 10 年有余，并且做到了讲好最后一堂课，站好最后一班岗。

30 年后与学生的联谊

2014 年 7 月 19 日下午，是个星期六，应武警杭州指挥学校毕业学员的邀请，我来到阔别 20 年的学校，参加首届内卫专业同学入学 30 周年联谊会活动。

那一天，天气很好，阳光明媚，少有雾霾。但气温很高，大约超过 35 摄氏度，是那个夏天少有的高温天气。然而，比高温天气更高的是学员的热情。那一届学员总计 137 人，除病故和请假的，居然一下子来了 108 人，还邀请到近 30 位校领导和教员，其参加热情之高和组织效率之高，是我在地方大学读书的同学难以比拟的。学员中有从江苏赶来的，有从安徽赶来的，还有从江西赶来的，当然更多是从浙江全省各地赶来的。大家只有一个目的，参加联谊会，共叙师生情。

那天下午，我自行驾车，经丰潭路转天目山路，很快就来到了位于天目山路上的武警杭州士官学校。原来，我曾经工作过十年的武警杭州指挥学校，现已改名升格为武警总部直属的正师级士官学校。学校的周边环境也已发生了全新变化，虽说距市中心距离还是七八公里，还是处在风景秀丽的北高峰下，但这里的桃园已扩展为校区，使校区由我离开时的90余亩扩展为如今的250余亩；校门口由隐藏在桃园深处的南小门变为面向天目山路的北大门；旁边的蒋村乡很大一片已改造为西溪国家湿地公园，生态环境比以前更美了，每天迎接来自四方数以万计的宾客；来往的交通在原有的西溪路基础上又开通了一条宽敞便捷的天目山路，而且沿天目山路往西可快速通达绕城高速，通向四面八方。变化更大的是，如今学校周围已聚集了浙江大学、浙江工业大学、浙江科技学院、杭州外国语学校等大中专院校20余所，还有一些如和家园等高档楼盘，而在这些院校中，武警杭州士官学校又是离市区最近的。

大概是学校警卫事先已得到通知，一向戒备森严、只认警车牌不认地方车牌的武警战士，礼貌地放行我等地方车辆进出。进入久别了的熟悉而又陌生的校园，感觉比我在校时大了许多，美了许多，精神了许多，就像女大十八变，越变越好看。在依然宽阔的操场两旁，矗立着高耸的办公楼、教学楼、图书馆和千人大礼堂，一排排学员宿舍楼整洁而有序，校门旁边还建有一个干净整洁、功能齐全的溪宁酒店。整个校园宽阔整洁、绿树成荫、环境优美、设施完善，是全国绿化先进单位、浙江省精神文明建设先进单位、浙江省国防教育基地。十分巧合的是，当时正值暑假，学校利用这些军事设施，开设了小学生军事夏令营，进行国防教育，因此我们在校园里活动时，还不时看见一群群小学生穿着小警服在操场训练的场景。

同学联谊会在后来重建的图书馆三楼报告大厅举行，一幅红底彩印两名武警战士着礼服、行军礼的巨大背景墙幕上，书写着醒目的“武警杭州指挥学校首届内卫专业同学联谊会”会标。联谊会由朱升日学员主持，他先请现任校领导致欢迎词，随后请老校长沈金来讲话，再请老教员吴雪景讲话，然后请原学员队领导刘顺鑫讲话，接下来是108个到会学员分班上台，逐一介绍30年来的发展情况等。印象深刻的是，吴雪景作为建校30年来一直坚守的老教员，介绍了武警杭州指挥学校一路由教导大队走来，并经历了2006年升格为武警杭州指挥学院，2011年升格为正师级的武警杭州士官学校，校园由45亩到90余亩再到250余亩，然后搬迁到占地800余亩的富阳校区的发展历程。学员则介绍了毕业后尤其是转业到地方工作后的发展变化，无论是从政还是经商，都保持了当年武警战士的一股子正气、一股子执着、一股子不服输不畏艰的精神风貌。

108个学员自我介绍后，在石生宝、朱升日等学员的策划下，请我上台再给学员上一课，讲一讲当前的经济形势。我说：当前经济形势很重要，也很复杂，一两句讲不清楚，请学员们关注一下近期中央政治局将召开的经济形势分析会和省委常委会将召开的浙江经济形势分析会。我在这里想占用简短的时间讲这么几层意思：一是非常感谢学员们邀请我参加你们的同学联谊会，刚才新老校领导、教员代表和学员队领导的热情洋溢讲话，代表了我的心声。二是不论官大官小、钱多钱少、本地外地，本着一律平等的原则，每人自掏1000元作为活动经费。此外，108个学员如期到会，体现了你们同学之间一律平等的组织理念、情深意长的凝聚力和招之即来的组织能力。三是30多年过去，学员们在变与不变中成长，变化的是着装，由军装到便装，由军人到老百姓，不变的是军人的精气神犹在；变化的是容颜，多数学员已两鬓斑白，韶华不再，但换来的是成熟和睿智。最后，我汇报了自己转业在省委政策研究室工作20年，服务过5任省委书记，参与了这一时期浙江发展重大决策的经历，并当场向学校捐赠了刚刚出版的《转型与发展——浙江经济若干问题研究》和《我与母亲》两本新著。

我讲完后，同学联谊会会长饶有春做了充满激情而富有文采的讲话，他以"共同的记忆——献给各位老师、同学"为题，回忆了三十年阔别、三十年风雨、三十年思念，衷心地希望，在今后的人生道路上，我们能加强沟通和联系，互相激励，互相帮助，创造幸福人生。然后，大家来到大操场拍下了一张令人难忘的集体照。接着，三五成群来到溪宁酒店，在推杯换盏中共叙师生情、同学情、战友情，共同祝愿武警杭州指挥学校发展得更加美好！

写于2014年10月

这是作者与战友武延年在航一师奔牛场站修理厂合影

这是作者在航一师奔牛场站军人俱乐部前与战友合影

1975 年，作者入伍海军航空兵时留影

1975年夏，作者与部分通县战友合影

1975 年夏，作者与部分通县一中战友合影

1975年2月，作者在航一师师部俱乐部前与老兵交接时留影

1975 年 4 月，作者在航一师师部大楼前与宣传科领导合影

1976年秋，作者在宁波参加东航放映培训班时与同学合影

1977 年春节，作者在航一师奔牛场站礼堂前与俱乐部同事合影，背后黑体字为作者所写

这是作者1978年春在杭大政治系图书馆查找图书时留影

作者在杭州大学图书馆草坪前看书时留影

1980年秋，作者在杭州文二街杭大经济系大门前留影，背后的两块系牌为作者所写

1980 年 9 月，作者所在杭大政治系七七级党支部合影

当我们在一起

1980 年秋，作者所在杭大政治系七七级一班合影

1982年2月，作者大学毕业后分配到海航一机校任教留影

1983 年冬，作者在北京西山海招二所参加中央党校部队分部干部进修班合影

1984年4月，作者调离海航一机校时与教研室同事合影

1988 年 7 月，作者改为文职教员后在武警杭州指挥学校门前留影

1982年，作者主编武警初级指挥学校统编教材《马克思主义理论》时与有关领导和教员合影

作者与时任武警杭州指挥学校校长沈金来合影

作者获得的部分荣誉证书，其中他最为看重的是1993年获得武警部队优秀教师

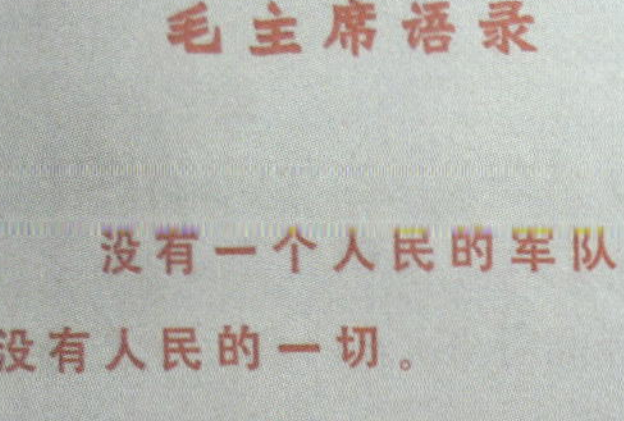

毛主席语录

没有一个人民的军队，便没有人民的一切。

提高警惕，保卫祖国。

郭占恒同志：

为保卫伟大领袖毛主席，保卫党中央，保卫伟大的社会主义祖国，加强无产阶级专政，你积极报名应征，业经北京市通县革命委员会征兵领导小组办公室批准你光荣服现役。接通知后，迅速办理户口等手续。于一月五日上午八时到县集中。

此通知

北京市通县革命委员会
征兵领导小组办公室
一九七五年一月六日

作者的入伍通知书和荣获的三等功奖章

就读首届研究生时的中共浙江省委党校

“实事求是”“红色学府”“干部摇篮”“马列主义理论学习研究宣传的大本营”这几点可以说是中共党校的科学定位和历史使命。

读研究生一直是我的一个梦想。1985 年 9 月，我考进中共浙江省委党校，成为那一年党校招考的首届研究生，师承李基固、陆立军、汪水波等教授。在名师指导下，我的研究功力渐长，接连发表了 10 余篇论文和调研报告。1988 年 6 月，在中共中央党校王珏教授的指导下，顺利通过论文答辩，获得了经济学硕士学位。30 年前在省委党校 3 年的研究生学习，为我后来成长为一名学者型官员打下了坚实的基础。

走进文一路 80 号的大门

1985 年 8 月中旬的一天，突然接到中共浙江省委党校招生办的通知，通知我某日某时到省委党校，参加政治经济学专业研究生入学考试面试。开始一愣，因为我并没有报考省委党校的研究生，怎么会要求去面试呢？后来得知，当年我报考的中共中央党校政治经济学专业研究生，因名额有限而落榜，好在成绩还不错。正巧，浙江省委党校要招收首届政治经济学专业研究生班，由于时间紧促，知道的人少，所以报考人数不多，于是就从报考中共中央党校名落孙山的考生中择优选拔几个，而我正是被选拔的对象之一。

我虽天分不高，有点愚笨，但也还算是一个爱读书、肯努力之人，读研也一直是我人生的梦想和目标之一。1981 年上大四的时候，母亲突然病逝，使我放弃了当年报考研究生的机会。大学毕业分配到青岛海军航空兵第一机务学校后，因牵挂杭州的妻女，不安心留在青岛，1983 年底在青岛参加过研究生考试，报考的是母校杭州大学经济系，专业是蒋自强老师的当代西方经济学，结果没考上。事后得知，当年蒋老师计划招收 3 名研究生，而我的综合成绩排名第三，专业课成绩还更好些，本可录取，只是排在我前面的叶航同学因校方不便录取，为显示公正，就只录取了排名第一的金祥荣，以致后来金祥荣每次看到我，都要提起当年我俩差点成为同学的历史。人生就是这样，一朝一夕的变化，发展的道路可能就完全不一样了。1984 年 4 月我调到武警杭州指挥学校后，报考研究生的愿望越发迫切，于是次年便报考了中共中央党校的研究生。临考前的那几个月，我常常留在学校加班加点，守着堆成小山似的复习资料苦熬到深夜。最后，总算功夫不负有心人，被浙江省委党校看重面试。

记得面试是在浙江省委党校 11 号楼的一间教室里，几张课桌搭成面试老师的主席台，背后黑板上写着黑底红字的“浙江省委党校首届研究生入学考试面试”，主考老师有李基固、陆立军、汪水波、顾宝浮等。向我提问的是李老师，他个头不高、身材微胖、头发花白、慈眉善目，是一位风度优雅的长者，先是问我几个有关经济学和《资本论》的常识性问题，后又问如果考上党校研究生有什么想法，脱产学习单位是否支持等。我胸有成竹，不疾不徐地如实回答，看起来老师们还比较满意。果然，不久就收到了浙江省委党校寄发的研究生入学录取通知书。

1985 年 9 月初的一天，我按通知要求来浙江省委党校报到。7 日，首届研究生班开学，学制 2 年，共招收 13 名研究生，其中哲学专业 4 人，政治经济学专业 9 人。校领导、老师与助教进修班的 11 名学员出席了开学典礼。

当时的浙江省委党校坐落在文一路 80 号，门朝南，门口宽阔，两层铁门，旁边还有边门和执勤门房等。不久大门重修，巨大的浅黄色横跨上雕刻陈云同志的亲笔题字“中共浙江省委党校”，旁边还挂有“浙江行政学院”和“浙江社会主义学院”等牌子。学校占地面积并不大，大约 87 亩，建筑面积 4 万多平方米。校区分成两片，中间有一条静静流淌的小河，河西是老师们的宿舍，河东为教学区。周边还有杭州市建筑技工学校、杭州师范学院、浙江丝绸工学院、杭州商学院等。

走进校园，首先映入眼帘的是两排正值成长旺年的樟树，樟树顺着道路蜿蜒环绕，巨大的树冠遮住了道路上空的烈日。校园门口左侧是大礼堂，一些重大的开学典礼、学术报告，以及电影等娱乐活动都在这里举行。印象深刻的是听过一场时任浙江省委常委、宣传部长罗东同志做的报告，主题好像是“反对资产阶级自由化”，并深深被罗东同志报告的内容和口才所折服。

面对学校大门有一幢浅黄色的高层建筑，是新盖不久的行政办公楼。穿过办公楼往里走，有几幢 20 世纪五六十年代造的老建筑，楼层不高，没有电梯，主要为教学楼、图书馆和阅览室等。老建筑雕梁画栋，水磨石的台阶和地板很素雅，周边有小桥流水、假山盆景、花草树林，颇有一种古典的园林意境和宁静，尤其是这里的馆藏图书和美丽的图书管理员，常常吸引我来这里阅读借书。

理论联系实际的教学特色

中共浙江省委党校创建于1949年9月，校址曾几度变迁。唯一不变的是，其始终坚持党校姓党的宗旨，始终坚持实事求是、理论联系实际的办学特色，始终坚持培养忠诚于党的事业的领导干部和理论骨干的办学路线。过去很长时间里，党校只搞培训不搞学历教育。改革开放以后，为适应改革开放的需要和提高领导干部的理论水平，党校也逐渐搞了一些本科、大专和函授的学历教育。1985年，经多方面努力，中共浙江省委党校获准举办脱产研究生班，成为全国党校系统中最早开办研究生教学的党校，后于1993年获得硕士学位授予权。而我有幸成为省委党校首届招收的研究生，成为尔后在浙江省委党校就读研究生们的大师兄。

中共浙江省委党校之所以能在全国党校系统中最早开办经济学研究生班，首先得益于省委的高度重视，当时选派了一位懂教育的老革命、担任过副省长和省顾问委员会副主任的刘亦夫任校长，他为党校的正规化教育倾注了大量的心血。其次是浙江省委党校以开放的胸怀，加上杭州的魅力，吸引聚集了一批颇有名望的中青年经济学家，其中有号称“中青年经济学家的榜样”的陆立军，后来被评为首批“浙江省特级专家”；有师承宋涛教授、对马克思经济思想史颇有研究，后来当了浙江省委党校副校长的汪水波；还有讲授经济学的顾宝浮、杨柯、程学童、陈自芳和讲授世界经济的宋玉华等老师，都是学富五车、造诣深厚的专家。当时负责研究生班的李基固老师，不仅于20世纪50年代受过苏联专家的培训，有很高的理论水平，而且对培养学生倾心倾力，几乎把全部心血都用在研究生班的教学上，从做人到做学问，严格要求学生，把浙江省委党校的研究生教育带到一个很高的起点。

当时我们开办的课程除宏观经济学、微观经济学、西方经济学、货币银行学、世界经济、经济学说史，以及一些高等数学、语文写作、外语、哲学等公共课外，重点攻读的还是马克思主义经济学的经典原著，包括研读马克思《资本论》一至三卷、马克思《1844年经济学哲学手稿》、马克思《1861—1863经济学手稿》，以及恩格斯、列宁、毛泽东的著作等。通过熟读原著，我们了解了科学理论的萌芽、发展、成熟和不断完善的过程，增强了对理论纵深和辩证发展的把握，也增强了观察问题、研究问题、发言讨论和撰写论文的底气。

当然，党校读经典原著与高校不同，强调学以致用，通过熟读原著来把握马克思主义的立场、观点、方法，并应用于实践。按照李老师的话说就是，不要当书虫，要善于从书中走出来。而走出来就是要理论联系实际，即联系社会主义发展的实际，联系改革开放的实际，联系浙江的实际。至于如何联系实际，一是要求老师联系实际教学，包括邀请浙江省体改办的领导介绍浙江情况，组织开展课堂讨论，指导学生撰写论文等。李老师还牵头组织成立了省"《资本论》与社会主义经济"研究会，并亲自担任会长，我们研究生为集体会员。二是带领学生开展调查研究。记得1986年上半年，李老师带领我们到温州市调研，先去拜访当地领导，听他介绍温州的情况和改革思路，然后赴乐清、苍南等地进行实地考察。

这次温州调查使我感触很深，不仅实地了解了我国改革开放前沿地区的第一手资料，还撰写了《温州试验区的成因和特点》的调研报告。报告认为，温州在资源匮乏、交通不便、信息不灵的条件下，之所以能率先发展商品经济，主要原因在于：一是传统的经商意识，二是人多地少而被"逼上梁山"，三是尊重农民的首创精神，四是利用了新旧体制转换造成的空隙。其主要特点：一是以家庭经济为主，二是以全方位的市场体系为依托，三是以小城镇为枢纽。这篇调研报告刊登在《中共浙江省委党校学报》1987 年第 2 期"温州经济的调查与研究"栏目里。后来我到浙江省委政策研究室工作，以此为基础，继续跟踪分析温州的改革与发展，于 1997 年撰写了《温州区域性规模特色经济的特点、成因、效应及启示》一文，刊登在《浙江学刊》1997 年第 5 期上，产生了较大影响。文章发表后不久，就收到了时任温州市政府副秘书长、办公室主任叶正猛的一封亲笔信，他不仅完全赞同我的分析概括，还在其有关文章中加以引用。这些成绩的取得，完全得益于浙江省委党校理论联系实际的教学训练。

跟着老师搞科研

研究生顾名思义重在研究。我们在省委党校读书的 2 年和撰写硕士论文的 1 年，花了大量的时间走出课堂，或深入杭州的桐庐、建德，温州的乐清、苍南，宁波的开发区，以及绍兴、金华等地开展社会调查；或到武林广场搭起咨询台，参加社会咨询活动，为社会公众宣传解释党的改革开放政策；当然更多的时间是在老师指导下撰写论文和调研报告，向报刊投稿，参加热点问题的讨论。

我对调研和写论文有着高度的敏感和自觉，一直把边学习、边调查、边思考、边写作作为一种爱好。入学不久，就接连发表了10余篇论文，主要有：《对“两权”分离理论的一点看法》（《经济体制改革》1985年第6期）、《也谈社会主义商品生产存在的原因》（《浙江学刊》1986年第1期）、《马克思商品价值理论与社会主义商品经济的几点思考》（《中共浙江省委党校学报》1986年第3期）、《企业所有制是最基本的公有制形式》（《学术动态》1987年第1期）、《相对所有权是搞活全民所有制企业的根本》（《探索》1987年第1期）、《发达商品经济的十大特征》（《经济纵横》1988年第8期）等。文章发表后，常有邮局寄来杂志和稿费，这引起了同学们的兴趣和羡慕，陈飞龙、程慧芳等同学还向我请教如何选题、写作、投稿等，带动了全班同学搞科研写论文的积极性。

鉴于我的科研能力较强，李基固、陆立军等老师不断给我提供科研机会，甚至我毕业以后，还带我参加一些重大课题研究和教材的编撰工作。如跟着李老师参与《农村区域经济模式比较研究》（1989年1月由山东人民出版社出版）的写作；参加省重点课题“中国式股份经济研究”（同名专著1989年6月由中共中央党校出版社出版）；参与编写《普照之光的经济理论——〈资本论〉第二卷与社会主义经济运行》（1991年10月由中国出版社出版）；参与编写《普照之光的经济理论——〈资本论〉第三卷与社会主义经济运行》研究（1993年4月由浙江大学出版社出版）等。再如，跟着陆老师编写浙江省委组织部、省委宣传部推荐教材《社会主义商品经济概论》（1988年9月由中共中央党校出版社出版）；参与浙江省“七五”社会科学规划重点课题“浙江省科技成果转化为生产力的现状与对策”（同名专著1991年1月由杭州大学出版社出版）；连续多年参加

《浙江省企业评价研究集》研究撰稿工作等。与此同时，1989年，我还被省委党校理论研究所聘任为助理研究员，1991年被浙江行政学院聘任为兼职副研究员等，开始了由“菜鸟”到“凤凰”的历练蜕变过程。

在浙江省委党校的研究生训练，特别是跟着李老师、陆老师等搞科研，使我的理论水平大为提高，研究视野大为开阔，研究能力大为增强，这不仅为我回到武警杭州指挥学校成为教学和科研骨干，更为我后来转业到浙江省委政策研究室工作，成长为小有名气的研究员和专家型领导打下了扎实的基础。

结下深厚的师生情谊

研究生不同于本科生教育的地方是实行导师制，老师一对一或一对多带学生。说白了就是师门传承，师父带徒弟，从招生到毕业，老师有很大的自主权；老师是学生的师父，学生是老师的弟子。这也是老师对研究生关爱有加，小到家庭生活，人到工作安排，无不一一过问，而研究生也是投桃报李、知恩图报的重要原因。

在我们班的9名同学中，有7名男生、2名女生。除我以外，其余分别是来自浙江省委党校的邵旦萍，湖州师专的赵忆慈，省总工会干校的李寅、徐小洪，衢州开化市委党校的李炯，浙江海洋学院的陈飞龙，浙江农业大学的何圣东、王宇人。同学之间的年龄差距也很大，大小要相差十几岁，好似一个大家庭，李老师就是我们的家长，事无巨细，管得很严。我们在校时的3年，省委党校又相继招收了86级、87级研究生班，与我们同住一个楼，有些课一起上，有些活动一起搞，彼此联系密切，关系融洽，并互称师兄师弟、师姐师妹。

由于我们研究生人数少，一般都上小课。老师讲课也比较随性，有的站着讲，有的坐着讲；讲课方法有讨论式的，也有灌输式的。那时候，我女儿只有3岁，由于在家里没人照看，常常被我带到教室与我一起听课。因小女乖巧，从不哭闹，老师、同学都很喜欢她。大概由于小女从小接受研究生上课的熏陶，长大后读完本科读硕士，读完硕士读博士，还当上了大学老师。当然，这是后话了。

李老师除带我们开展调查研究外，有时也带我们到杭州的植物园、建德的千岛湖、桐庐的严子陵钓台等地游玩，大家在谈笑中相互增进了解，培养了友谊。有时，李老师也邀请同学们到他家里做客。他家住上下两层的楼房，厨房也大，同学们买来鸡鸭鱼肉和各种蔬菜，一起动手，洗的洗，切的切，烧的烧，其乐融融。有一次，我请同学们到我家包饺子，从选肉、剁肉、剁菜、拌馅、和面、擀皮，到做调料、下锅煮等，都是我一手操办，大家一起包，吃得同学们胃口大开、兴致盎然，有的竟然吃多了，饭后只好到西湖边溜达散步消食去了。

经过30多年的岁月磨砺，同学们没有辜负党校老师的辛勤培养，大多成长为社会的栋梁：李炯、何圣东、邵旦萍毕业后留校，评上了教授或副教授，担任教研室领导，成为硕士生导师；李寅、徐小洪回到省总工会干校，也评上了教授或副教授，成为工会问题研究的专家；陈飞龙被分配到宁波市机关，担任过市委书记的秘书和市发改委的领导；王宇人后来当了银行家，成为兴业银行杭州分行的中层领导；年龄最小的赵忆慈后来又读了博士，成为平安银行零售消费金融事业部的高管。

还有与我们一同读研的86级、87级的师弟师妹，也都成为各行各业的扛鼎人物，有的成了专家或教授，有的成了领导。尤其是师妹程慧芳，勤奋好学，要强能干，巾帼不让须眉，在国际直接投资、国际金融、国际贸易，以及浙江经济发展等研究领域做出了突出贡献，成为知名教授和博士生导师，获得多项荣誉，2015 年 1 月还被评为第四批“浙江省特级专家”，与 10 年前的导师陆立军比肩，由此创造了师生同为“浙江省特级专家”的佳话。

精彩的硕士论文答辩

1987 年 9 月，为期 2 年的脱产研究生班课程全部结束，学校为我们颁发了由校长刘亦夫签发的毕业证书，时任校领导魏益华、魏继让、汤蓉生、黎祖交，以及李基固、汪水波、顾宝浮、程学童、宋玉华、陈自芳等任课老师，还与我们 9 位同学照了毕业留影。不过，由于当时学校没有硕士学位授予权，同学们私下担心议论，若拿不到硕士学位，将来党校研究生学历的含金量不高甚至不被社会认可怎么办。于是，为解决后顾之忧，也为以后研究生教育的发展，学校领导和李老师等多方努力，千方百计为我们联系硕士论文答辩单位和指导老师。

经过省委党校联系和李老师的工作，我国老一代著名经济学家、中国市场经济研究会会长、时任中共中央党校政治经济学教研室主任的王珏教授，决定从我们 9 名同学中挑选 2 名，亲自为其指导硕士论文。十分幸运的是，王老师选到了我和陈飞龙同学，由王老师和李老师共同指导我们的硕士论文，一年后到中共中央党校进行论文答辩。后来其他同学除个别外，也分别联系到浙江大学和复旦大学攻读硕士学位。这样，原本 2 年的脱产读研班又加了 1 年，同时我也由原来的研究生班党支部委员转任支部书记和班长。

经过与王珏、李基固两位导师的反复商量，最后我的硕士论文选定的题目是“论社会主义商品经济运行机制”，这是一个有关重大理论和实践问题的前沿性课题。因为改革开放以来，我国经济体制改革的目标和路径，一直是围绕破除传统的计划经济体制展开的，虽然当时还没提市场经济，但把社会主义经济定位为商品经济，已经是理论和实践的一个巨大进步，这为后来确立社会主义市场经济体制改革的目标模式奠定了基础。

论文题目确定后，我在担负武警杭州指挥学校教学任务的同时，充分利用业余时间，查阅大量资料，开展调查研究，苦心撰写论文。最后几经修改，形成六大部分、总计 4 万余字的文稿，其主要内容：一是社会主义经济运行必须建立在商品经济基础上；二是建立社会主义商品经济运行机制的前提条件；三是社会主义商品经济微观运行机制；四是社会主义商品经济宏观调控机制；五是社会主义商品经济运行机制的目标模式；六是当前我国商品经济运行中的问题与对策。

1988 年 6 月 22 日，李老师带领我和陈飞龙同学来到中共中央党校，在王珏老师的夫人宋老师的具体安排下，邀请北京大学的萧灼基、北京经济学院的杨时望、中共中央党校的张大军等教授作为答辩老师，萧老师为答辩委员会主席。记得当我汇报完论文的主要内容后，萧老师提出了一个难度很大的问题，即让我回答马克思在《资本论》一至三卷中是如何论述商品价值及转化为生产价格的，并提出给我半小时的准备时间。

学过政治经济学的都知道，在资本主义的竞争关系下，商品价值转化为生产价格，是马克思价值理论中极其重要而又争论激烈的内容之一，贯穿于《资本论》一至三卷中，这关系到对马克思劳动价值论和剩余价值论的理解和把握，要回答好绝非易事。而我当时不知是哪来的底气，提出不用准备，立即回答。至于当时我是如何回答的，现在已经记不清了。但印象深刻的是，现场反响非常好，老师们非常满意。事后萧老师一再对李老师说，他不是故意刁难学生，但我们能培养出这么高水平的研究生，使他信服。

这次硕士论文答辩的成功，不仅使我顺利获得了由时任中共中央党校校长高扬、学位评定委员会主席高狄签发的经济学硕士学位，还为省委党校争了光，以至于在很长一段时间里，李老师讲到此事时都非常高兴，常常以此例证党校培养的研究生水平并不输于国民教育系统。后来，我这篇论文的部分内容，以“论社会主义商品经济运行机制的目标模式”为题，发表在《中共浙江省委党校学报》1988 年第 3 期上，这是那一期的重点长篇论文，总计有 8000 余字。

多次到党校培训和授课讲学

自 1988 年 6 月我在省委党校顺利完成研究生学业并获得经济学硕士学位后，便与党校结下了不解之缘。尤其是 1994 年 9 月我从武警杭州指挥学校转业到浙江省委政策研究室工作以后的 20 多年间，曾多次到省委党校参加培训，或应邀到省委党校做报告，对党校的老师、同事，以至一草一木，都很熟悉，充满了感情。

研究生毕业后我作为学员参加党校（行政学院）培训，算起来有 5 次之多。第一次是 2001 年 4 月至 5 月，参加为期 2 个月的“第十五期处级国家公务员任职培训”班，结识了陈广胜、费航、周建国、李军等同学。第二次是 2003 年 9 月至 12 月，参加为期 4 个月的中青一班培训，结识了刘庆龙、陈敏、张志益、丁康生、迟永斌等同学。第三次 2004 年 12 月，参加为期 3 天的新任省管干部任职培训，由于时间短，同学尚未熟悉就分开了。第四次是2008年5月至6月,参加为期2个月的省管干部进修一班培训,结识了胡江潮、李锦平、冯一鹤、沈强等同学。第五次是2012年12月,参加为期一个星期的学习党的十八大精神和习近平系列重要讲话精神培训,又结识了一批新的同学。

大概是我长期在浙江省委政策研究室工作的缘故,每次到浙江省委党校培训,同学们都推荐我当小组长或学习委员,承担着小组或全班调查报告的写作任务,有时还代表全班到大会发言。而我每次知道推不掉,也只好安于接受,权当一次锻炼提高自己的机会。如2012年12月,参加学习十八大精神和习近平系列重要讲话精神培训时,不仅为小组起草了学习体会文章,还代表小组到大会交流发言,后来我把发言稿以"理论宝库　行动纲领　工作指南"为题,发表在2013年2月4日的《杭州日报》上。

作为浙江省委党校特约研究员和客座教授,我还经常参加其举办的学习贯彻中央和省委重要会议精神的座谈会。如2014年上半年,浙江省委召开十三届五次全会后,我作为省委《关于建设美丽浙江创造美好生活决定》的主要起草者,应邀到浙江省委党校参加座谈会,向与会领导和专家介绍了省委关于"两美"浙江建设这一重大决策的背景依据、指导思想、总体要求、目标任务和政策举措等,介绍了浙江在"八八战略"的指引下,由"两创"浙江向"两富"浙江再向"两美"浙江发展的进程。2014年10月党的十八届四中全会召开后,我应邀参加浙江省委党校举办的"学习贯彻四中全会精神,深入推进法治浙江建设"的座谈会,做了题为"党的领导是社会主义法治最根本的保证"的发言,并刊登在2014年10月28日的《浙江日报》上。同时,我还经常作为授课老师或评委参加浙江省委党校一些主题班次的专题报告会和学员调查研究报告答辩会，宣传浙江省委的重大决策部署精神，指导学员搞好调查研究工作。

在我与浙江省委党校结缘的这30年来，党校无论是校区设施建设、干部培训工作，还是研究生教育等都获得了长足发展。特别是2005年12月28日，时任浙江省委书记、省人大常委会主任习近平，亲自参加党校新校区开工仪式并启动开工按钮和培土奠基，开启了党校发展的新征程。新校区在余杭区五常街道区域内，占地225亩，建筑面积11.8万平方米，2008年9月正式启用，门牌号为文一西路1000号。

在研究生教育方面，浙江省委党校于1993年被国务院学位委员会批准为硕士学位授予单位，具有独立招收和培养硕士研究生的资格，纳入国家高等教育和学位管理体系。目前已有哲学、理论经济学、政治学、马克思主义理论、公共管理5个一级学科和区域经济学1个二级学科学术学位硕士授权点，以及公共管理硕士（MPA）1个专业学位硕士授权点。仅2015年就招收学术学位与专业学位两种类型硕士研究生数十人，其中学术学位硕士研究生计划招收30名。同时还计划招收7个班350名在职研究生。

30年来，浙江省委党校的校园建设和研究生教育，真是今非昔比，变化巨大呀！

写于2015年2月

我与中共中央党校的二三事

20世纪80年代初以来,我有幸4次到中共中央党校或部队分部参加学习和培训,在王珏老师指导下完成硕士论文和答辩,参加过中共中央党校调研组召开的座谈会等。尤其是2012年春季参加为期两个月的地厅班(58期)"战略思维与领导能力"研究专题进修,深度走进中共中央党校,感触良多,撰写了长达1.8万字的纪实散文《大有庄100号院——我所知道的中央党校》。全文收录在《我与母亲》一书中,其中8000余字发表在《浙江日报》上,再其中3000余字发表在《学习时报》上,后被《我与中央党校——校庆80周年纪念文集》收录。详细的都说了,为保持回忆母校系列文章的完整性,这里再简略谈谈我与中共中央党校的二三事。

四次结缘中共中央党校

中共中央党校作为培训党的中高级领导干部和培养马克思主义理论骨干的最高学府,许多人一生也难得走进一次。而我好像与中共中央党校有缘似的，或作为校外学生，或作为校内学员，曾4次走进中共中央党校，聆听中共中央党校老师的教诲，接受中共中央党校的教育培训。

第一次是1982年3月底至4月初，参加为期1个月的海军理论骨干读书班，主要是学习哲学。当时的海军读书班是"文革"结束后海军常设的一个学习机构，作为海军支部编入中共中央党校部队分部，驻地在北京西山海军第二招待所，那里离中共中央党校很近，上课的老师主要来自中共中央党校，目的是深化对实践是检验真理唯一标准的认识，为海军"拨乱反正"、肃清"文革"的影响提供思想理论准备。由于学习时间很短，读书班没有组织到中共中央党校参观，但中共中央党校老师大胆解放思想的讲解和深厚的理论功底，给我留下了深刻的印象。

第二次是1983年9月至1984年1月，参加为期5个月的中共中央党校部队分部学习。这次学习时间较长，办理了"中共中央党校部队分部"学员证，地点还是在北京西山海军第二招待所，内容更多的是学习政治经济学、科学社会主义和改革开放等方面。由于这次参加读书班的学员大多为海军的中高级将领，海军党委和中共中央党校非常重视，选调了中共中央党校最好的老师来授课，还多次组织我们到中共中央党校参观和借书，而我是最小的连级干部，原本是作为小辅导员去的，搭便车混进了学员队伍。读书班结业后，我们领到了由中共中央党校校长王震和第一副校长蒋南翔签名颁发的毕业证书，算是中共中央党校正式的学员了。

第三次是1987年9月到1988年6月，作为中共中央党校王珏教授指导的研究生。这一年主要是在杭州撰写论文，其间有几次在李基固老师带领下赴中共中央党校，当面向王珏老师请教，最后参加硕士论文答辩，顺便逛逛美丽的校园。

第四次是2012年3月初至4月底，参加为期两个月的中共中央党校地厅级培训班学习，详情可见《大有庄100号院——我所知道的中央党校》一文。这里需要补充的是：第一，这次学习是浙江省委组织部安排并报经省委主要领导同意的，属于主体班学员，学员来自中央机关和全国各地，使我有机会全面深度体验了中共中央党校的教学与生活。第二，长篇纪实散文《大有庄100号院——我所知道的中央党校》发表后，产生了广泛的社会影响，时任省委书记赵洪祝做了批示，时任省委秘书长赵一德讲，凡进中共中央党校的学员都应该看看这篇文章，还有的老同志拿着史料上门拜访交谈，至今这篇文章还在互联网上广为流传。

王珏老师的教诲

我的硕士论文指导老师是著名的王珏教授。王珏老师原名邹绍臣，1926年5月4日出生于辽宁省辽中县，从小参加革命，曾任辽中“青年同盟会”副干事长、学生会主席，辽中县委工作团副团长，辽南地区武工队长，临江县县委委员、宣传部长等职。新中国成立后的1950年8月，24岁的王珏考入中央马列学院（现中共中央党校）学习，后来一直留在中共中央党校任教，曾任政治经济学教研室主任、教授和博士生导师、经济体制改革研究所所长、第八届全国政协委员、中国市场经济研究会会长、中国市场经济报社社长等，是中国著名经济学家，在《资本论》研究、生产力经济、乡镇经济、区域经济、股份制经济、国企改革等领域独树一帜，颇有建树，许多建议被党中央采纳，曾担任许多省市与党校的高级顾问。在我就读浙江省委党校研究生期间，能在这样一位久负盛名的教授指导下完成硕士论文和答辩，也算是三生有幸了。

自1988年6月在王老师指导下顺利拿到经济学硕士学位后，我与王老师又有过两次让我印象深刻的见面。一次是1993年9月底，王珏老师作为浙江省委党校的顾问，应邀到省委党校与部分老师和研究生座谈有关市场经济体制改革等问题，然后在杭州小住。10月3日，我到大华饭店去看望王老师及夫人宋老师。当时已至初秋，天高云淡，秋高气爽，王老师身着白衬衫，打着时尚领带，外穿无领深色羊毛衫和深色西裤，师母则着浅白色外套，肩挎黑色皮包，两位老师神采奕奕、仪态优雅。王老师一见到我，就兴奋地谈起党中央肯定市场经济取向改革，提出“我国经济体制改革的目标是建立社会主义市场经济体制”的重要性，认为这符合马克思主义基本观点和中国实际。王老师还谈到股份制的现代企业制度是国有企业改革的目标模式，劳动者股份所有制应是社会主义公有制的主要形式，中小企业改革模式应是股份合作制等观点。随后，我们来到院子里，以湖边的桃柳和宝石山为背景，留下了多张合影，记载下了永恒的瞬间。

再一次见到王珏老师是2012年春季。当时我正在中共中央党校培训，本想3月初一进党校就去看望，后来得知王老师到深圳避寒度假去了，要开春后才回来。直到4月25日培训班快结束时，我才有机会到王老师家登门拜访。这时王老师已经86岁高龄，听力有些下降，满头白发，但精神矍铄、思维敏捷，穿了一件红毛衣，倍显精神。

王老师一拉起我的手，就滔滔不绝地谈起他的“劳者有其股”理论。他说，过去我们搞革命是为了使农民“耕者有其田”，现在我们搞改革就是要使职工“劳者有其股”，也就是劳动者应成为有产者、投资者。他说，劳动者股份所有制既不同于私有制，也不同于原始公有制和传统公有制。劳动者的个人财产权是社会主义最本质的东西，股份制在由资本主义转化为社会主义的过程中，必须确立劳动者的主体地位。也就是说，不仅要使劳动者成为社会进步的主导力量和主要动力，而且还必须保证广大劳动者占有和分享社会经济发展的成果。他提出要做到“劳者有其股”，首先应从所有制和产权制度的改革入手，调整和量化国有企业的资本结构。股份制企业改革应该推行“三一制”，即将三分之一的净资产量化给企业职工，作为补偿股补偿职工长期劳动所得，在补偿股基础上实行优惠股和投资股，这三种股占35%，使职工在身份置换中真正受益。剩余的65%，其中30%转为社保基金（落实到每个受保人），最后的35%可仍归国家所有但应逐步集中到关键领域和关键行业的骨干企业中去。这样，不仅使国有资本（资产）集中到它应该存在和发展的领域，发挥其主导作用，从企业的资产结构上也实现了多元投资主体，符合现代企业制度的要求；广大国有企业职工也成为改革的最大受益者。至于农村的承包田，也可以股份化，即允许农民把承包田作为股田转让，这样既促进了农业规模经营，又确保了农民的投资收益权。应该说，王老师的这些理论和建议，至今对深化国有企业改革和让人民对改革有更多获得感，具有重要意义。

见面中王老师还谈及，他已辞掉中共中央党校特级教授的职务。他说中共中央党校授予他特级教授是终身的，但感觉自己年龄已大，精力大不如从前，不应再占着这个职位，还是让出来好。他这种实事求是的精神，使我深受感动，深受教益。

不知不觉中我们师生俩就聊到了吃午饭的时间，我要告辞了，王老师不肯，一定要留我吃饭。王老师吃得很简单，就是让保姆煮了一点速冻饺子，一人一盘，外加点醋蒜，最后再喝点饺子汤，比我们学员食堂吃得还简单。这又一次让我受到了教育。其实，许多像王老师这样有良知的经济学家，思想很睿智，治学很严谨，却为人很真诚，生活很简单，如同鲁迅先生所言，吃的是草，挤出来的是奶。

中共中央党校老师的大手笔

中共中央党校老师看问题的视野和角度，用一句套话说，可谓是“高屋建瓴，总揽全局，洞察秋毫，见解深刻”。这可从一件小事说起。

2011 年下半年，当时我作为省委政研室综合处处长，参加了一次由中共中央党校教育长李兴山教授主持召开的座谈会，随行的有赵振华、韩保江、曹新等老师，内容是全面总结浙江市场经济的发展重大理论和实践意义。我从浙江民营经济发展的历史阶段、现状特点、原因分析等方面，讲了一些自己的独到见解，给中共中央党校老师留下了深刻印象。

回北京后不久，中共中央党校这 4 位老师集体执笔，以中共中央党校浙江经济调研组为名，撰写了一篇长达 2 万多字的调研报告——《社会主义市场经济的成功实践——浙江经济调查研究报告》，分两次发表在中共中央党校颇具影响力的《理论动态》2012 年 1 月的 1551 期和 1552 期上。在这篇调研报告里，中共中央党校老师首次把以温州、台州为代表的浙江经济定位为“民本经济”，特别提出：“浙江经济的发展不仅在实践上为我国经济的发展提供了一条思路，而且还有深刻的理论意义。浙江经济现象的大量素材告诉我们：研究社会主义市场经济理论应当到浙江；研究马克思主义政治经济学应当到浙江；研究邓小平理论应当到浙江；深刻学习和研究江泽民同志的

‘三个代表’重要思想和‘七一’讲话精神也应当到浙江。”这“四个到浙江”是中国理论界对浙江民营经济发展重大理论和实践意义的第一次高度概括，非常精辟，非常到位。后来，在很长时间，我经常引用这“四个到浙江”，用来说明浙江的发展模式对中国经济发展的导向意义和理论价值。

2012 年春，我到中共中央党校参加培训时，已任中共中央党校经济学部副主任、教授、博导的韩保江老师，在给我们班授课时竟一下认出了我。他不仅高兴地谈起 10 年前他同李兴山等老师到浙江调研民营经济时的情景，还谈到 2006 年 8 月我们一起参加“义乌发展经验”理论研讨会的情景。原来，为贯彻时任省委书记习近平提出的“学习推广义乌发展经验，富裕一方百姓”的要求和省委、省政府《关于学习推广义乌发展经验的通知》精神，2006 年 8 月 21 日，浙江省委宣传部牵头在义乌组织召开了“义乌发展经验”理论研讨会。会上，韩保江老师就“‘义乌经验’的核心是‘按规律办事’”为题发言，阐述了市场化联动工业化、城市化共同发展，非政府组织作为“第三只手”发挥奇效，义乌的竞争力来自软硬结合、相辅相成等观点。我则以“科学有为：义乌发展奇迹的重要经验”为题发言，阐述了义乌“党政善谋全局、把好方向；因势利导，调控有度，坚持走科学有为的发展路子，不失为一条重要经验”。后来，我的这篇发言以“浙江义乌市实施‘兴商建市’发展战略的调查”为题，发表在 2007 年 1 月 31 日的《人民日报》上。共同的研究、思考和产生的共鸣，使我们彼此留下了深刻印象。在中共中央党校培训期间，韩保江老师对我照顾有加，至今还保持着节假日的短信问候。

写于 2015 年 3 月

军旅生涯在航一师起航

或许因从小受《谁是最可爱的人》的宣传影响，或许因生命里流淌着的血性，当兵，一直是我儿时的一个梦想。

直到高中毕业前夕，也就是1974年我20岁的那一年，海军航空兵第一师到县里招兵，我各方面检查合格，应征入伍，走进军营，才算圆了我的儿时梦。

谁知这一走，就走到了江南，走到了东海，走进了蓝色的军营，走进了绿色的校园，走出了一片新天地，可再也走不回儿时的故乡。

火车开向远方的航一师

1975年1月初，经过漫长的报名、体检、政审、期待、通知、欢送、集中，终于迎来新兵入伍启程的时刻。7日中午，迎着冬日的碎阳，我满怀理想和保家卫国的信念，甚至抱有壮士一去不复返的志向，与新入伍的老乡一起，步行来到通县火车西站。

途经北苑的路上，母亲一瘸一拐拉着5岁大的小弟弟，泪眼婆娑地看着我狠心离去。到了火车站，一告别前来送行的老师、同学和村里的乡亲，我立马爬上拉煤用的黑闷罐子车厢，直挺挺、傻愣愣地坐在简陋的草席上，一言不发，任凭身后传来女生的哭声。

汽笛一声肠已断，从此天涯孤旅，从此身献国家。随着一声嘶鸣，新兵专列缓慢向遥远的南方驶去。

不知火车行驶了多长时间，我的心绪慢慢平静下来。想到自己是暂定新兵第12班班长，想到自己是新兵专列上唯一的新入党的党员，一种帮着接兵的刘指导员和孟排长做点什么的责任感油然而生。于是，每到新兵专列停靠的兵站，我都抢先站起来，帮着拉开沉重的车门，以方便战友们下车洗漱、如厕、就餐和饮水等，还忙着清扫倒掉车上的垃圾。

一次，由于拉车门用力过猛，左手中指和食指被深深带进车厢的门缝，顿时两个手指被碾破，指甲盖脱落，鲜血直流。队医马上过来消毒包扎，孟排长还把他的军绿棉手套送给我，免得路上伤口挨冻。就这样，“出师未捷”，我挂着彩继续南下，至今两个手指还留有浅色的疤痕。

拉煤用的新兵专列是没有玻璃车窗的，车厢上方只有一个黑洞洞的小窗口，我们一天到晚或坐或躺在草席上，全然看不见沿路的山川大河、城市村庄，加上没有手表，也不知时辰几何。好像在经过长江大桥时，听到一阵轰隆轰隆、咔嚓咔嚓的过桥声。刘指导员告诉我们：“火车过长江了，南京快到了，部队快到了。”

经过两天两夜漫长的行军，9日上午8点，新兵专列终于停靠在江苏省常州市武进县奔牛火车站。下了火车，在刘指导员和孟排长的指挥下，我们打起精神，背起背包，迷迷糊糊地上了一辆辆解放牌敞篷大卡车，一路上也不知走了多少路，用了多少时间，最后来到一个叫罗墅湾奔牛机场的地方。这里就是我军旅生涯起航的第一站——海军航空兵第一师。

航一师的奔牛场站

隆冬的江南，大地仍铺满了绿意，道路两旁有绿色的松树、樟树、冬青树，田野里有尚未收割的大白菜和冬青菜，河水依然静静地流淌。啊，原来江南的冬天与北京的冰天雪地是不一样的。

地处武进县的海军航空兵第一师，是1952年6月组建的第一支海军航空兵部队，受到过周总理的检阅，参加过1954年4月解放一江山岛的战斗，多次圆满完成沿海护渔护航、打捞万吨巨轮“跃进号”、军事侦察、转场训练、战备值班等任务，培养了大批海航飞行员和干部。可以说，航一师是一支老牌的英雄部队。

奔牛场站，是航一师的机场、修理厂、地勤人员、后勤保障人员、新兵连教导大队等的所在地。地理上紧靠丹阳县，距常州市不足20公里，离师部西夏墅不足8公里。奔牛场站的营门很简易，两个门垛，好像写有“提高警惕，保卫祖国”的标语，旁边有水兵持枪站岗，一条砂石路通向营区各个主干道。营区四周，是附近农村的沟渠和水田。

进了营区，左侧依次是广场、大礼堂、俱乐部、小卖部等。往前过一条小河，两边是三四层楼高的地勤人员宿舍。再往前，就是新兵连教导队。当然，再往前，就是一望无际、广阔无垠的飞机场。

教导队的营房是一排排平房，墙体是水泥粉刷的，屋内墙面为白色涂料，显得十分简朴。每间房放两个床架，分上下铺，住 4 个人。我在新兵第 12 班，睡下铺，任副班长，班长由带班的老兵担任，记得班里还有卢金刚、黄继亮、李树东、关峰、刘贵生等人。

新兵连的生活设施很简陋。营房前有一个水槽，安装了一排水龙头，供新兵洗脸漱口用，喝开水要到锅炉房去打，厕所是公共厕所。每个新兵配发一个小板凳，班里开会、连里开会，甚至到礼堂前广场看露天电影，都要带着小凳子。伙食是每天 4 毛 5 分钱的大灶标准，整天就是粗米饭、熬白菜、煮萝卜，很少能看到肉星。尤其是我们北京来的兵，很不习惯天天吃米饭，吃得胃里直冒酸水。

那一年，航一师征集的新兵大概有 200 人，其中来自北京通县和海淀区的约 100 人，来自上海的约 100 人，其余少量还有来自山东、河南等地的。大家一起在新兵连教导队接受两个月的训练，然后分配到各个场站、师部、团部和连队，其中还有的被分配到三团所在地——安徽的肥东场站。

教导大队的新兵训练

新兵连的训练单调、乏味，甚至有些枯燥。

首先是练叠被子、打背包、整理床铺。被子要横竖三折，叠出棱角，俗称豆腐块。打背包是三横两竖，两肩可背。床铺是要求平整，一丝不乱，然后豆腐块码在床头，上面再放军帽。挎包、毛巾、水壶、漱口杯等的摆放都要整齐划一。

清晨，起床号一响，马上集合跑步。值班连长喊着“一二一”“跑步走”等口令，还不时带着我们喊“一二三四！”。跑步回来，开始洗脸、漱口、吃早饭。饭后稍作休息，再集合到训练场，开始一天的队列练习。

训练场在机场尽头的一片空地上，很大，很开阔，是我从没见过的广袤土地，心想要是种庄稼，得打多少粮食呀。机场旁边矗立一座座机窝，停着一架架带螺旋桨的图-2飞机、运-5飞机和不带螺旋桨的轰-5飞机等，不时还有地勤机组人员在做维护工作，牵引车和油料车进进出出。

队列训练主要以班为单位，由老兵带班示范，基本动作就是稍息、立正、敬礼、礼毕、向右看齐、向前看、报数、向左转、向右转、向后转、齐步走、正步走、便步走、跑步走等。每个动作都有标准姿态和分解动作，一个一个学，一个一个纠正。别看这些动作很简单，一个班要做到整齐划一还真不容易。有的新兵，平时还会走路，可一到训练场就分不清前后左右，走路也常常抬腿摆臂同向而行，俗称顺拐，闹出不少笑话。

每天晚上，新兵连还要安排站岗，枪是不发子弹的半自动步枪，两个小时一班，负责教导大队周围的警戒。基本要领是，见到陌生人，马上询问："谁？口令！"若对方答不出来，就持枪警告。口令经常变化，大概有"长江""黄河"之类。记得我站岗时，就是守在一堆白菜旁，除了带班的查岗外，从没遇见过生人，只是晚上冻得够呛，折腾得睡不好觉。

还有，就是搞紧急集合。睡得好好的，突然哨声响起，大家匆忙起床，立即穿好衣服，扎好皮带，戴上帽子，系上风纪扣，三横两竖打起背包，带上挎包或水壶，立即跑出去，以班为单位报数给排长，排长整队后报告连长，连长整队后跑步出发，沿着营区跑向机场，折腾一圈，回来检查，点评一番，然后回床再睡。

开始我们没经验，睡得死，起得慢，跑得乱，后来有的战士索性打好背包，穿衣睡觉，哨声一响，立即出发，倒也能争个先进。

经过近两个月的枯燥训练，我们初步具备了军人素质——

守时守纪，整齐整洁，自立自信，站有站相，坐有坐相——这使人终身受益。很多年以后，当我成家立业时，家里缝棉被、搞卫生、烧饭、理财等都是我亲力亲为，打理得井井有条。我有个叫武延年的战友，比我还厉害，当过家乡公安局的局长，工作指挥若定，战功赫赫。理家也是一把好手，一切都是整齐划一，一尘不染，一丝不乱，甚至棉被还是叠成豆腐块，始终保持着军人的习惯！

不情愿来到西夏墅师部宣传科

新兵连结束前的一天，也就是 2 月 21 日，一辆绿色北京吉普车，突然驶进新兵连。车上跳下来一位身着灰色军服、上下四个口袋的首长，后来得知是师部宣传科副科长冯孝新，时任正营职。连队指导员马上把我叫到连部，一番报告、敬礼、自我介绍后，冯副科长带着山东口音微笑地对我说："小郭呀，组织上准备叫你到师部宣传科，当广播员，做宣传工作，愿意不愿意呀？"我内心很不愿意，可又不敢当场表白，只是支吾了几句。

可没想到，2 月 25 日，新兵分配还没开始，师里就来人把我接到位于西夏墅的师部宣传科，安排做广播员，这使我很不愉快。这种不高兴，我在当天的日记中有所记载："今天下午，自己被分配到师直宣传科，工作是广播员，思想不通。"

之所以思想不通，完全是源于朴素的革命热情加年少轻狂的无知无畏。当时我想，新兵训练结束后，直接到基层中队去，干地勤工作，学雷达，学机械，学无线电，学点建设祖国、保卫祖国的本领。况且，我们排长还说要把我带到肥东机场去，到机组起个骨干作用。可当机关兵，有啥意思、有啥出息呢。

后来，科长告诉我，这份工作要求很高，从档案看，你是新兵中唯一的一名党员，政治上可靠，又是应届高中毕业生、班团支部副书记、校团总支宣传委员，搞过宣传工作，组织上看重你，想培养你。顺便说一句，这种培养在三年后就应验了，即当年恢复高考时，我顺利报名和考上了杭州大学，从而改变了人生的发展轨迹。

可当时我不知道，还闹了好一阵子情绪，并在同高中入党介绍人王成瑞老师通信中，流露出不愿干的想法。后来，王老师来信批评我，说我这是认为"屈才""大材小用""英雄无用武之地"的错误思想，要不得，必须改。王老师的批评一针见血，使我幡然醒悟，努力矫正自己的无知和任性。

师部宣传科隶属于师政治部，当时科长是刘志远，后来是刘曾参，副科长有冯孝新、袁守本和曾副科长，干事有王一善、李柏林、吴春普、司马连义、陈干事、胖王干事等。下辖一个放映组和俱乐部，组长是王家俞，后来是周国宾，战士有张玉泽、薛新民、刘勋、李群刚，后来又有王伦友、高峰、李福祥、丁海洋等。俱乐部中还有一个重要人物，就是师郑耕禾副政委的夫人张若青女士。放映组和俱乐部大部分人马在奔牛场站，我到师部是接任即将转业的北京兵王会军，做广播员，与负责师部军人俱乐部的张若青一起工作。

师部广播室和俱乐部位于大院中间北侧一套坐北朝南的三间平房里，东间房是我住的广播员宿舍；中间房是个大厅，作为干部和飞行员打乒乓球的场地；西间房前面是阅览室，后面是广播室。其实，广播员不是通常意义的播音员，主要是按钟点开关广播机，早上播放起床号的唱片，然后转播中央新闻，晚上播放熄灯号的唱片，上下午课间操时再播放广播体操和音乐的唱片，有时也广播一些基层连队的来稿，或邀请音色较好的天津张参谋，与我一起录制一些诗歌朗诵如贺敬之的《雷锋之歌》等。

别小看只是播放唱片，这可是整个师直机关、全体飞行员甚至包括家属大院一天作息的指挥中心，稍有闪失就会出错，造成作息混乱。开始的时候，由于我工作不安心，加上年轻贪睡，出了几次小事故，有时睡过头忘开机了，有时开机晚了，有时把起床号吹成熄灯号，有时课间操时忘了放音乐等，都被人家反映到科里，因此我做了好几次检讨。

还有一次，记得是 1976 年 1 月 9 日凌晨，天气很冷，我正在做广播机的预热准备。师首长刘政委跑过来，叫我马上开广播转播新闻。我说时间还没到。他说：“我命令你马上开！”原来，是敬爱的周总理去世了，中央新闻早在凌晨 4 点多就开始滚动播出讣告了。

师部大院和飞行员的生活

师部大院很简朴，营房一般都是砖混结构，没有高楼，也没有大礼堂。看电影只能在灯光篮球场的露天下，开大会要把人拉到奔牛场站的大礼堂。大院路旁种有冬青树、梧桐树、松柏树等，还有规模不大的花坛。可能是因为建设使用时间不长的缘故，大院中的树木都很年轻，树干一般只有碗口粗。

师俱乐部居中居后，前面有条横贯东西的砂石路，呈 Z 字形，东边有洗澡堂、游泳池，过了东门是一片稻田，然后就是家属大院；西边是卫生所、军人服务社、锅炉房，西门是营区大门，门口有一幅司马连义干事绘的反映海军航空兵生活的巨幅油画，出了营门，砂石路弯弯曲曲通向热闹的西夏墅，那里有西夏中学、农贸市场、照相馆和大运河。每天早晚，家属大院的孩子们三五成群结伴从俱乐部门前经过，步行到西夏中学去上学。

师部大楼在俱乐部的南面，一字排开，主楼三层，副楼两层，水磨石地，开间大，很宽敞。师首长和司令部、政治部机关等都在那里办公。当时部长是范天喜，副师长有姜贵等，政委有刘政委、邓副政委等，参谋长姓李，有点胖，讲话很凶，最常说的一句话是："我是参谋长，我听师长的，你们都得听我的。"包括洗澡，他陪首长先洗，我们后洗。

师部也是飞行员们居住的地方，感觉他们很神秘，很优越，很令我羡慕。首先是住得好，都是楼房，两人一间，设施齐全，有电扇、暖气等。二是穿得好，一年四季都穿夹克，酷得很，尤其是冬天，穿带毛领的棕色皮夹克，特暖和，而我们穿的是笨重的大棉袄、大棉裤。三是吃得好，一天伙食标准相当于我半个多月的津贴费，其零头都比我们大灶高，他们顿顿有肉吃，天天有水果，有糖果，有罐头，令人眼馋。有一次，我看到一名炊事兵从车上卸香蕉等水果，他拿着一根香蕉捏了半天，又放了回去。我问他怎么不吃，他说不知道怎么吃，不知是吃皮还是吃里面的肉。四是出门坐轿车，每次飞行时，飞行员都是坐大轿车到奔牛场站，飞行训练后，又坐大轿车回来，而我们只能坐敞篷的解放牌大卡车。

当然，飞行员的训练很苦。每天要坚持跑步出操，在旋转轮上旋转几十次，或三人一组，拿着飞机模型在操场上练动作配合。一旦身体不好或其他原因退出飞行员序列，一切待遇就都取消了。如接我们新兵的刘指导员和宣传科的胖王干事，过去都是飞行员，退下来与大家一样，就没啥优越待遇了。业余时间，飞行员最喜欢去的地方是军人俱乐部，主要是来打克朗棋，打乒乓球，或来借书看画报等，一来二去与我熟悉了，有时拿来水果、罐头之类，我竟然不好意思要。

飞行员面临的最大危险是飞行事故。据记载，自航一师组建以来，也发生了大大小小不少的飞行事故。正因为如此，每当执行飞行任务时，最担心的是飞行员随军家属们，一听说出事，大家都哭。

可见，飞行员良好的生活待遇，既是工作的需要，也是他们用汗水甚至生命换来的。

在师首长身边成长

从 1975 年 2 月底到 1976 年 9 月，我在师部工作了一年半时间。这也是我人生成长最重要的一段时间。

在师部工作的最大优势是学习。当时部队对政治学习抓得很紧。由于宣传科所属的战士只有我一个人在师部，其余都在奔牛场站，他们在那边学，我直接参加科里的学习，这样便于聆听科里领导和干事们高水平的发言。有时，也有机会参加师政治部组织的学习，聆听王文田主任、冯宝石副主任等做的辅导报告。记得一天晚上，在俱乐部阅览室，宣传科冯副科长给机关干部和飞行员做辅导报告。他讲得生动活泼，使我深受启发和教育。

再一个学习对象是张若青。她时年 40 有余，四川人，中等身材，不胖不瘦，皮肤白皙，齐肩短发，聪明睿智，办事干练，语速很快，常穿一身蓝色海军便服，也穿过双排扣的列宁式女装，具体负责俱乐部的图书借阅工作，时常组织一些丰富多彩的诗歌朗诵、读书体会、黑板报展示等活动。张若青酷爱诗歌创作，经常创作一些反映海军航空兵生活的诗歌在《人民海军报》上发表，对我亦如母亲似的关心。后来，张若青的诗歌创作渐入佳境，在运用古典诗词格律讴歌海军生活方面独树一帜，出版了《海天长啸》诗集，编著了《真水无香》，以纪念其先生郑耕禾，她还曾担任碧波诗社的副社长。

在宣传科首长和张若青的帮助下，我利用俱乐部的学习条件，看了大量的图书、报刊，积极撰写反映部队生活的广播稿，也写了几首口号似的诗歌。记得有一次，科里安排我到附近的拥军小学，给学校师生做理论辅导。我查阅了大量的材料，积极备课，竟然讲了一个多小时。现在回想起来，我不知当时讲了些什么，讲得对不对，更不知小同学们懂不懂，但历史就是这样走过来的。

做广播员最大的问题是寂寞。白天还好说，人来人往的，可一到晚上，首长们都下班回家了，偌大的俱乐部就剩我一个人，冬天冷得要命，夏天热得要死，隔着后墙就是旷野荒郊，还不时传来鸡鸣狗叫的声音。可我那时年轻，不知道害怕，夏天还常常开着门睡觉。听说，我前任的前任，因耐不住寂寞，跟附近村子里的一个"小芳"好上了，犯了错误，被提前复员了。我还好，那时没有这方面的心思，也没有这方面的缘分。

当时师部有三个食堂，最好的是飞行员灶；其次是干部灶，保障基本供给，但要花钱买；最差的是大灶，仅供我们机关兵、卫生兵、通信兵和警卫连战士用餐，一天伙食标准只有四毛五，比九毛钱的地勤灶要低一半。尽管来自丹阳的老班长想方设法调剂，可还是难得吃一次肉，吃一次馒头，吃一次面条。每当开饭时，若看见谁的碗里有几片肉，大家都去抢。有个兵怕肉被抢，先向碗里的肉片啐上几口唾液，见没人抢了，然后躲到没人的地方，再慢慢品尝肉的滋味。有时，即使我们生病了，最好的病号饭，也就是一碗青菜鸡蛋面。

谈起生病，我还真的生了一场重病。不知为什么，或许是水土不服的原因，或许是当兵前长期吃不饱穿不暖的原因。1976 年初春，一个乍暖还寒的季节，我突然发烧发冷，盖三床棉被都压不住。科长知道后，马上派人把我送到位于奔牛场站南侧的师卫生队，在那里打针、吃药、输液，住了十几天医院。待出院时，浑身软得下楼都困难。

回到奔牛场站电影组

由于我的任性和坚持，在师部工作一年半后，科长同意把我调到奔牛场站俱乐部电影组，我在师部的广播员工作由山东兵王伦友接任。

回到奔牛场站，天空仿佛大了许多，真有点鱼归大海的感觉。主要是不寂寞了，人多热闹，与老乡见面的机会多，还能学点放映技术，以后复员也便于争取到县城电影院工作。

果然，到电影组工作不久，就开始出差，不断往外跑。

第一次出差是到上海，随同电影组组长周国斌买照相机器材。我俩先坐罗墅湾到常州的长途汽车，再坐常州到上海的绿皮火车。那是我第一次去上海，心情紧张而激动，堪比刘姥姥进大观园。谁知不巧的是，刚下火车，天已擦黑，我们就被拥挤的人流冲散了。当时我身无分文，人生地不熟，此时在上海就像在海上，如叶漂泊，惊慌无助。后来我想，周组长一定会去附近的宾馆，不如到宾馆找找看。总算是苍天有眼，周组长也正在宾馆大厅内找我。无须指责和相互埋怨，但后几天，我再不敢离开周组长半步。

第二次出差是到宁波。那是 1976 年 9 月底，毛主席去世不久，东航政治部宣传部组织一期电影放映员培训班，科里考虑到我刚到电影组，就派我去学习。我穿着海防衫军服，戴着有两根飘带的海军帽，胳膊上还戴着吊唁毛主席的黑纱箍，独自一人，坐火车到位于宁波的东航政治部报到。

经过大约一个月的学习，初步掌握了倒片、接片、架机、装片、放映、维修、挂银幕等技术，经考试合格，拿到了放映员证书，算是成为有资质的放映员。

第三次出差是参加东海舰队幻灯片调演。那个年代，部队放电影之前，都要先播放一些反映部队生活的幻灯片。东海舰队政治部宣传部为提高部队幻灯片的制作水平，决定搞一次调演。为此，宣传科领导十分重视，特意安排画家司马连义干事带领我们创作一部反映航空兵生活的幻灯片，我与薛新民、高峰等有点绘画基础的战士一起参加。我们割好玻璃，刷上白色涂料，然后画稿，刻画，涂色，配音，配乐，还到机场录制飞机起飞的声音，放映时画面与声音互动，还真有点马达轰鸣，飞机起航的动感。带着这部近10分钟的幻灯片，我与薛新民合作，先到上海大场航六师，再到杭州海军疗养院，又到宁波东钱湖东海舰队司令部，一路走一路放，收获了不少掌声。当然，在海疗庭院和东钱湖畔，看到一个个面若桃花、英姿飒爽的女兵和女干部，也不免产生一丝莫名的遐想和憧憬。

后来，出差的次数就数不过来了。我们航一师放的片子，统一由南京军区电影片库配发。开始片库在镇江，我经常跑镇江，由此知道了镇江有个金山寺，金山寺里面有个法海洞，法海与白娘子不合，老是干预人家与许仙的恋爱。后来片库搬到南京，我又老往南京跑，由此知道南京有个中山陵，孙中山主张“天下为公”。有一年，大概是1977年9月30日，我赶到南京取片时已到傍晚，南京群众正举行国庆活动，我随着人流涌进广场，本想就此在广场待一夜。谁知后来曲终人散，困扰袭来，实在熬不住了，后半夜赶到军区招待所住下，第二天一早取片回部队，累得够呛。

放映员的酸甜苦辣

放映员当时在部队很吃香，平时不出早操，不训练，作息无规律，既可晚睡，亦可晚起。整天就是在机房查片、倒片、接片、维护机器、制作幻灯片什么的。机型主要有两种：一种是解放牌103型35毫米移动式电影放映机，双机连放不间断，需两人操作；一种是长江牌16毫米坐式电影放映机，中间换片时要间断，可一人操作。此外，还有一种不常用的8.75毫米放映机。

顺便说一下，电影片是由一个一个画面组成的胶片，然后按每秒24帧速度放映，利用人的视觉暂留反应，使画面活动起来。

当时部队的文化生活很单调，几乎所有的干部战士都离不开俱乐部，都爱看电影。这样，我们就有一点小小的优越感，虽然吃的仍旧是大灶，但炊事员往往给我们打的菜多一点、好一点。有时晚上放完电影，夜深人静，张玉泽等从地勤灶老乡那里弄一点肉呀，菜呀，挂面呀，自己烧一点消夜吃。

但放映员确实也很辛苦。我们电影组负责奔牛场站、西夏师部、雷达站、常州陆军102医院等单位的放映任务。常放的片子有《地道战》《地雷战》《南征北战》《奇袭》《英雄儿女》《英雄虎胆》《平原游击队》《铁道游击队》《冰山上的来客》《我们村里年轻人》《柳堡的故事》《渡江侦察记》《秘密图纸》，还有戏曲片《朝阳沟》《智取威虎山》《红灯记》《龙江颂》，等等。放电影时接待单位对我们很客气，一般都要加几个菜，到102医院还能看到许多美女护士。

最辛苦的是放完露天电影收喇叭线和银幕。因为每次放电影，附近三里五村的人都会赶过来，拦也拦不住，所以只好安排部队坐中间，群众站在四周看，甚至银幕后面也站满了群众。问题是群众中有许多小孩，经常随地小便，把喇叭线浇湿，我们收线时常常弄得一手臊臭。

还有就是冬天的时候，我们坐解放牌大卡车，到数十公里外的雷达站和102医院放电影，回来的时候，夜深天冷，即使穿着厚厚的棉大衣，也冻得上牙打下牙，只好一路唱着“洪湖水呀，浪呀么浪打浪呀”，或者唱“穿林海，跨雪原，气冲霄汉”等，瞎唱了半天，晕晕乎乎回到场站，倒头便睡。

由于我在中学的时候，练得一手很好的美术字，擅长写宋体和黑体，这次到电影组总算派上了用场。每当师部召开重大会议，或春节欢迎地方文工团来慰问演出，我都参加刻写会标和礼堂里外标语的书写工作。从历史照片看，1977年春节期间大礼堂门口张贴的“热烈欢迎县文工团来我部慰问演出！”等大幅标语，都是出自我的手笔。

难忘的航一师战友情

1977年深秋，在师首长和科里领导的支持帮助下，我有幸参加高考制度恢复后的第一届高考，定向考入杭州大学政治系。自1975年1月9日到部队，到1978年3月5日离开奔牛场站赴杭州大学读书，我在航一师服役了3年零3个月。可以说，我人生的青涩年华在航一师度过，人生的工作轨迹在航一师起步，人生的战友情谊在航一师结起，人生的鱼跃鸟飞在航一师起航。

记得我离开航一师的时候，科里把当时仅有的一套《马克思恩格斯选集》送给我，还送我许多笔记本和学习用具。领导们纷纷请我到家里做客，并给我提出新的要求。奔牛场站俱乐部由张玉泽张罗，他当时已经提干，接替周国斌任放映组长，准备了六菜一汤为我送行。

记得我离开航一师的时候，武延年、彭殿军、武通来、秦浩、武金坡、张志喜等通县老乡一个个来看我，既羡慕又依依不舍。刘万福还专程送我到常州上火车，直到火车启动才从窗口跳下。

记得我离开航一师以后，科里领导还一如既往关心我。科长刘曾参到东航开会路过杭州的时候，专程到杭州大学政治系来看我。我俩坐在学生宿舍里，吃着从食堂打回来的粗糙饭菜，交流着彼此情况。刘科长还告诉我，即使你没考上大学，科里也打算把你提干，留在部队任用。这很令我感动和难忘。

很多年以后，我到江苏南京参加长三角地区政研室主任联席会议，特意在江苏省委政研室的安排下回到航一师。不知为什么，这时航一师的番号已经取消了，奔牛场站改为民用航站楼，军用机场改为军民合用，西夏墅我住过的宿舍还在，俱乐部的房子还在，但已没人使用。偌大的师部大院只有一个独立团，虽造了几座高楼，但人气不旺，略显荒凉。只有机场停靠的飞机升级了，不再是图-2和轰-5，一律改为轰-6，表明战斗装备有了提升。

岁月留痕人有情。尽管航一师的番号不在了，但我与航一师的情分依然浓烈。每次回通州老家，一块当过兵的战友总要小聚一下，共同畅谈所经历的航一师岁月。前几年，与多年不见的张玉泽、冯孝新、张若青、司马连义、丁海洋、刘勋等联系上，或者我专程去看他们，或者他们来杭州时约我见面，或者电话交谈。

实际上，更多的时候是一种心绪上的牵挂，听到航一师老人为恢复航一师番号的努力而备感兴奋，听到航一师姜贵师长去世的消息而十分惋惜，听到航一师大院的孩子们建立了QQ群追忆早已失去的童年，脑海里顿时浮现出张若青女儿朵朵、刘曾参女儿佩玲，以及王文田女儿、冯副科长儿子等每天从俱乐部门前经过上学的情景。

啊！航一师，你是我军旅生涯起航的地方，也是我魂牵梦绕的地方，真希望有一天，你能再现辉煌！

写于2015年10月

故乡屋后的小河

引　子

从童年，到中年，到步入老年，我走过无数大江大河，走过长江、黄河、黑龙江、钱塘江，走过青藏高原的三江源，走过新疆的伊利河，也走过德国的莱茵河、法国的塞纳河、巴西的伊瓜苏河、圣彼得堡的涅瓦河和乌克兰的第聂伯河等，但记忆最深的还是名不见经传的我故乡屋后的小河。

这条小河自西向东从村中穿过，看似不宽，望似不长，没有河名，村民们也懒得给她起名字，然而她却非常传奇。从历史上看，小河古已有之，在我出生以前的以前就一直在那里流淌。从源头上看，小河的西头连着八里桥的通惠河，再往西连着天安门的金水河，再往西则连着玉泉山的大小溪流。从走势看，小河往东流进通州护城河，再往东流进北运河，然后顺着北运河就流向了我后来在那里成家立业的大运河杭州段。

小河把村子隔为前村和后村，前村住着二十来户人家，后村也居住着二十来户人家。我家住在前村，屋后就是这条小河，每当夏季涨水、夜深人静时，还能听到哗啦哗啦的流水声。我童年的大部分时光是伴着这条河流长大的，每到炊烟袅袅、饭菜飘香时，母亲做好了饭菜，冲着正在河边打猪草、挖野菜，或捉鱼摸虾的我，喊叫几声："小二，小二，回家吃饭了！"我马上屁颠屁颠地回到家里，与几个兄弟姐妹共同围坐在父母的身旁，一起吃着饭，拉着家常。

故乡屋后无名的小河伴随着我度过儿时最幸福的一段时光。

春　发

春天来了，过了五九六九，冰雪覆盖一冬的河面慢慢解冻，从河底的淤泥到两岸的河堤渐渐有了些暖意，冰层变得越来越薄，偶尔还能听到冰层的炸裂声和毫无规律的塌陷声。开河了！开河了！小河两岸的土壤苏醒了，柳枝泛出了新绿，枯草滋出了嫩芽，堆积在田野里的粪肥不时散出阵阵粪香。

这时候，我带领着几个小同学，按照老师提出的学雷锋做好事和植树造林的要求，砍下一些柳条，截成一小段一小段，沿着小河两岸去插柳种树，几年后柳条就长成一排排稀稀松松的树棵子。有时也提着竹篮子，拿着镐刀子，来到小河两岸去挖野菜，常见的野菜有荠菜、马齿菜、蒲公英、曲曲菜、灰灰菜等，挖回家去，嫩菜人吃，老菜喂猪。还有时躲在高坡向阳处，在一种很像马连草的草丛里寻找很细很嫩的草心，这是北方春季特有的一种草心，找到后慢慢提溜出来，然后放到嘴里咀嚼，一股甜滋滋的青草味至今无法忘怀。

夏　长

夏季来临，小河越加富有起来，从淤泥里钻出了泥鳅、黄鳝，游来了鲫鱼、鲤鱼、黑鱼、鲇鱼、白条鱼等，小蝌蚪渐渐蜕变成青蛙王子，白翅、黄翅蝴蝶在两岸的菜地里飞舞，蜻蜓、黑鬼子等沿河道上下穿梭、点着水花。小河西头紧靠京津公路大约有 10 亩藕地，长满了绿油油的荷叶，荷叶丛中钻出一颗颗硕大的花骨朵儿，随后绽放出一朵朵鲜艳的荷花。或许是当年人小眼低的缘故，望着 10 亩藕地感觉就像遁入了十里花海，满目都是荷叶荷花。藕田旁边有十几亩稻田，哗啦啦的河水先由西头引进稻田，在稻田里弯弯曲曲转了一圈，又从东头流回小河里。

那时候，每当放学后或节假日，我常常跑到小河边玩耍，先设法用秫秸做的网子捕捉一只母蜻蜓，然后折一根苇子拴住母蜻蜓再去招公蜻蜓，一招一准，非常刺激。有时捉来一只大豆虫或蚂蚱，拴在钓鱼线上，跑到河柳丛中或稻田里去钓青蛙。更多的时候是脱下鞋子、裤子下到河里，先把河水搅浑，惊吓着鱼儿扎向岸边，然后沿着河道边的草窝、暗沟摸鱼，手一触鱼立即按住，然后慢慢抓起，每每收获颇丰。那时日子穷，往往家里吃点荤菜，就靠我等几个孩子下河摸鱼了。

我对捉鱼有时竟到了痴迷的程度。有一年，老天爷连下了几场大雨，河水暴涨，上游的鱼儿顺流而下，我让村里的同学替我跟老师请病假，然后一大早带着弟弟，用大哥织的渔网卡住京津公路的桥洞口，鱼一撞脚就立即起网，过往之鱼无一漏网，都被我们截了下来，足有一大水桶。不巧放学时，被回家路过的老师看到，狠狠批评了一顿，说我竟敢为捉鱼装病不上学。幸亏我一直是班里的干部和五好学生，老师这才没有“小题大做”。

小河流进村东头的护城河后，形成宽阔的河面，也形成一丛丛的芦苇荡，我不仅常在芦苇荡里摸鱼、插鱼、掏鱼，还在池塘里学会了游泳。初学游泳那会儿，光着屁股跟在村里一帮大孩子后面，憋一口气扎到水里瞎扑腾，扑腾几回就学会了。长大后，曾到过县一中的游泳池游，到过西海子游泳场游，也到过大运河游，再以后就到游到南方去了。

秋　　收

秋天来了，天气渐渐转凉，一群群南飞的大雁不时从村子的上空掠过，奔腾了一个盛夏的小河慢慢消瘦，藕地里的荷叶变得枯萎，稻田里的稻穗变得金黄，京津公路两旁的钻天杨也不停地落下巴掌大的树叶。于是，一年中最忙碌的秋收开始了。

这时候，小河浇灌滋养了一个夏季的田地里，不时看到生产队社员们忙碌的身影。我跟在社员后面，先是磨快镰刀去割水稻，然后把水稻抱到电滚子打谷机旁，一把接一把打下稻粒，晒干后再去脱粒碾米。割完水稻，又跟着社员一起去挖藕。这时荷塘里的水早已放干，枯萎的荷叶也已被割掉，队长每隔一两米划出一个条块，分给各组去挖。莲藕生长在近一米深的淤泥里，挖藕的铁锹呈铲子状，薄且锋利。挖藕人需用巧劲，先用力把淤泥挖开，待看到藕节后，再顺着藕节用小铲向两边掏挖，直到把一根长长肥壮的莲藕挖出为止。能接连挖出整根莲藕的，也算是村里令人羡慕的能人。

在割水稻、挖莲藕的同时，还要抽出时间去收割屋后自留地种的白菜、萝卜。屋后的菜地是 20 世纪 60 年代初老舅在一片荒坡上开垦出来的，为的是种点粮食、蔬菜，解决我家孩子多、吃不饱的问题。这块地伴着小河，浇灌很方便，一般上半年种玉米，下半年种蔬菜。到秋季收菜的时节，我们把一颗颗大白菜砍下来，一个个大萝卜拔出来，简单晾晒一下背回家，或用大缸大粒盐腌制，或放入菜窖贮藏，要食用一个冬春呢。

秋收还有一个要干的活，就是搂树叶。一见寒风起秋叶落，我就沿着小河而上，背着笆箩筐，拿着竹耙子，带着草绳子等，来到村西头的京津公路，在两边一排排巨大的杨树下，顺着公路护坡搂树叶。搂树叶是有战术的，先抢占有利地形，划定一片区域，再用竹耙子把满坡的树叶一层层由上往下搂，然后再搂成一堆一堆的，最后再装进笆箩筐，背回家码成垛，作为家里一冬取暖烧饭的柴火。

冬　藏

冬季来临，北方大地披上一层层白霜，远远望去，田无一禾，树无一叶，一片萧条景象。当老天爷狠狠下了几场大雪后，小河结下厚厚的冰层。数九那个寒冬下大雪，把小河带入了沉睡的冬季。

这时候，看似了无生机的背后，实际上正是我们孩子们最开心玩耍的季节。学校早早放了寒假，生产队没啥农活，家务劳动也不多，除了走家串户聊天听故事外，更多的乐趣还是在这条小河上。我常常带着弟弟们来到小河旁，在一片片枯草覆盖的冰面上，透过冰层寻找一条条冻僵了的鲫鱼，发现后就用冰穿子凿开一个冰窟窿，然后把鲫鱼捞起来，多了炖着吃，少了熬汤喝，成为家里补充营养的美味。

再是做冰鞋、做冰车。说起做冰鞋，就是找几块松木板，按照鞋子的大小锯成鞋样，四边钉上扣带，底下钉上一根木条，木条上再打上铁条作为冰刀，前面微微翘起，然后穿在脚上、绑上带子，双脚就可以滑行了。这可比穿冰鞋稳当多了，当然也没什么技术含量，问题是我们买不起冰鞋，只好做这样的土冰鞋。冰车比较好做，找一块方木板，下面钉两根木条，木条上钉两根粗粗的铁条，两边微翘，再做两根木把钢钎子，坐在上面，两手一拄钢钎就能滑行了。孩子多的时候，我们分成两队玩打仗，坐在冰车上相互冲冲撞撞，嘴里喊着打打杀杀，一会儿就满头大汗，热气腾腾的。当然，玩完以后，热气散去，棉衣冰凉，要靠身上的热量再把衣服阴干，也挺难受的。

还有印象深刻的，就是看冰上舞蹈《白毛女》。大约是1968年的冬季，"北京市冰上舞蹈毛泽东思想宣传队"来到杨庄大队，演出冰上舞蹈《白毛女》，演出地点就在小河的上游西坑子。西坑子实际是村民挖土脱坯造房形成的巨大水坑，冬天结成开阔的冰面。那天傍晚，三里五村的人陆陆续续蜂拥到西坑子，这也是我第一次观看高水平的冰上舞蹈，演员们身穿戏服，脚蹬冰鞋，在高音喇叭播放的《北风吹》的优美旋律伴奏下，一一出场，表演各种高难度冰上动作，把白毛女的凄楚、杨白劳的无助、黄世仁的霸道、穆仁智的阴险，以及大春儿的豪情，演绎得淋漓尽致、活灵活现。原定连演三个晚上，后来一看观众太多，拥挤在冰面上造成冰裂，为防止出事故只好临时停止了。然而这场演出却引起极大轰动，许多年后，村民对此还津津乐道。

消　失

后来我离开故乡，离开小河，到南方当兵、读书、工作去了。

我走后，故乡和小河的命运发生了深刻变化。

不知从哪年起，小河成了下水沟，却取了个好听的名字叫玉带河；小河上面浇筑了柏油路，却也取了个好听的名字叫玉带路。接着，小河两岸的荷塘没了，稻田没了，钻天杨也没了，代之而起的是高架地铁、万达广场和一幢幢高耸入云的精品楼盘。

正当我在故乡撰写本文的时候，得知村庄马上要被拆迁。望着“杨富店村回迁房展示厅”，我无语和无奈，一面是村民们拆除平房就近上楼，实现“拆迁拆迁，一步登天”的梦想；一面是又一个村庄永久地在地平线上消失了，留下的只是过去一段无根的记忆。

不到 40 年的光景，我生命中的一条小河和一个村庄就消失了，这不知是喜还是不喜，幸还是不幸，福还是不福，千秋之事，谁能说得清楚呢？

写于 2015 年 1 月

流淌的运河　流淌的人生

——写在2014年6月22日中国大运河申遗梦圆多哈之际

记得儿时屋后有一条无名的小河
小河在荒芜贫瘠岁月献山富饶的物产
想吃荤了下河摸鱼抓虾
想吃素了岸边挖些野菜
舅舅沿着河坡开垦几分荒地
种些大豆玉米高粱
还有萝卜白菜南瓜
把我们几个兄弟姐妹养大

小河静静流淌进村东头的护城河
护城河岸矗立着富育女中和潞河中学
在一株株国槐、古柏和榆柳树荫的遮护下
聆听园丁孜孜教诲，畅想年少鸿鹄志向

死记文史地，练习数理化
听浩然讲述那《金光大道》的故事
也看大师兄刘绍棠写的《青枝绿叶》
幼小的心灵油然萌发起文学的梦想

护城河静静流淌进通惠河和北运河
运河两岸是片片肥沃土地和处处蒲柳人家
这里曾是皇家漕运之地
这里也曾是八国联军略京的水道
我在这里挖过河泥固堤强岸
也在这里光着屁股嬉水玩耍
千年变化的是河岸主人换了一茬又一茬
千年传承的是运河不屈不挠的精神文化

北运河静静流淌向南方延绵
流过南运河、鲁运河、中运河和里运河
最后流进美丽富饶的江南运河
我仿佛像大运河中的一滴水珠
随同蜿蜒绵长的河水
由北端的通州漂泊到南端的杭州
留在这里当兵、读书、工作、安家
娶下江南运河之畔的浣纱女
抒写一段南北运河儿女联姻的佳话

江南运河静静流淌进之江大地
流进西湖，流进西溪
也流进余杭塘河

这里有苏东坡、白居易和苏小小的足迹
也有土默热考证《红楼梦》的传说
这里还有我居住的美丽家园
傍晚行走在余杭塘河的林荫小径
思虑北方运河的家乡可好

啊，静静流淌了两千五百多年的大运河
宛如我白发苍苍的老母
亦如我儿女子孙的外婆
你哺育了大河两岸众生的成长
可也渐渐体弱肌瘦、血脉不畅
如今你是世界遗产
但愿子孙们不要急着旅游开发
而赶快去拆除一段段拦河大坝
疏通一条条毛细血管
恢复我儿时记忆的小河
焕发你婀娜多姿、青春靓丽的美貌

写于2014年7月

人生只合住湖州

“行遍江南清丽地，人生只合住湖州”——这是元代诗人戴表元对湖州的高度赞誉。这首诗，也吸引了无数文人墨客和普通百姓到湖州走走看看或定居安身。

我乃北方一粗人，有幸来到江南清丽地工作安居，陶醉于江南绿绿的山水、细细的雨丝、微微的和风和软软的吴侬越语。大概是阳刚之人喜欢阴柔之美的缘故吧，尤其是我在浙江学习工作 30 余年，行遍了浙江大地，也多次到湖州调查研究，对湖州略知一二，对“人生只合住湖州”有着切身的感受。

湖州是一座有着 2300 多年历史的江南古城，也是环太湖地区唯一因湖而得名的城市，素有“丝绸之府、鱼米之乡、文化之邦”的美誉，宋代便有“苏湖熟，天下足”之说。这里是湖笔文化的诞生地、丝绸文化的发源地、茶文化的发祥地。被列为“文房四宝”之首的湖笔就产于湖州，以赵孟頫、吴昌硕等为代表的书画家不胜枚举，有“中国书画史半部在湖州”之说。茶圣陆羽在湖州完成了世界上首部茶学巨著《茶经》，为此长兴修建了依山傍水的陆羽山庄，雕塑了陆羽像，叙述着陆羽撰写《茶经》的故事。湖州市郊区的钱山漾遗址曾出土了有4700多年历史、迄今为止世界上最悠久的蚕丝织物，湖州所产的辑里湖丝曾获得1851年英国伦敦首届“世博会”金奖，为浙江暨中国丝绸赢得了好名声。

湖州人很善于经商，早在清光绪年间，就形成了一支活跃于上海滩和苏杭的湖州丝绸商帮，产生了一批富商巨贾，故有“四象八牛七十二墩狗”之说。所谓象、牛、狗，皆以其身躯之大小，象征丝商财产之巨细。即财产达百万以上者称之曰“象”；五十万以上不过百万者，称之曰“牛”；在二十万以上不达五十万者则譬之曰“狗”。时至今日，湖商生产的丝绸仍品质超群，居全国同业之魁首。如我的朋友凌兰芳先生执掌的丝绸之路控股集团，奉行“将文化做成产品，将产品做成文化”的产业创新理念，全力提升丝绸文化真丝数码纺织工艺为主的书画、服装、家纺等附加值高、技术含量高、品牌档次高的真丝文化终端产业，全力打造世界东方丝绸重要文化产业基地之一，他们生产的蚕丝是世界顶尖奢侈品不可或缺的原料，荣获了“全国茧丝绸行业终身成就奖”。

再有就是湖州山水清丽，生态环境十分优美。太湖、竹乡、古镇、名山、湿地、古生态等六大旅游品牌享誉海内外。南浔古镇为中国十大魅力名镇，镇上有闻名遐迩的江南园林——小莲庄，著名私家藏书楼——嘉业堂，明清水乡建筑——百间楼，江南第一巨宅——张石铭故居等。德清有全国四大避暑胜地——莫干山和江南最大的湿地——下渚湖，莫干山可称为别墅建筑博物馆，样式繁多，风格各异，既有英、美、法、德、俄等异国情调，也有清朝、民国的建筑风格，尤其是1984年包括王岐山、周小川、周其仁、贾康等经济学家参加的莫干山会议，发出了中国价格体系改革的先声，至今影响巨大。长兴不仅有陆羽山庄，还有十里银杏长廊、扬子鳄、金钉子等古生态景观。安吉更是中国竹乡和全国首个生态县，有100万亩的大竹海，被联合国授予人居环境奖等。我在安吉山川僻乡有陋室，以便闲暇时小居，尽情呼吸大竹海的负氧离子和品味清冽的山泉水。

湖州是从远古走来的，也是不断创新变化的。今年深秋，即甲午马年秋季，在一个天高云淡、阳光灿烂、秋意浓浓的日子，我带领社会处、办公室的几位同志，又一次来到湖州调研，主要是想瞧瞧新鲜事，找找新感觉，吸吸新养分。不走不知道，一走吓一跳。仿佛一夜之间，湖州忽地冒出两座有高度、有特色、有档次、有品位的地标性建筑。

一座是月亮酒店，全称叫“中国湖州喜来登温泉度假酒店”，矗立在南太湖畔，相伴在著名的渔人码头旁，像半个弯月镶嵌在太湖里。据介绍，酒店占地75亩，总投资15亿元，建筑面积6.5万平方米，高101.2米，宽116米，地上23层，地下2层，号称是国际首创、中国唯一的水上白金七星级酒店。每当夜幕降临，指环形状的月亮在太湖中慢慢升腾起来，一会像一道彩虹，一会像一道金圈，一会又像一道繁星点点的天际，惹得熙熙攘攘的人群争相拍照，流连忘返。

驱车来到酒店前，徒步走进大厅，只见流光溢彩的水晶灯群令人目眩，一块晶莹剔透的巨大岫玉原石，纹理沧桑，仿佛讲述着远古的故事，不远处一架乳白色的钢琴轻轻伴奏，余音绕梁。穿过华丽的大堂，走向烟波浩渺的太湖畔，一字排开的露天游泳池、人造沙滩和为新婚夫妇做证的情人岛，尽收眼底，在月色朦胧之中尽显天人合一的美妙。

一座是双子塔酒店，全称叫“东吴·国际广场”，地处湖州市中心龙溪港东岸，地理位置十分优越，交通十分便利。塔高288米，号称全球十大双子塔之一，是雄居浙北的第一高楼。

据说，双子塔总投资40多亿元，建筑面积40多万平方米，其中酒店10余万平方米，银泰城10余万平方米，写字楼10余万平方米，酒店式公寓10余万平方米，合理划分用途，利用率蛮高。酒店全称为“湖州东吴开元名都酒店”，共57层，拥有603间豪华客房，2000多个餐位，18间风格迥异的餐饮包厢，12间顶层观光包厢。酒店三层设有多功能厅、会议厅、商务中心等高端会议配套设施，其中包括一个高达12米、近1500平方米的湖州首席千人宴会厅。室内高尔夫、游泳池、美容美发、棋牌室、健身房等康体娱乐配套设施一应俱全，尽显开元高端商务会议酒店卓尔不凡的尊贵气派。

我一向好奇，这座能挤进全球十大双子塔盛名的筑楼人到底是谁呢？其实谜底就在广场北侧的一块巨石上。原来，巨石上有一篇金色雕文，详细记载了筑楼者亲自撰写的《筑楼记》，我连忙一一记下：“龙玺·龙鼎高二百八十八米，为本埠一时地标，乃大东吴集团力建，双耸入云，引万众仰项。双楼西拢仁皇阁，近有苕溪绕身而过，北眺太湖浩渺烟波，每于晴日可掬碧空，每于雨日可捧云驾仙，众众秀景，拥乐山乐水之胜境。邑人吴氏仲清掌门大江东集团，建高楼而率城市更加辉煌，为平生夙愿。余出身贫门，少年失学，劳工积薪，天性朴厚，中年逢改革盛世，巧心智行，幸得天时地利人和，创业由微见长，功成之时，未忘各类公益，为人所称可。受惠于国家和政府支持，双楼顺利建成，今于竣工之日，仲清倍感欣慰，率大江东集团所有员工由心鸣谢。二〇一三年十二月”这篇《筑楼记》叙述简洁，文采飞扬，虽谦称是没有学历的人写的，可比我这个有学历的人强多了。

古往今来的湖州，既是老派的，又是创新的，既有优美的环境，又有现代的设施，古老与现代，神工与天成，更加凸显了元代诗人戴表元诗作的完美印象："山从天目成群出，水傍太湖分港流。行遍江南清丽地，人生只合住湖州。"

写于 2014 年 11 月

60年一甲子，总该说点什么

倘若人生80载，当然是那种能吃能喝、能睡能动、能文能武、能说能干，拿起锄头能种地、拿起笔来著文章的80年。往大了说，可分为两段：40年工作、40年生活。往小了说，可分为3季：第一季20年，用于长骨骼肌肉和读书学习，此季在父母的庇护下天真烂漫，无忧无虑，年少不知愁滋味。第二季40年，用于辛勤工作和创立家业，此季忙于职场打拼、争强好胜、忧国忧民，还要安抚娇妻、照顾老小，担子之重、压力之大足以致"三高"。第三季20年，用于修身养性、颐养天年，此季压力虽卸，但身心已差，处于"夕阳无限好，只是近黄昏"的年岁。

当然，倘若志存高远，性情开朗，亦可达到"老夫喜作黄昏颂，满目青山夕照明"的忘我境界。至于耄耋以后，那是修来的福气，活一天赚一天。

我生于公元1954年9月，那是个甲午马年，属小驹，到公元2014年9月，又是个甲午马年，为老马。小驹变老马，60年一轮回，人生已过了一个甲子。屈指算来，人生已走过了一段多，走完了两季，已然到了对走过的人生该说点什么的时候。

国学大师南怀瑾先生有言:“人有三个错误是不能犯的:一是德薄而位尊;二是智小而谋大;三是力小而任重。”习近平总书记亦反复告诫大家:“不能犯颠覆性错误。”“人生就像扣扣子。”如果第一粒扣子扣错了,剩余的扣子都会扣错,所以人生的扣子从一开始就要扣好。回顾走过的前半生,简言之,扣子还算没有扣错,德虽不够厚亦未称尊,智虽不够高亦未谋大,力虽不够大亦未担重,也没有犯方向性、颠覆性的错误,总体顺其自然,小有作为。按照经济学的话说,资源充分利用,配置比较合理,投入产出比较协调,性价比比较高,上对得起社稷和组织,下对得起父母和妻女。

尤其在当前深入开展“照镜子、正衣冠、洗洗澡、治治病”的群众路线教育活动中,在“苍蝇老虎一齐打”“反腐败永远在路上”的情况下,我做到干净干事,正常退休,实现软着陆,算是平台有利、个人律己使然。概览前半生,深觉做人有三条感悟可记之、可分享:

一是做人要有目标,长点本事。人生乃历史过客,长寿不过百余年。精彩的人生一定是有信仰、有理想、有方向、有目标、有奔头的,否则就会像无头苍蝇,到处乱撞,蝇营狗苟,虚度年华。这目标可大可小:大可胸怀全球、放眼世界,为民族和人类的发展而奋斗;小则不甘平庸,努力出人头地,为祖上争光。我从小受党的教育,一直胸怀远大理想,立志做共产主义事业接班人,沿着读书、入队、入团、入党、当兵,再读本、读研、教书、从政的轨迹一路走来,成长为“专家中的领导、领导中的专家”,实现了儿时的奋斗梦想,至此深感宽慰。

回顾35年前的1980年,当时我26岁,正在上大二,那年放暑假回家,一次上茅房偶遇同村玩伴小华子。他聊起我的工资,这自然是乡党的问候方式。我告诉他,我还在大学读书,只有部队津贴20元。而他说，他在令人羡慕的北京涤纶厂工作，收入上千元，笑曰读书有啥用呢。而我不为之所动，燕雀焉知鸿鹄之志？如今，我尚能发挥余热、干点实事，而小华子早已退休，北京涤纶厂亦早已倒闭。可见，凡事急功只得近利，世事沧桑，登高才能望远，志存才能高远，立大志才能干大事。

我的人生信条是有理想、有抱负、有追求，干自己喜欢干的事，不为钱所累，亦不为名所累。钱和名都是事业的副产品，事业干好了，钱和名自然都会有，否则皆无。当然，这个事业没有统一标准，喜欢就好，喜欢就要干好它，爱一行干一行，干一行成一行，也就是大家常说的"三百六十行，行行出状元"。聚光灯下的党政领导、科学家、企业家、艺术家、影视明星等固然算成功，但绝活在身的木工、电工、大厨、手艺人等也是事业有成。学好数理化固然可以走遍世界都不怕，但磨剪子戗菜刀照样可以走街串户受人欢迎。问题是你要有本事，做成行业的状元、羊群的头羊。所以人生在世，关键要有本事，有自立的本领。自助者才能天助也。

二是做人要简单化，好相处好共事。我奉行大道至简、真水无香的自然法则。复杂的道理不是理，那是在说理、论理、证理；有香气的水不是水，那只是人造的香水，抹多了有害。或许是家庭出身贫寒的缘故，我从小就是一个极简单的人，喜怒形于色，以赤诚之心对人、对事、对物，始终保持着童言无忌的本真。我常说，我是一个阳光透明的简单人，直来直去，没有心机，谁也不要对我耍心机，即使你耍了心机我不知道，无形化有形，就像郭靖学会了降龙十八掌。这种性格虽说年轻时被人误解，吃了一点亏，但终究没有吃大亏，反而赢得了组织和同事们的信任。

在领导岗位上，我恪尽职守，兢兢业业，任劳任怨，公正无私。有时甚至想，乾隆皇帝既需要和珅，也离不开纪晓岚，那我就不做和珅，而去做纪晓岚式的人物。因此，我对上一向忠心耿耿，倾力服务，但敬而远之，干事不跟人，因君子不党。因一生不“争宠”，故不“得宠”，但也不会“失宠”。对下一视同仁，平等待人，不搞小团体。即使对培养干部，我也只挖渠不放水，把工夫花在平时的指导上，锻炼其本领，使其自然成为大家认同和聚焦的人选，到时水到渠成，不用我说话。

在同事关系上，我践行做事要高调，做人要低调，不飞扬不跋扈，好合作好共事。对人我是心中有数，但从不背后论人短长，不听闲话，更不传闲话。百人百性，十个手指并不一般齐，即使一母所生也会性情各异，这就是客观规律。为人没必要求全责备，我所能做的，就是尊重属下，一碗水端平，尽量让每个人都找到自己合适的定位，发挥独特的作用。我当副处长的时候，同处长合作得很好，当处长时也同样与分管主任和副处长合作得很好，当副主任时更是与班子其他成员团结共事，做到工作不推不抢。记得同事雪梅随同夫君调往北京工作时，讲了一句肺腑之言：“与老郭一块工作的几年，是我在政研室工作最愉快的一段时光。”我以为，她的话是对我最大的奖赏和鼓舞。如今人家已是京城一家大型央企的高管了。

在写文章上，我主张删繁就简，平铺直叙，朴实无华。俗话说，文如其人。文章千古事，得失寸心知。文章是作者思想、立场、观点、世界观和性情的反映，虚的实不了，实的虚不了。所以，我一直讲省委政研室的同志不是写手，而是“关起门来当书记、模拟领导想问题”的谋士，文章只是思想的表象、形式，没有思想写不出好文章。由此，我写文章从不卖弄，而是从内容出发，有话则长，无话则短，删繁就简三秋树，领异标新二月花。今年，我同时出版了两本书：一本是经济类的《转型与发展》，没有难懂的经济术语和模型；一本是文学类的《我与母亲》，也没有华丽的辞藻堆砌。这两本书十分简单，谁都能看得懂。

三是做人要不逾矩，坚守底线。孔子曰："吾十有五而志于学，三十而立，四十而不惑，五十而知天命，六十而耳顺，七十而从心所欲不逾矩。"这是孔子一生的感悟，其中所言"七十而从心所欲不逾矩"，说明不逾矩最难，也是最高境界。人生在世下坡容易上坡难，学坏容易学好难，激流勇进容易跨越险滩陷阱难。要想进入自由王国必先战胜必然王国，这就需要守底线、不逾矩。底线之上，规矩之内，才是随心所欲的自由空间和自由王国。

不逾矩就是按规矩办事。这规矩可多了，大到党纪国法，小到规章制度，甚至包括行为规范。大的就不必说了，我没有犯大错的胆量和机会，专说点小的。作为专家型领导，我经常会研究一些课题，撰写一些文章，参加一些评审会，或应邀做一些专题报告，这必然涉及劳务收入和赚点小钱的问题。对此我的原则是，与省委中心工作无关的不参加，与工作时间冲突的不参加，为此 20 年来推掉了很多机会，也得罪过不少邀请者，但我问心无愧。再有，今年原定安排我出国考察，也是组织给予老同志的最后一次机会，但因上半年忙于省委十三届五次全会关于"两美浙江"建设的准备工作，没有去成，下半年机会虽多，但已临近退休，估计组织上也难以批准，于是就主动放弃了，这叫不干明知不可为而为之的事。

守底线的含义很广，但对从政者来说，关键是不能公权私用，以权谋私，而是坚持"思无邪，行有道"。20 年来，无论出国考察还是出差调研，从没有乱花单位的钱，更没有收钱给人办事，课题经费也是公开公平使用，这些自律赢得了组织和群众的信任。记得 2004 年 3 月我被提为副主任时，省委组织部领导对我说，表现真不错；宣传部领导说，我的考察评价材料很好，他们都投了赞成票；另有同志告诉我，我是那一批唯一没有被举报或反映不同意见的。2011 年省审计部门全面审计我单位财务开支情况，告诉我没有任何违规现象。同时，我还连续 3 年在厅级领导层面被评为优秀公务员。尤其是 2014 年 10 月 28 日，组织部于部长找我进行退休谈话时，充分肯定了我对省委工作、对杭州市工作做出的努力和贡献，由此为我的从政生涯画上了一个圆满的句号。

言而总之，小富即安，小进则满，知足常乐，顺其自然，这是我奉行的人生哲学。回顾人生一甲子，付出不少，收获颇丰，很知足，很感恩。感谢父母养育，感谢恩师培养，感谢组织栽培，感谢同事相助，感谢家人支持。然后安下心来，安排好余生，把后半生走好。

写于 2014 年 11 月

向同事们话别

2014年12月31日，按照预先设定的退休计划和节奏，这是我在省委大院工作的最后一天。

自9月7日人生到了一个甲子，10月27日省委常委会讨论通过我等一批领导退休，到10月28日省委组织部于跃敏常务副部长约我进行退休谈话，再到11月20日省委组织部印发有关本人退休的文件，我一直在考虑离开省委大院的时间。

虽然没有人通知我何时离开，虽然我空出的职位组织上还没有安排人选——也就是说没人等着用我的办公室，虽然过完农历马年待羊年开启时再走也不迟，但我还是决定以公历年这一年的岁末为限。因为，1个月零10天的时间，平复一下情绪、收拾一下东西足够了。再说，铁打的营盘流水的兵，三十六计走为上计，天下哪有不散的宴席呢？况且如今，作为一名省管领导干部，也不是所有的人想走就走得了的，能按时退休，回家种地，颐养天年，也是一种福分。

这天一早，我按时来到省委大院，先到省科技厅五楼科技会堂，作为咨询委员会副主任，参加浙江省科技发展咨询委员会全体会议，听取周国辉厅长报告一年来的科技工作和明年安排，然后进行讨论。没等会议结束，大约上午11点我步行回到省委大院。站在20多年来不知走过多少次的草坪前，望着省委3号楼迎宾厅前悬挂的国徽和广场上高高飘扬的五星红旗，突然产生一种拍照留念的情愫。于是便拿出手机，请一位过往人员帮我拍下几张最后的工作照。因为倘若明天再来，我就是退休的老同志了。

拍完照走进3号楼，便开始走访各处室，与多年在一起工作的同事们道别。在与主持工作的徐志宏副主任，以及室领导朱卫江、徐大可、李晓华、董俊平等道别后，我来到五楼，与综合处（改革协调处）、财经处、信息处、宣传中心、《政策瞭望》编辑室的同事话别。中午小休后，又先后来到十一楼和十楼，与经济处、社会处、区域处、办公室的同事话别。大家看我到来，或放下手头上的工作站起来，或听到我的声音跑过来，或想陪同我走一下隔壁处室。而我就像一个出门远行的大哥，劝大家不要影响工作，同时对同事们过去对我工作的支持表示感谢，对大家未来的成长表示期许，对工作关键点再叮嘱几句紧要的话，对没看到的同事请捎去一句问候，衷心祝福同事们“花长好，月长圆，人长寿”。

道别不总是伤感。虽说没有组织的安排，没有任何欢送的场面，但这一天仍有三个动人的场景，给我留下了深刻而难忘的印象。而这也是促使我写作此文的动因。

一是小任带来的惊喜。到会计室看望小任等人时，小任说送给我一个礼物。我连忙条件反射地说“不要，不要，不要”。谁知小任送给我的是一本她精心制作的彩色影集《郭主任调研掠影2014.10》。影集的封面是一张我在湖州调研住在宾馆里喝茶聊天的照片，一天工作下来的轻松愉悦和胸有成竹谋划明天的神情跃然画面；扉页选用毛体字书写“专家中的领导，领导中的专家”，短短12个字给予我富有鲜明特点的评价。

原来，今年10月按照室里统一部署的准备明年省委工作思路、组织赴地市开展调查研究工作的要求，我带领社会处同志和办公室的任春娟等同志，到嘉兴桐乡高桥镇实地调研“德治、法治、自治”建设工作，到湖州织里镇实地调研社会管理创新工作，到武义后陈村实地调研“村务监督委员会”制度建设工作时，一路随行的小任有心抓拍了一些工作照。更有心的是，她把这些照片精选制作出来送给我作为退休的纪念，这使我很意外，也很感动。小任也是依依不舍，没聊几句便眼圈湿润，几度伤感，几度落泪，拿着餐巾纸擦了又擦。

顺便说一下，小任虽是一名主管会计，然而有思想，也有修养，对女儿教育、国学文学、人间世道都很有自己的见解和处事方式。我有时工作劳累小歇时，常到会计室转转，与小任等交流一下，每每获益多多。以后这样的交流可能就很难得了。

二是社会处、信息处带来的惊喜。下午走访完回到办公室，正准备收拾一点最后的东西打道回府，突然沈亚伟、刘晓清和张苏敏等来看我，说是代表社会处、信息处送我一个纪念品。有了小任的“教训”，我没有立即回绝。待打开礼盒一看，两个很萌很萌的软陶塑像跃然而出。原来早在1个多月前，这两个处的同志就背着我商量好，要送我一个有意思的东西留作纪念。眼前的软陶塑像是以我为原型的：一个是30多年前我站在杭州大学的草坪上，穿着中山装，背着手在深思，旁边竖了一块“杭州大学政治系”的牌子；一个是30多年后我站在省委大院的草坪上，穿着上白下蓝的服装，戴着一副眼镜，手里拿着话筒，好像在发表演讲，中间有一条铺满石子的小径，由一块写有“学者型领导”的牌子导引，通向后面的山峦树丛，山峦上竖立着大写的英文单词 YOUNG，其中字母 O 还是个心的造型，象征着一位学者型领导的成长之路和走向年轻。真是“出其不意”的创意，意味深长，情深意长。

听到我们兴高采烈的议论声，临近办公室的朱卫江、沈峰、黄巧敏、任春娟、方瑨等同事都赶来观看，纷纷品头论足。有的说很像，有的说不大像；有的说猛一看不大像，但越看越像；有的说一个像郭主任，一个像陈国强。这大概就是艺术的魅力，像与不像之间，给人以无限想象的空间。大家一边议论，一边拿出手机拍照，有让我作为真人与塑像假人合影的，有专门拍软陶塑像的，有让我与同事三三两两合影的，完全没有伤离别的气氛。我趁机对朱卫江副主任说：“以后对同事们要好点，尤其对女同事们要好点，以后你退休时他们会给你更大的惊喜。”其实，人心就是这样换来的，有的人走了，但茶是不会凉的。

三是微信朋友圈带来的惊喜。下午 4 点，待曲终人散，我叫来驾驶员小卜搬东西，并叫来在人大工作的糟糠之妻陪伴，一头扎进这一年最凛冽的寒风里回家，圆满画上一道工作的休止符。在回家的路上，突然想起应向微信朋友圈里的朋友广而告知一下，于是就发了一条微信：“今天我正式退休了，明天元旦后就不上班了，祝福朋友们‘花长好，月长圆，人长寿’。”

很快圈里的朋友们纷纷发来贺信。老潘：“老郭变郭老。”汤军：“那今后要去你的农村土屋拜访你了，祝新年快乐！”潘能兵：“郭老师吉祥！”毛毛：“做最真实最漂亮的自己，依心而行，无憾今生。”璇璇：“真好，新的开始！ 开心：祝郭老身体健康，开心每一天。”巧敏：“开心快乐踏上人生新旅途，祝愿您越活越从容。”周巍：“开始另一番精彩！”柯马勒 kemal：“幸福呀！”张菲菲：“退休后做个三好学生，身体好、生活好、家庭好。”hzrencj：“智慧人生开启崭新篇章，祝我的偶像青春常驻。”秋萍：“项老师说，你总算自由了，叫你到我们这来喝茶。”王祖强：“祝郭主任新年快乐，退休后生活丰富多彩！”李敏：“祝贺您！”李茶：“安度晚年还是老有所为？”汪雪梅：“老郭，祝贺你光荣退休。我一直记着，你与我大哥同年，属马。上次听新兰说了，一起去你家吃天然有机菜。”胡嘉临：“祝贺光荣退休！”Being as Being：“时间真快，感慨……”诸如此类，还有许多。当然，更多的朋友是点个赞，竖个大拇指，或露个笑脸，送几朵玫瑰花。这种待遇使我很受用，也很知足。要知道，当初一些同我一样寒门出身、勤奋好强、满怀理想和抱负的热血青年，立志为党、为人民、为国家的事业奋斗终生的位高权重者，终因没把握好自己，晚节不保，如今身败名裂，成为被打的“苍蝇”“老虎”，谁还会去给他们点个赞呢？

晚上华灯初上，携手糟糠之妻来到黄龙体育馆贵宾席，欣赏友人郁红赠门票的世界三大男高音2015年卡雷拉斯杭州新年音乐会，用过去听惯了弹棉花的耳朵，聆听卡雷拉斯和叶雯的演唱，并以此告别2014年，迎来2015年。

然而，对我来说，更是以此来告别过去40余年的职业生涯，转而开启新的人生！这是因为，作为艺术，弹棉花与弹钢琴有异曲同工之妙；作为人生，当官与当老百姓也有人性本质上的大同。

写于2014与2015跨年之际

1985 年秋，作者考取浙江省委党校首届研究生时在宿舍夜读

1986 年春，作者与李基固老师和同学合影

1987 年夏，作者在中共浙江省委党校老校址大楼前参加研究生班毕业合影

作者的部分毕业证书，其中有 2012 年 4 月 28 日由时任中共中央党校校长习近签名的毕业证书

作者的部分研究成果，其中获得省部级以上优秀成果奖 10 余项

1993 年 9 月，作者在西子湖畔与前来讲学的著名经济学家王珏教授合影

2012 年 4 月 25 日，在中共中央党校培训期间，作者看望了中共中央党校特级教授、著名经济学家王珏老师

2012 年 4 月 28 日，作者在中共中央党校与小组同学合影

2012 年 4 月 28 日，作者参加中共中央党校春季班毕业典礼留影

2014 年 12 月，作者在办公室接受同事们的礼物——软陶塑像，作品刻画了作者从大学到机关的学者型官员成长之路

作者在办公室与其软陶塑像在一起。一个是杭大学生时期的作者，另一个是机关领导时期的作者，您说像吗？

2014 年 12 月，
作者在浙江省委大楼草坪前留影，以此告别工作 20 年的机关大院

全景式阐述当代中国趋势与中国梦的力作

——评王永昌新著《走在山坡上的中国》

人类一直在追求“理想国”。近现代中国，始终在为建设富强文明的现代化国家而拼搏，不甘屈辱，不甘落后，一直在落后中反思，在苦难中求索，在屈辱中奋起，在曲折中前行。

今天之中国，终于走在了通向“中国梦”之峰的“山坡上”。这是建设现代化理想的“半山坡”，是“圆梦”的“十字路口”。我们没有退路，只能前行。但是，唯有正视和化解经济社会发展中的一个个难题，诸如转变发展方式、跨过“中等收入陷阱”、治理环境污染、建设民主法制、促进公平正义、推进城乡一体、加强社会保障、增值百姓财富、加大反腐肃纪、加强网络建设管控等等，我们才能爬坡过坎，跃上“梦想”之巅，向着更高的山峰远行。

为此，无数中华儿女、志士仁人，殚精竭虑，苦心求索，积极思考和推动“走在山坡上”的中国应如何越过激流险滩，跨过深渊峡谷，顺利攀上无限风光的险峰之巅，实现中国梦和中华民族的伟大复兴。

最近，由红旗出版社出版的王永昌同志著作《走在山坡上的中国》，就是对当代中国趋势与中国梦思索和研判中的代表性著作之一，是作者花数年时间在收集消化大量材料基础上潜心研究的力作。

概览全书13章，作者以“中国梦想曲”为序章，全景式阐述了“走在山坡上”的中国所面临的诸多重大课题，洋洋洒洒50余万字的鸿篇巨制，充分展现了作者的深邃思想和学术见地，体现了作者集领导与学者身份为一体的研究特征。

一是视野开阔，具有全球眼光和战略思维。2012年岁末，新当选的中共中央总书记习近平在参观《复兴之路》展览时，向全党和全国各族人民发出了为实现“中国梦”而奋斗的伟大号召。作者敏锐地把握住了习总书记提出实现“中国梦”的时代召唤，把“中国梦想曲”作为全书的序章，提出：“中国梦，是自1840年鸦片战争以来近代中国中华儿女们追求的理想；是今天中华儿女们实践的创造；是未来中华儿女们现实的果实和追求新的梦想的起点。”在抒写“中国梦想曲”中，作者的思维显然是开阔而发散性的。

先是阐述近代中国的“梦想曲”——振兴中华民族。论述习近平总书记描绘的“中国梦”、近代中国呼唤的“中国梦”、“中国梦”与“世界梦”、“中国梦”与“美国梦”的内涵与演变。

再是论述现代中国的“进行曲”——山坡上的中国。描述了当今中国面临的“十个大问题”，即转变发展方式是个大战略、“中等收入陷阱”是个大挑战、环境污染是个大问题、公平正义是个大课题、城乡一体是个大难题、人口战略是个大“纠结”、社会保障是个大任务、百姓财富金融化是个大动力、反腐倡廉是个大使命、发展网络是个大机遇。

最后阐述未来中国的“畅想曲”——现代化强国。鲜明提出，当今中国处在一个由传统社会向现代社会的转变时期。在这个波澜壮阔、史无前例、世所罕见的伟大转变进程中，中国将沿着中国特色社会主义道路昂首前行。在前行的路上，作者提出并阐述了何谓“十大化”，包括实现百年奋斗目标的现代化、社会制度的逐步定型化、现代化道路的中国化、经济运行的市场化、政治运行的民主化、精神文化的时代化、社会活动的法治化、发展成果的共享化、社会财富的金融化、生活环境的生态化。当然，作者的最大畅想，是中华民族现代化的顺利推进和实现；最大梦想，是中国共产党人带领各族人民成功开辟人类现代化发展的文明新路！

二是内容广泛，涵盖当今中国发展的诸多方面。“走在山坡上”的中国，正处在“爬坡过坎”的关键时期，既需要我们清醒展望前行的趋向，走在中国自己的道路上；又需要我们凝聚全球的中国力量，去创造中国自己的理想。这就需要我们直面发展中的世情国情，不掩饰、不回避国内外普遍关注的重大问题，创造性地解疑释惑、指点迷津和引人思索。在这方面，作者研究的视角是博大的，研究的领域是宽广的，涉猎经济、政治、文化、社会和生态文明各个领域的各个方面，从某种意义上说，是研究当代中国经济社会发展重大问题的一本小百科书。

全书在“中国梦想曲”这一序章之后，逐章研究了中国模式、中国速度、外贸大国、生活大国、创新强国、财富世界、财富中国、金融中国、富裕中国、中国社会发展、中国社会阶层、中国城市和乡村等紧扣时代脉搏的重大课题，仅目录就长达12页、数千字之多。实际上，每一个课题都可以写一本专著。从纲目不难看出，作者所研究的内容极为广泛，极为丰富，也极为细腻，可以说围绕论述主题，边边角角的问题都囊括其中，使论著有骨有肉有血，鲜灵活现。

比如说，过去中国长期实行的是“高投入、高增长、高消耗、高排放、低效益”的粗放型发展方式，重生产轻生活，重外需轻内需，带来严重的结构失衡和产能过剩问题。对此，作者鲜明地提出要推动中国由生产大国向生活大国转变，破除把高投入作为中国经济增长的“大魔力”。为此，作者详尽论述了高投入带来的许多方面的“大烦恼”：高投入支撑粗放型增长，高投入带来高能耗，高投入带来高污染，高投入带来高危害，高投入带来产能高过剩，高投入带来货币高投放，高投入导致财政赤字和政府高负债，高投入势必挤压生活消费，高投入导致低效益等，使读者充分了解到高投入带来的问题的严重性，有助于大家认清消费需求才是持续发展的动力，建设生活大国才是大势所趋。

三是思想深邃，有深厚的学术功底和独到见地。由于作者对当今世界、当今中国的发展现状和发展趋势有着长期的研究积累，对学术前沿问题了然于胸，站得高，看得远，思得深，故作者的研究成果不是简单的观点加材料堆积，而是充满了睿智的思想和独到的见地，发人深省。如在阐述创新强国中，提出大力破除落后的“内敛文化”、生态环境的恶化意味着人类文明的退化、即使“绿色陷阱”也别无选择、“知识文明”时代将形成新的生产方式等新观点。在阐述财富世界中，提出了多元财富论，包括自然财富、人自身财富、技具财富、制度财富、经济财富、文化财富等诸如此类的新概念。尤其对技具财富，主要指技术、工具、工艺、方法等，把它作为一个相对独立的“财富系统”是必要而有意义的。

还有对金融中国的论述，立论颇新。如提出金融是现代经济的“主引擎”“总导演”和“台风眼”，突出了现代金融在经济社会发展中的核心作用。特别是作者鲜明地提出中国需要开创金融发展的新时代，并创造性地描述了中国金融发展新时代的十大特征：市场在配置资金资源中起决定性作用；中国金融的主体结构有可能转变为“一行、半商、多元、泛化”；金融自身将成为更加独立的经济形态，功能也将得到极大提升；中国的金融资本市场将会得到快速发展和提升；中国金融产品创新将大为加快，金融产品会更加丰富多样；中国的债券市场、债务将在规范中得到更快发展；中国百姓的财富管理将真正步入保值增值时代；各类金融活动将逐步走向透明化、规范化；人民币国际化速度将大为加快；金融风险也将可能多发高发。

对这一前瞻性的研究和预判，我曾向我省著名金融专家包纯田讨教概括是否合理。答案十分肯定，认为有高度、有水平、很内行。这十分不易。因为我知道作者是哲学博士，金融不是他的本行，能得到金融专家的高度评价，足见作者的研究功底十分了得。

四是论证有据，广征博引，图文并茂，佐证翔实。科学研究是建立在生动实践和大量占有资料基础上的。很多时候，事实胜于雄辩，数据说明一切。作者深知这一点，所以在后记中特别提到：“这三年多来，一边收集资料，一边思考和写作，但越写越觉得经济类文章需要占有较充分的材料，光干巴巴的抽象观点是不够的。”为此，作者翻阅了大量相关书籍和材料，并在书稿中充分引用，以佐证其研究成果的客观性、权威性和科学性。

比如“中国社会阶层”一章，无论是阐述亦工亦农的流动大军（城市农民工群体）、“橄榄型”社会（庞大的中产阶层群体）、社会老龄化（银色浪潮正汹涌而来），还是阐述“人口红利期”接近尾声、当代中国社会结构变化的若干断想等，处处让事实说话，让数据说话。其中仅分析人口老龄化问题，就引用了联合国 1956 年《人口老龄化及其经济社会含义》给出的老龄化 4 条基本定义：一是65岁及以上老年人口占总人口的7%以上；二是14岁及以下儿童人口占总人口的30%以下；三是老少人口比例在30%以上；四是年龄中位数在30岁以上。得出结论：通常是把65岁以上人口占比超过7%或者60岁以上人口占比超过10%，作为进入老龄化社会的基本标志。并根据统计资料预测，从现在起到2050年之间，60岁以上的人口将从大约6亿增至20亿，全球总人口2011年10月为70亿，到20世纪末超过100亿。中国已于1999年进入老龄化社会，2010年11月1日零时，我国（不含港澳台数据）60岁及以上人口占13.26%，其中65岁及以上人口占8.87%，银色浪潮正汹涌而来，必须引起我们的高度重视。可以说，仅全书汇集的大量鲜活资料、图表和案例等，就值得一阅和收藏。

五是文风新颖，形式活泼，不拘一格。著述切忌呆板、枯燥、乏味。如果一部著述，读者看不下去，那么再高深莫测的理论也是没有多少价值的。概览50余万字的《走在山坡上的中国》，十分引人入胜，既可一口气看完，亦可随性随手翻翻，这不得不说作者设计的框架十分新颖，遣词造句十分生动，语言表达十分流畅，甚至说很文学、很诗意。

比如在“中国梦想曲”中，作者写道：

> 这里有荆棘丛生，但我们劈山开路前行。这里有万丈深谷，但我们义无反顾攀登。因为，我们坚信：无限风光在险峰。这是一个充满生机、富有活力的时代，一个波澜壮阔、气吞山河的时代。一个开拓未来、创造历史的时代。今天的中国，正走在爬坡过坎的山坡上，这是攀上梦想山峰的必经之“坡”。我们需要踏踏实实走过一个个山坡，向着现代化的“山峰”前行。

> 我们需要清醒展望前行的趋向，走在中国自己的道路上。我们需要凝聚全球的中国力量，去创造中国自己的理想。当今中国正处于发展的转型阶段，现代化建设正走在通向珠穆朗玛峰山顶的“半山坡”上。我们立志爬坡过坎，我们没有退路，我们只能前行！

这些论述如果一句一句排开，就是一首优美的梨花体诗，读起来，使人精神一振，非常受用。

最后要说的是，功夫在诗外，只有功夫深，铁杵才能磨成针。写就这样一部好书，不仅是大量时间的耗费，孤寂乏味的积累，更是心血汗水的浇灌，尤其对担任繁重领导工作的作者来说，更是十分不易。如同作者所言：“3 年多来，在工作之余，我似乎把节假日、晚上时间都用在这本书稿的研究、写作上了。通常情况下，我要学习写作到晚上 10 点多才离开办公室。不用说，这期间是孤寂乏味、枯燥辛苦的。但一读到一些好书好文章，或每每有点心得体会，就又欣喜万分、乐此不疲了。”而这可能就是著述一部好书所必备的。

写于 2014 年 5 月

一部以哲学视角探索金融资本文明的力作

——评王永昌新著《金融资本文明论——走向财富创造的新时代》

最近，中国社会科学出版社出版了王永昌同志新著《金融资本文明论——走向财富创造的新时代》。这是近年来，作者继出版《走在山坡上的中国》《财富新时代——如何激活百姓的钱》之后又一鸿篇巨制，也是作者就金融资本问题进行系统研究的第一部论著，或许也是我国专题研究金融资本文明的第一部论著。

《金融资本文明论——走向财富创造的新时代》全书包括前言、正文、后记 3 个部分，30 余万字。

前言概述了本书研究、思考、形成的过程，历时寒暑五载，可谓五年磨一剑。前言开门见山提出，中国在推进工业化、城镇化和全面小康向富裕文明的现代化进程中，必然会遇到诸多“陷阱”和“难题”。但我们中国有自己的发展特色和优势，也有他山之石可供借鉴，更有中国共产党人和各族人民的伟大创造，必定能开创金融资本的文明发展之路，中国老百姓也必定能用自己的辛劳智慧创造出一个财富文明的新时代！而要走出具有中国自己特色的现代化文明发展之路，就必须探索中国自己的金融资本文明发展之路。

后记以引用孔子名言入题，讲述了作者由“很少接触货币、金融、资本、财富领域知识”，“到能在这金融资本的‘大海’中拾几个‘浪花’，谈些浅薄之见”的“志于学”过程。其实，这是作者的谦辞，因为作者的许多研究成果曾在专业刊物《金融家》、人民日报社《内部参阅》及《浙江日报》等报刊发表过。为此，我也请教过金融界的专家，他们告诉我王永昌同志关于金融研究的见解很专业，对金融改革与发展很有启发和指导意义。

正文是本书的核心，而且构思巧妙、框架新颖。正文由绪论、13 章及附录组成。绪论以“开创中国特色的金融文明、资本文明、财富文明之路”为题，在 20 篇短文中，简要概述了作者在研究货币、金融、资本（资本市场）、财富方面的一些主要见解，可以说是全书的概述和精华。接着，作者通过 13 章的架构，全面、深刻而生动地论述了：人类的财富世界及历史演进的文明形态；财富金融资本化的历史逻辑；金融资本是现代财富的“催化剂”；当代发达国家财富形态进入金融化、衍生化阶段；现代国家经济财富的“三大家族”；金融文明是撬动现代财富的“大杠杆”；当代中国正走在现代财富的“山坡上”；谁来撬动老百姓的财产性收入；创造现代财富的金融工具；普惠金融是助推百姓财富增值的“福音”；利率市场化是一场大变革；中国需要开创金融发展的新时代；温州民间融资改革及其立法实践。附录《温州市民间融资管理条例》，实际是作者深入调研温州民间融资改革及其立法实践的一个佐证。

初步概览全书，发现作者以扎实的哲学科学功底，纵论古今、直面现实问题和探索未来发展，对金融资本文明进行了全方位的思考和研究，让本书成了一部以哲学视角探索金融资本文明的力作，充分体现了作者关于金融资本文明的人本财富观、历史发展观、全面系统观、辩证思维观和制度创新观。

第一，《金融资本文明论——走向财富创造的新时代》的人本财富观。就像马克思的《资本论》，表面是讲商品、货币、价值关系，实际是讲人的关系一样，《金融资本文明论——走向财富创造的新时代》也是以人为主体的，是讲人的关系的。而这里的人就是当今中国的老百姓。

诚如作者所言，中国进入了老百姓财富倍增时代。老百姓手中已具有了相当财富的积累，而随着金融改革的深化和多层次、多形态资本市场的形成，中国完全有可能步入一个老百姓财富倍增的时代，也就是存量财富的快速扩张时期，从而成功完成跨越“中等收入陷阱”而提升到富裕的发达国家水平，实现振兴中华民族的伟大“中国梦”。

而要实现这一目标，必须改变中国老百姓“勤劳而不富有”的命运，必须尽快改革金融体系，加快健全多层次资本市场，拓宽百姓投资渠道，激活几十万亿、上百万亿的存量资产，使其转化为创造更多更大财富的资源，转化为增值的资本，也就是把老百姓手中积累的海量财富，合法有序、便捷顺畅地转化为老百姓创造新财富的巨大动力。这也是作者从研究老百姓关注的房产热、理财热、股票热中得出的基本结论。

由此，作者提出，我们既要重视提高人们的劳动“工资性收入”，又要加快金融体系改革，加快发展资本市场，用“资本的力量”去驱动“富民”，不断提高老百姓的“财产性收入”

水平。

第二,《金融资本文明论——走向财富创造的新时代》的历史发展观。当今是历史的延续。没有过去就没有现在,更不会有未来。凡大家者,善于以史为镜。这不仅可以知兴替,更重要的是可以认识和利用规律,可以前瞻和把握未来。

作者从研究人类的财富世界及历史演进的文明形态入手,论述了财富金融资本化的历史逻辑,说明了金融资本是现代财富的“催化剂”,并介绍了当代发达国家财富形态进入金融化、衍生化阶段等金融文明的历史发展进程。他深刻分析了人类文明和财富历史演进的六大文明形态:游牧文明是人类经济、财富文明形态发展的摇篮;农耕文明是人类经济、财富文明形态发展的基石;商业文明是人类经济、财富文明形态发展的“加速器”;工业文明是人类经济、财富文明形态发展的“驱动机”;金融文明是近现代人类经济、财富文明形态发展的“调控器”;知识文明是当代人类经济、财富文明形态发展的“领航员”。最后得出当代中国正孕育着财富文明新形态的结论。

作者运用唯物史观研究金融资本文明的方法,不仅体现在大格局的时代变迁上,而且就某一问题,如财富金融资本化,也探究其历史逻辑,进而剖析经济财富的创造及其演进过程——资源的资产化、资产的商品化、商品的货币化、货币的资本化、资本的金融化、金融衍生化(虚拟化),并由此绘出宝塔形的现代财富家族结构图,体现了历史和逻辑的统一。

第三,《金融资本文明论——走向财富创造的新时代》的全面系统观。全面系统观是马克思主义哲学认识和分析问题的重要方法,指着眼于事物或系统的总体、全体,事物的诸属性、要素、方面、关系、运动之间具有不可分割的特性,共同构成具有特定功能的有机整体；整体的功能、属性、作用大于其组成部分功能、属性、作用的总和。

《金融资本文明论——走向财富创造的新时代》的作者深知此学，极善于运用全面系统的方法，研究和分析金融资本文明问题。如对构成一个完整的经济活动的最基本要素和条件，作者概括为“八大要素”，即人力资本、原（材）料资本、工具资本、金融资本、知识资本、制度资本、生态资本和生活资本。这是任何时代、任何社会、任何创造财富的经济活动，都必须具备的基本要素。但在不同历史发展阶段、不同社会形态里，实质上是这“八大要素资本”的不同组合方式，决定了经济增长方式、经济发展效率的不同。这就是不同的时代有不同创造财富的方式。

在一次金融问题研讨会上，作者对中国的金融、资本新时代一下子概括出 10 个方面的特点：一是在市场作用和政府管制的关系问题上，金融体制将由现在政府管制下的市场发挥重要作用，转变为市场起基础作用条件下的政府管制。二是中国金融的主体结构有可能转变为“一行、半商、多元、泛化”的格局。三是金融自身将成为更加独立的经济形态，功能也将得到极大提升。四是中国的金融、资本市场将会得到快速发展和提升。五是中国金融产品创新将大为加快，金融产品会更加丰富多样。六是中国的债券市场、债务将在规范中得到更快发展。七是中国百姓的个人财富将真正步入保值增值时代。八是各类金融活动将逐步走向透明化、规范化。九是人民币国际化速度将大为加快。十是金融风险也将可能多发高发。由此体现了作者全面系统分析问题的能力。

第四，《金融资本文明论——走向财富创造的新时代》的辩证思维观。任何事物都具有两面性甚至多面性。任何事物都有一个平衡点。任何事物都有一个度,过则不及。辩证思维就是将对象作为一个整体,从其内在矛盾的运动、变化及各个方面的相互联系中进行考察,以便从本质上系统地、完整地认识对象。

《金融资本文明论——走向财富创造的新时代》的作者对辩证思维驾轻就熟,形成了他观察、分析、判断金融问题的一个鲜明特点。如作者对资本两面性的分析,认为资本可能是"天使",也可能是"魔鬼",关键看把资本关在什么"笼子"(社会规则)里运行。

再如对实体经济与"虚拟经济",作者认为,我们必须站在现代经济发展规律高度看待实体经济与"虚拟经济"的复杂关系,切不可简单化。这是因为,一切的实体商品、实体经济和经济的实际运行,都无法独立于货币、金融、资本形态而存在,况且商品经济、市场经济越发达,就越离不开货币、金融和资本市场。只有实体经济与"虚拟经济"保持一个合适的比例,才能互融共通、高效互动、共同繁荣。它们如同一枚硬币的两面,谁也离不开谁。所以,不应简单反对"脱实向虚"。

针对 2015 年 5、6、7 月股市大起大落、"过山车"式的震荡,作者鲜明提出新常态下中国股票证券市场需要"结构性牛市",是有波动的"慢牛"。为此必须研究和把握好七大关系:中国化资本市场和世界资本市场的关系,实业资本与金融资本的关系,理性与非理性的关系,投资与投机的关系,全民化和专业化的关系,牛市和熊市的关系,高杠杆和去杠杆的关系。处理好这些关系,中国股票等资本市场才可能进入"结构性牛市"。这些见解无疑是辩证的、深刻的和富有建设性的。

第五,《金融资本文明论——走向财富创造的新时代》的制度创新观。制度创新是对原有制度的扬弃和提升，是人们通过创设新的、更能有效激励人们行为的制度和规范体系，来激发人们的创造性和积极性，促使不断创造新的知识和社会资源的合理配置及社会财富源源不断的涌现，以推动社会进步，实现可持续发展。制度创新带有根本性。

《金融资本文明论——走向财富创造的新时代》的作者十分注重制度创新。从某种意义上说，引入制度创新是本书的最大特色。诚如作者所言，“人们通常只把金融资本问题看作是经济行为，但其实它们也是一种社会政治、文化行为，也是一种安排社会资源、分配社会财富、平衡社会利益、协调发展秩序的社会性制度，它们直接涉及社会的公平公正和民主法制问题”。

正因为有这种认识，作者在书中把制度创新作为财富创造和金融资本不可或缺的一大要素，每每提及。如：作者在论述资本的“八大要素”中，把“制度资本”作为其中之一；在论述经济文明形态时，又把“制度文明”作为其中之一；在论述资本到底是“天使”还是“魔鬼”时，指出关键在于社会制度；等等。

正因为制度创新如此重要，故作者在书中提出，在金融体制改革中，让各类基金“百花齐放”；创造现代财富的金融工具；普惠金融是助推百姓财富增值的“福音”；利率市场化是一场大变革；温州民间融资改革及其立法实践；等等。以期通过这一系列金融体制改革，用我们的社会制度优势去驾驭资本，来推进有可能是人类发展史上一场意义深远的金融改革、一场中国特色社会主义制度与资本市场力量融合对接的伟大变革，走出一条具有中国特色、中国优势的现代的资本文明之路。

最后，需要说明的是，《金融资本文明论——走向财富创造的新时代》是一部知识广博、高论多多、专业性强、引人深思的学术专著，以笔者之管见，难窥其豹，难陈其华，还望读者自行品读，各自体会，各得其所。

写于 2015 年 10 月

让"一带一路"扬起文明之帆

当今世界，由习近平主席倡导并推动的建设"丝绸之路经济带"和"21 世纪海上丝绸之路"的宏伟构想，跨越时空，超越国界，将"中国梦"与"世界梦"有机衔接，既传承"和平、开放、包容、互信、互利"的丝绸之路精神，又顺应"和平、发展、合作、共赢"的 21 世纪时代潮流，具有深远的战略意义和全球性影响力，赢得了沿线国家和其他世界各国的热烈反响和积极参与。

"一带一路"不是单纯贸易问题，也不是单纯经济问题，本质上是文明交融问题，是传承华夏文明基因与记忆，展现中华民族聪明与智慧，促进世界文明交融的重大战略问题。习近平主席在纪念孔子诞辰 2565 周年国际学术研讨会暨国际儒学联合会第五届会员大会开幕会上深刻指出：从延续民族文化血脉中开拓前进，推进人类各种文明交流交融、互学互鉴。中华文明，不仅对中国发展产生了深刻影响，而且对人类文明进步做出了重大贡献。

中华文明从远古走来，延绵不息，历久弥新，是世界文明史上唯一没有间断的文明。贯穿这一文明的实物主线之一，便是玉。正如故宫博物院常务副院长王亚民先生在《民间藏中国古玉全集》出版前言中所指出的："玉的历史，也就是玉开采和使用的历史，远远超过中华民族5000年文明史。在中国，细数诸多文物艺术，能超过并伴随中华文明，见证华夏民族演进、发展历程者，既非绘画、青铜器、陶瓷，亦非其他文物艺术，而是时间老人的见证者——玉器。玉器，在中国历史上长时间地占据很重要的地位，这是西方文化所没有或少见的。""在中国历史上，诸多文物艺术大多是人类发展到一定阶段的产物，譬如青铜器发生在夏商周，纸质绘画出现于造纸术发明之后，唐三彩是唐代特有的雕塑艺术，瓷器到唐代趋于成熟、宋代以后才达到高峰，唯有玉器这条实物主线，才能较为形象直观地演绎中华民族的历史进程。"

玉作为美石，同时具备物质和精神两方面的特性，"石"是物质、具体的，"美"是精神、抽象的，这给人留下极大的运用范性与想象空间。纵览华夏万余年历史，国家之宝、帝王之权、皇室之珍、礼仪之器、连城之璧、盛世之藏、百姓之饰等，都离不开玉。在中国玉文化发展进程中，中华文明进一步赋予玉以神灵的象征、礼仪的象征、财富的象征、艺术的象征、吉祥美好的象征。《周礼》有关用玉的规制达上百条之多，涉及政治、经济、军事、法律、外交、文化、艺术、思想、伦理、宗教等诸多领域，遍及祭祀、庙制、朝聘、盟会、婚丧、宫室、器物、音乐等方面，成为天地、鬼神、王权、财富、人格的象征或化身。

"以玉比德"是中华文明的一大创举。孔子开创了先秦儒家道德文化，在道德论的基础上，提出玉"十一德"说，即仁、智、义、礼、乐、忠、信、天、地、德、道。同时，还有管仲的"九德"说、荀子的"七德"说和西汉刘安的"六德"说等。到了东汉，许慎在《说文解字》中将玉高度概括为"五德"说，与君子应具备的"仁、义、智、勇、洁”相对应。玉德学说是中国玉文化的一大建树，通过玉这一载体，寓德于玉，玉与德水乳交融，以玉比德，以德论人、以德处世、以德治国、德行天下，以玉的美质升华人的美德，一直贯穿中华民族的伦理道德传承与发展进程。

“丝绸之路”在一定程度上可以说是由“丝玉之路”演变而来的。考古发现，早期出现在尼罗河流域、两河流域、印度河流域和黄河流域之北草原上的一些不连贯的小规模贸易路线，是最早的丝绸之路的雏形。早期的丝绸之路并不以丝绸为主要交易物资，而玉石交易赫然已在其中。在公元前 15 世纪左右，中国商人就已经出入塔克拉玛干沙漠边缘，购买产自现新疆地区的和田玉石，同时出售海贝等沿海特产，同中亚地区进行小规模贸易往来。由此可以说，古丝绸之路是以丝玉之路为开端的。后来，无论张骞拓展陆路丝绸之路，还是郑和拓展海上丝绸之路，都是秉承“比德于玉”的精神，作为促进商贸流通的文明使者，彰显和传承华夏文明。

张骞出使西域开启文明之旅。约公元前 2 世纪，汉武帝欲联合大月氏共击匈奴，派张骞出使西域，历经千辛万苦，纵横捭阖，开辟了从西汉的敦煌，出玉门关，进入新疆，再从新疆连接中亚、西亚的一条横贯东西的通道，就是后世闻名的“丝绸之路”。“丝绸之路”把西汉同中亚许多国家联系起来，促进了相互间的政治、经济、军事、文化交流。中国蚕丝、茶叶、瓷器和冶铁术西进，西域的核桃、葡萄、石榴、蚕豆、苜蓿等十几种植物，逐渐在中原栽培。还将龟兹的乐曲和胡琴等乐器引进来，丰富了汉族人民的文化生活。

郑和下西洋，扬起文明之帆。1405 年后的 28 年间，郑和奉明成祖朱棣之旨，率当时世界上最强大的船队七次远航，每次备海船 240 余艘、随员 2.7 万余人，航线从西太平洋穿越印度洋，直达西亚和非洲东岸，途经 30 多个国家和地区。郑和远航比哥伦布发现美洲大陆早 87 年，比达·伽马开辟印度航线早 92 年，比麦哲伦环球航行早 114 年。郑和下西洋，向沿线国家输送了丝绸、陶瓷、茶叶、布匹等，亦购买或交换一些香料、染料、宝石、珍奇异兽等。同时，还传播了儒家文化和妈祖文化，倡导各国共享天下太平之福，不可以众欺寡，以强凌弱，若奉召前来朝贡，则礼尚往来，一律从优赏赐等。郑和此举，改变了自明太祖朱元璋以来的禁海政策，开拓了海外贸易，促进了沿线国家的友好往来。郑和时代的中国，真正承担了一个文明大国的责任，强大却不称霸，播仁爱于友邦，宣昭颁赏，厚往薄来。

马可·波罗传递中华文明。公元 13 世纪，意大利旅行家和商人马可·波罗，17 岁时跟随父亲和叔叔，沿陆上丝绸之路来到东方，在中国游历 17 年后，又沿海上丝绸之路回到威尼斯。他在《马可·波罗游记》中以 100 多章的篇幅，记述了 40 多个城市，对当时中国的自然、经济和社会情况做了详细描述，成为世界史上第一个将地大物博的中国向欧洲人做出报道的人，在欧洲引起极大轰动。他在游记中写道："在新疆的河流中，出产一种特殊的墨绿玉，商人将这些墨绿色的玉运到库车或吐鲁番去赚钱。"后来，他还把中国的玉器带入欧洲。这说明玉器在丝绸之路的贸易中一直占有重要地位。

以史为鉴，可知兴替。中华民族一向具有"温润如玉"的品格，中华文明一向具有"仁、义、智、勇、洁"的特质。如今，习近平主席提出"一带一路"建设，这既是实现中华民族伟大复兴中国梦的战略构想，也是适应经济全球化新形势，契合沿线国家新需求，推动沿线国家人们携手并肩建设美好家园的共同梦想。因此，我们应秉承"团结互信、平等互利、包容互鉴、合作共赢"的理念，发挥中华文化"润物细无声"的作用，广泛开展"文明大讲堂""国学大讲堂"等活动，让更多精美的宫传、宫艺珍品和文学艺术作品"走出去"，与沿线各国交流互鉴，以此破除"文明冲突论"，推动"一带一路"建设顺利进行，实现与沿线国家的共同发展、共同繁荣。

写于 2015 年 6 月

宫传传奇

——让故宫里的文物活起来

一

为什么中国是四大文明古国中唯一延续至今的国家？为什么中华民族能够历经磨难而不倒，饱经风霜而弥坚，屡遭挫折而愈勇？为什么中华文明能够传承至今，延绵不断，源远流长？

一个重要原因就是，中华文化的根脉深厚，生生不息，深深熔铸在中华民族的生命力、创造力和凝聚力之中。

文化是一个民族的灵魂，是一个国家的软实力，是支撑民族进步的脊梁。

今天，我们实现中华民族伟大复兴的中国梦，必然伴随着中华文化的复兴、崛起和强盛。

在延绵不息的中华文化中，故宫藏品和宫传文化是其代表，是其精华。

二

故宫始建于明永乐四年(1406),建成于永乐十八年(1420),自永乐十九年(1421)明成祖朱棣迁都北京,至1911年清宣统皇帝退位并于1924年被逐出宫,这503年的时间里,故宫先后居住过明清两代24位皇帝。

这座世上无与伦比的皇家建筑群,汇聚了古今中外无数的奇珍异宝,演绎了无数惊心动魄的有关兴衰更替的故事,成为中华民族乃至人类文化基因的宝库。

故宫收藏的文物,是2000年来封建帝王们历代搜集而来的最终积累,几乎涵盖了中国各个时期的文明。从历史脉络讲,远到原始社会新石器、旧石器时代,历商、周、秦、汉,经隋、唐、五代、两宋,而至元、明、清和近现代,故宫都有代表性文物收藏。从文物门类来说,有陶瓷、玉器、青铜、碑石、印玺、书法、名书、漆器、珐琅、织绣、金银器、各种宝石制品、竹木牙骨雕刻、家具等,琳琅满目,应有尽有。这是一笔宝贵的文化艺术遗产,是中华民族数千年文化艺术发展史的缩影。

故宫里究竟有多少宝物?这在很长时期是一个谜。经过几代故宫人的不懈清算,直到2012年才搞清"家底":故宫博物院有文物藏品18万7558件(套),其珍贵程度不可估量。仅古代陶瓷系列,就较为全面地反映了中国陶瓷生产约8000年延绵不断的历史,特别是所藏宋代五大名窑及明、清官窑瓷器,无论数量还是质量,堪称世界之首。而玉石器系列,有出土于东北红山文化的玉器,有出土于浙江良渚文化的玉器,还有更古老的安徽凌家滩文化的玉器,中华约5000年文明史乃至上万年历史,通过故宫的玉器收藏都可以串联起来。

故宫里究竟流失了多少宝物？这可能是一个永远的谜。皇宫失火造成文物焚毁，王朝更迭伴随文物散佚和毁坏等，都是原因。比如，1923 年 6 月 26 日，宫内太监为销毁偷盗罪证对建福宫的烧毁，诸如此类，不胜枚举。可以说，故宫文物的流失数量可能是一个天文数字，这是中华民族永远的痛。

故宫里的一砖一瓦、一房一室、一宫一殿，甚至一泥一土、一草一木、一景一物，都是人民的创造，都有着令人着迷的故事。

在当时，最好的艺术品必荟萃于故宫，最好的工匠必汇聚于故宫，最好的工艺必出自故宫；藩国和西洋诸国所赠礼品，也是他们最好的东西。所以，故宫藏品呈倒金字塔形，最好的珍贵文物占到全部馆藏的 93.2%。

三

党和国家一直高度重视故宫文物的保护和传承。2013 年 12 月 30 日，中央政治局第十二次集体学习时，习近平总书记强调指出："系统梳理传统文化资源，让收藏在禁宫里的文物、陈列在广阔大地上的遗产、书写在古籍里的文字都活起来。"

让故宫里的文物活起来，这是习近平总书记的要求，也是全国人民的祈盼。

为了让故宫里的文物活起来，北京故宫学校和北京京华美术学院携手，在故宫有关专家的指导下，汇聚各方面精英，以传承弘扬故宫文化、"原汁原味"复制故宫珍品为己任，注册宫传商标，打造宫传品牌，努力使故宫藏品从地库中"醒来"，从"被动走向自觉"，从"数量增长"走向"质量提升"，从"馆舍天地"走向"大千世界"，让观众把更多的故宫文化带回家。

(一)创作出版了《黄时康翡翠作品集》

该书收录了黄时康多年创作的 219 块翡翠艺术珍品。2014 年 12 月 21 日在北京故宫建福宫召开了《黄时康翡翠作品集》新书座谈会暨作品鉴赏会,与会领导和专家对黄时康的翡翠作品给予极高评价。故宫博物院常务副院长王亚民撰写精彩评论《以翡翠,抒写婉约的风景——黄时康赏牌艺术评》,认为"以翡翠作画,而且画得那么纯情,那么婉约,自成一家,时康应是第一人",高度评价其作者——"古有陆子冈,今见黄时康"。

(二)创作出版了《阅韵草堂画集》和"项栋辉中西绘画大系"

该书收录项栋辉创作的国画与油画作品数百幅。《阅韵草堂画集》介绍了作者在绘画创作的同时,不忘书法研究和将书法笔意融入绘画作品中去,并将西洋画技艺融入国画创作中,丰富了艺术视野和表现手法。对此,故宫博物院常务副院长王亚民撰文评价项栋辉的作品,具有"独特风格","上溯古法并师古出新","既有古典意味也有现代气息"。

(三)研究复制了"宫传玉佩"系列

中华玉文化具有上万年的历史,历来有"君子比德于玉"之说,是中华文化独特魅力所在。在故宫博物院玉器专家的指导下,以优质和田籽料,成功研究复制故宫珍藏的玉佩系列。如春秋时期的《和氏璧玉佩》,图案由绳结、龙头、龙珠构成,展现了四季八节十二地支的时运,寓意为顺天应时,吉祥如意,同心协力,太平永昌。再如战国时期的《牛头玉佩》,图案由祥云、谷粒、农田、牛头构成，牛头憨厚，农田肥沃，谷粒饱满，祥云高照，表现了农耕文明时期先人勤劳、实干、质朴的精神和五谷丰登、富足安康的美好寓意。同时，还有战国时期的《四灵玉佩》等。

(四)策划出版了《故宫博物院文化交流特刊》

该刊内容包括王亚民的《以翡翠，抒写婉约的风景——黄时康赏牌艺术评》、李湜的《故宫书画概述》、吕成龙的《故宫博物院藏古陶瓷概括》、张志辉的《故宫博物院藏明代家具概括》、丁孟的《故宫青铜器综论》，以及《向古人致敬——北京京华美术学院作品》等。内容丰富，图文并茂，中英文对照，一向是国际社会展现故宫文化艺术珍品、传播华夏文明的窗口，得到了国际社会的好评。

(五)建设“国家文化创新改革试验基地”

2015 年 10 月 17 日，国家文化创新发展经验分享会暨国家文化创新基金启动仪式在北京钓鱼台国宾馆举行，国家文化创新基金正式启动了旨在推动文化传承与创新发展的“国家文化创新改革试验基地”。会上，杭州宫传文化创意有限公司成为首批“国家文化创新改革试验基地”。同时，国家文化创新基金、文化部艺术发展中心文化创意产业研究院，与杭州宫传文化创意有限公司签订战略合作伙伴协议，三方就共同建立健全创新型公共文化服务体系、培养创新型文化人才、中国传统文化产业创新发展等领域达成共识并展开深度合作。

(六)打造宫传文化艺术品综合平台

平台融宫传藏品商城、宫传藏品拍卖、宫传藏品转让为一体，拥有基金发行资格，可组建、发售、转让高端书画、紫砂、玉石制品的艺术品基金；销售或拍卖宫传翡翠、宫传玉器、宫传紫砂、宫传瓷器、宫传墨宝、宫传书画、宫传宝石、宫传饰品、京华国画、京华油画等；拥有以京华美术学院院长项栋辉为首的多位知名艺术家的作品独家代理权。

长风破浪会有时，直挂云帆济沧海。

为提高国家文化软实力，展示中华文化的独特魅力，实现中华民族的伟大复兴，我们要续写宫传传奇，使故宫的优秀文化基因与当代文化相适应，与现代社会相协调，以人们喜闻乐见、具有广泛参与性的方式推广开来，并沿着“一带一路”传播出去，使中华文明与世界文明相互交流，相互包容，相互借鉴，共同繁荣。

写于 2015 年 10 月

玉之八“最”

建设丝绸之路经济带和21世纪海上丝绸之路，是实现中华民族伟大复兴中国梦的战略构想，也是推动沿线国家人们携手并肩建设美好家园的共同需求、共同愿望和共同梦想。建设“一带一路”，既是开展贸易流通、推动经济发展之路，也是传承弘扬中华文明，搭建人类文明共荣之桥、促进各国文化交融之路。

习近平主席十分重视“一带一路”的文化交流，每到沿线国家都对那里的文化抱有浓厚兴趣，积极推动不同文化的交流互鉴。他深刻指出：“提高国家文化软实力，要努力展示中华文化独特魅力。在5000多年文明发展进程中，中华民族创造了博大精深的灿烂文化，要使中华民族最基本的文化基因与当代文化相适应、与现代社会相协调，以人们喜闻乐见、具有广泛参与性的方式推广开来，把跨越时空、超越国度、富有永恒魅力、具有当代价值的文化精神弘扬起来，把继承传统优秀文化又弘扬时代精神、立足本国又面向世界的当代中国文化创新成果传播出去。”

在宏大的中华文化宝库中，最能展示中华文化独特魅力，既人们喜闻乐见、具有广泛参与性，又跨越时空、超越国度、富有永恒魅力、具有当代价值的文化精神，就是中华玉文化。这一文化集中体现在八个“最”上。

（一）中华玉历史最悠久

故宫博物院常务副院长王亚民先生在《民间藏中国古玉全集》出版前言中，开宗明义地指出：“玉的历史，也就是玉开采和使用的历史，远远超过中华民族5000年文明史。在中国，细数诸多文物艺术，能超过并伴随中华文明，见证华夏民族演进、发展历程者，既非绘画、青铜器、陶瓷，亦非其他文物艺术，而是时间老人的见证者——玉器。”“在中国历史上……唯有玉器这条实物主线，才能较为形象直观地演绎中华民族的历史进程。”

考古发现，北京山顶洞人遗址出土了一些大小不一的白色小石珠和黄绿色卵形穿孔美石，说明早在18000年前，早期先民在打磨石器作为生产工具和狩猎工具的同时，就已发现了玉独特的美，并作为装饰品开始使用，以引起异性的关注。尤为重要的是，玉文化经过原玉期、神玉期、王玉期的传承和演进，不仅没有衰落，而且走下神坛，走向民间，开启了繁荣至今的民玉期，成为中华文明的精华和演绎线。而这一中华文明的精华和演绎线，沿着“一带一路”传播出去，使中华先人的文明因子与现代丝路沿线国家的文明因子相互融合，必然会产生更鲜活的凝聚力和创新力。

（二）中华玉种类最多样

中国的玉石丰富多彩，产地遍布全国，种类复杂多样。从硬度看，玉可分为硬玉和软玉，这是19世纪法国矿物学家德穆尔根据现代地质学理论提出的分类。硬玉专指翡翠,其摩氏硬度为7,拿在手里有压手感。软玉指翡翠以外的玉石,包括岫岩玉、南阳玉、蓝田玉、和田玉、玛瑙、水晶、珊瑚、绿松石、青金石等,其摩氏硬度为6—6.5。从产地看,中华玉可分为新疆和田一带的和田玉、辽宁岫岩的岫岩玉、陕西蓝田的蓝田玉、河南南阳的南阳玉(因矿区地处独山,亦称“独山玉”)。此外,还有昆仑玉、青海玉、南方玉、祁连玉等。据有关资料,全国生产玉石的省份有20多个。从历史看,玉可分为古玉和新玉。宋人曾将汉以前的玉器称作古玉,今人则将明清以前的玉器称作古玉了。从矿区看,玉可分为老坑玉、新坑玉,或山料玉、籽料玉。从色彩看,玉可分多类。如和田玉可分为黄玉、墨玉、白玉、糖白玉、碧玉、青白玉、青玉等。翡翠分类更细:按种水分有玻璃种、水种、冰种、芙蓉种、豆种、马牙种、干青等;按颜色分有红色翡翠、黄色翡翠、紫罗兰翡翠、油青翡翠、墨翠、蓝水翡翠、黑色翡翠、铁龙生翡翠等。当然,还有一些其他的分类法。

中华玉种类的多样性、质地的多样性、色彩的多样性、产地的多样性等,是由地球地质的多样性所决定的,构成了一个奇妙万千的玉石世界,构成了丰富多彩的玉石文化。考古发现,无论是河姆渡玉器、良渚玉器,还是龙山玉器、红山玉器、三星堆玉器等,玉器的质地、大小、形制、图案、工艺等都有着明显的区别,代表着不同时代和不同地域的文明。现代社会也是一样。玉器的多种多样,不仅满足和丰富了社会不同阶层的佩戴需求与审美情趣。玉石尚且如此,其他文明更甚。“一带一路”沿线国家众多,各种文明丰富多彩,竞相斗艳。我们应弘扬中华玉文化的包容性与吸引力,本着“各美其美,美人之美,美美与共”的精神,与沿线国家“琴瑟和鸣”,共同促进多元文化的兼容并包,和谐发展。

(三)中华玉品德最高洁

玉是天赐之物,是地球的"精血"。上品美玉具有颜色纯正、质地细腻、手感温润、声音清脆、韧度极高等秉性。于是乎,历朝历代的思想家,都把中华玉视为美德的化物,加以拟人化,不吝颂扬。《诗经》有"言念君子,温其如玉"之诵,最早把玉比喻为君子之美德。至圣先师孔子曰:"夫昔者,君子比德于玉焉。"他还把玉的品德系统概括为"仁、知、义、礼、乐、忠、信、天、地、德、道"这"十一德说",认为玉"温润而泽,仁也;缜密以粟,知也;廉而不刿,义也;垂之如坠,礼也;叩之其声,清越以长,其终诎然,乐也;瑕不掩瑜,瑜不掩瑕,忠也;孚尹旁达,信也;气如白虹,天也;精神见于山川,地也;圭璋特达,德也;天下莫不贵者,道也"。同时,还有战国管仲的"九德说"、荀子的"七德说"和西汉刘安的"六德说"等。

到了东汉,许慎在《说文解字》里将玉高度概括为"五德说",与君子应具备的"仁、义、智、勇、洁"相对应。他说:"玉,石之美者,有五德者。润泽以温,仁之方也;鰓理自外,可以知中,义之方也;其声舒扬,专以远闻,智之方也;不挠而折,勇之方也;锐廉而不忮,挈(洁)之方也。"可见,由春秋孔子的"十一德说"到东汉许慎的"五德说",玉德学说不断完善,一定程度上起到了规范社会的作用。玉德的核心是"仁"。如今,我国倡导"一带一路"建设,既不是为了输出过剩产能、化解经济下行压力,更不是为了掠夺资源、转嫁环境危机,而是传承玉的美德,以仁义之心、行仁义之道,奉行"己所不欲勿施于人"的"金口玉言",携手沿线国家共同发展。

(四)中华玉词汇最丰富

中国的语言修饰往往直观地体现在文字和成语典故中。“玉”字是中国最古老的文字之一,甲骨文中已有记载,属象形字,像是由三片玉组成,中间的一竖将其连贯起来,因而凡是“玉”统属的字都归玉部。由于在王玉期,有“王者佩玉”的金科玉律,故凡从“王”的字多和玉有关。《说文解字》中属“玉”部的有 126 个字,《辞海》中属“王”部的有 144 个字,《新华字典》中属“王”部的有 156 个字,这些字大多体现了玉在古代社会生活中的重要地位以及古代人对玉的认识,反映了我国古代丰富多彩的玉文化。现代社会也是一样。今天国人取名选用“琼”“琳”“璇 ”“珏”“瑜”“环”“琪”“璞”“瑶”“碧”“珅”“玮”“琰”“瑗”等字,这些字都是表示美玉的意思,而汉语中表示美玉的字不下 100 个。可见,追求玉的美好早已深深嵌入国人的取名文化之中。

在丰富多彩的成语典故中,直接含“玉”字的成语有 140 多个,且大都是褒义的。譬如,比喻人品高尚纯洁、做事光明磊落的“冰清玉洁”,比喻说话算话、诚实守信的“金口玉言”,比喻郎才女貌、爱情美满的“金童玉女”和“金玉良缘”,比喻变敌为友、变战争为和平的“化干戈为玉帛”,比喻人不学习不锻炼、就不会取得成就的“玉不琢不成器”,比喻为正义事业不丧失气节、坚持原则坚守底线的“宁为玉碎不为瓦全”,等等,不胜枚举。我们在“一带一路”建设中,要打破西方媒体的偏见,打消沿线国家的疑虑,排除干扰,减少杂音,就应积极把玉文化的文字解释和成语典故传播出去,以君子佩玉坦荡荡之行,履行“金玉之言”,制定“金科玉律”,团结“玉堂人物”,借鉴“它山之石、可以攻玉”,创造“积金累玉”,最后克服艰难困苦、“玉汝于成”。

(五)中华玉故事最动人

京华美术学院院长项栋辉先生认为,许慎等人的"玉德说",使"玉"同时具备物质和精神两方面的特性,"石"是物质、具体的,"美"是精神、抽象的,这给人留下极大的运用范围与想象空间。事实确实如此。在中国最富神奇色彩的传说中,有关玉的故事浩瀚如海,什么西王母献玉、弄玉吹箫、女娲补天、雨花玛瑙等,不一而足,难以言尽。可以说,每个盛产玉石的地方,都有一些美丽动人的故事传说。如,相传古时候有个叫燕赤羽的青年,与山官的女儿翠鸟相爱,但好景不长被仇人施以妖法,将他俩变成了石头,落到了现在的帕敢一带,化身美丽的翡翠。因燕赤羽死时紧紧地抱住翠鸟,所以翡翠原石外部都有着红色的皮幔,里边才是翠绿的玉石。

再如,家喻户晓的"和氏璧"。说的是,楚国有个叫和氏的人,把在山中得到的玉璞献给楚国厉王和武王,但这两王不识货,听信玉工谗言,两次以欺君之罪,先后砍去了和氏的左脚和右脚,后来文王继位,找到和氏剖玉察看,证实是一块举世无双的美玉。于是命人把这块美玉琢成玉璧,遂以和氏之名命名为"和氏璧"。到战国后期,赵惠文王得和氏璧。秦国也想拥有之,宣称愿以十五座城池交换赵国的和氏璧。于是又有了蔺相如护送和氏璧出使秦国,识破秦王阴谋,力保"完璧归赵"的故事。后来,秦统一七国,这块和氏璧被秦始皇命人雕琢成世代相传的"传国玉玺",上刻"受命于天,既寿永昌"八个篆字,成为帝王无上权力的象征。可见,一块玉演绎了一个时代的更替兴衰。

还有,在中国文学中,以玉为隐喻的故事也非常动人。如大家喜爱的经典名著《红楼梦》,又叫《石头记》。不仅贾宝玉自出生就佩戴一块“通灵宝玉”，故叫宝玉，还有黛玉、妙玉、红玉、玉官、玉桂、玉爱、玉钏、玉菡等，真是“玉”满全书。戏剧和电视剧《金玉良缘》，则讲述了明朝初年永乐年间，掌管兵器制造局的朝廷世家金家独子金元宝偶遇古灵精怪的江湖女子玉麒麟，展开了一段轻松幽默又真挚感人的爱情故事。如果我们能把这些与玉有关的故事和文学作品，介绍给“一带一路”的沿线国家，这对沿线国家人们了解中华文明，形成认同的文化价值观，无疑大有裨益。

（六）中华玉工艺最精湛

玉器的价值，不仅体现在质地上，更体现在雕工所展现的文化内涵及独特的美感上。一块天然顽石变成国之宝器，不仅是匠师的手艺、工艺、技艺的体现，更是其思想、文化、修养的体现。俗话说，“玉不琢不成器”“雕琢复雕琢，片玉万黄金”，好的玉雕匠师，不仅给玉原石带来极高的附加值，而且能巧夺天工，化腐朽为神奇。在这方面，中华文明一直先于甚至胜于其他文明。早在原始社会的石器时代，中华先民就发明了切割，钻孔，琢刻阴文、阳文，减地雕和抛光等工艺，开创了变形纹饰和神秘纹饰等装饰纹饰之先河，发端了对玉器的平面雕、立雕、圆雕等技艺，从而奠定了以后文明时代制玉工艺、玉器装饰和玉器审美的基础。随着生产力的发展和生产工具的改进，中华玉雕艺术得以不断发展，攀上一个又一个高峰。譬如明代嘉靖、万历年间，有位叫陆子冈的琢玉大师，发明了起凸阳文、镂空透雕、阴线刻画等技法，创造了玉牌子，并落款留名，将印章、书法、绘画艺术融入玉雕艺术中，把玉雕工艺提高到一个新的艺术境界。

再有，被故宫博物院常务副院长王亚民先生称之为“古有陆子冈，今见黄时康”的黄时康，开创了在翡翠上作画的先河。他以硬度极高的翡翠为纸，以雕刻工具为笔，在一块块翡翠牌子方寸间，营造红翡绿翠的光影浮动，犹如张大千笔下晕染开来的水彩，灵动婉转的刀工悠然划过，为这方水彩天地带来了生动的气韵。如同王亚民所评：“他创造的画面是极为朦胧的，而我们随着一幅幅作品进入他的世界后，就会自然而然随着他开始缓慢而婉约的蜕变。以翡翠画画，而且画得那么纯情，那么婉约，自成一家，时康应是第一人。”由上可见，中华民族是富于创造、勇于创新、匠师辈出、工艺精湛的民族，由这样的民族倡导“一带一路”建设，必会遵循“师法自然”“天人合一”的理念，把“善用俏色”“鬼斧神工”的技艺，运用到基础设施建设和装备制造之中，以玉雕匠师的传神，把“一带一路”建设好。

（七）中华玉佩戴最养生

国人之所以喜欢收藏和佩戴玉器，不仅是出于审美需要，也是出于养生需要。早在2000多年前，人们就知道玉石的医疗保健作用。据《神农本草经》《本草纲目》等古典医药名著记载，玉石有除中热，解烦懑，润心肺，助声喉，滋毛发，养五脏，安魂魄，疏血脉，明耳目的疗效，有106种玉石能用于内服或外敷。玉石加工产品，如玉枕、玉垫、玉梳、玉锁、玉扳指、手镯、脚镯、健身球、按摩器、手杖等，其使用能产生养颜、镇静、安神之效果。经现代科技分析，翡翠、和田玉等玉石中，含有对人体有益的10多种微量元素，如锌、铁、铜、锰、镁、钴、硒、铬、钛、锂、钙、钾、钠，故经常佩戴玉器能使玉石中含有的微量元素通过皮肤吸入人体内，有一定的保健效果。当然，玉的这些作用并非一天两日就能见效，而是“人养玉、玉养人”，身不离玉，玉不离身，天长日久，久久为功，方能见效。

在佩戴饰品方面，东西方有着明显的差异，东方人喜欢佩戴翡翠、和田玉以及其他一些玉石，如巴基斯坦、印度、缅甸、泰国等东方国家的女子，常常在右手前臂紧紧戴上一只精美翡翠玉手镯，终生守此不舍；西方达官贵人和时尚青年更喜欢佩戴一些钻石、水晶、琥珀、红蓝宝石等，而这些矿石也同样具有保健的功效。由此看，我们完全可以配合“一带一路”建设，向沿线国家宣传中医关于矿石的养生理念和养生方法，使之造福于沿线各国人们，促进人类长寿安康。

（八）中华玉四海最闻名

古丝绸之路是自东至西的双向贸易活动，商人们不仅经营丝绸、茶叶、瓷器、布匹等，也经营香料、宝石、玉器等，也许把“丝绸之路”叫作“丝玉之路”未尝不可。河南安阳殷墟妇好墓中出土了750多件玉器，其中一部分玉经鉴定是来自新疆的和田玉。和田玉首开了我国中原与边疆、与西方交流的运输通道。到了汉代，丝绸商人利用这一古老的“玉石”通道又发展了丝绸贸易。汉代张骞于公元前138年和公元前119年两次出使西域，向西域传播中华文化，其中一定包括玉器文化。完全可以想象，按照“古之君子必佩玉”“君子无故，玉不去身”“君子不可一日无玉”的礼仪习俗，无论是张骞出使西域，远到波斯诸国，还是郑和七次远洋航海，到达东南亚诸国直抵非洲东海岸的肯尼亚，或是丝绸商人伴着驼铃行走大漠孤烟，到达沿线诸国，他们都带着不少精美的玉器，或示人欣赏，或与人交换所需的物品。

到了公元13世纪，意大利旅行家、商人马可·波罗，17岁时跟随父亲和叔叔，沿丝绸之路来到东方，在中国游历了17年，见证了玉石贸易。他在《马可·波罗游记》中写道：“在新疆的河流中，出产一种特殊的墨绿玉，商人将这些墨绿色的玉运到库车或吐鲁番去赚钱。”后来，他把中国的玉器带入欧洲。到18世纪，乾隆皇帝把玉器作为国礼赠给英王乔治三世，正如1792—1794年英国驻中国大使马卡蒂尼爵士（Lord Macartney）所记载：“皇帝送给陛下的第一件礼物是一件玉如意，长12英寸。中国人非常喜爱如意，它代表和平与吉祥。”这件玉如意后来出现在1822年詹姆士·克利斯蒂（James Christie）编写的拍卖图录中。1851年在伦敦海德公园召开的万国博览会上，中国参展的玉器盖杯、盖碗和花瓶等大放异彩。一位参观者写道：“万国博览会上中国区的艺术品没什么能与玉雕花瓶媲美，它那纯净的质地、优美的造型、雅致的纹饰，真是精美绝伦。”

由此可见，中华玉文化早已走出国门，在世界久负盛名。爱美之心人皆有之。中华玉不仅国人喜之爱之，世界各国尤其是“一带一路”沿线国家的人们也是喜之爱之，这是共同的审美意趣所在。为此，我们可研究制造一批宫传、宫艺玉器珍品，举办若干专题性的玉器展览，开展玉文化交流活动，弘扬丝绸之路精神；同时，亦可与沿线盛产宝石的国家联合举办一些展览，以玉石和宝石为纽带，促进不同国家文化的交融互鉴。

写于2015年5月

品味黄时康翡翠作品的艺术意境

——评《黄时康翡翠作品集》

我不懂翡翠，过去也很少接触翡翠。然而，翡翠可以说是地球的精华，是有生命有灵性的，当你和她有缘时，她就会找上门来，与你相识，与你结缘，使你懂她爱她养她，而她也养你。

一

缘于友人项栋辉的推荐，偶得一块黄时康翡翠作品《翠嶂晚归》。据说这是时康先生亲自为我选定的。

那时，我与时康尚未谋面，始见其作品，顿觉眼睛一亮，真有点“梦里寻他千百度，蓦然回首，那人却在灯火阑珊处”的感觉。于是我爱不释手，佩戴于身，每当写作劳累时，便拿出来把玩欣赏。

《翠嶂晚归》由一块 4. 5cm × 6. 3cm × 0. 8cm 的极品翡翠料雕刻而成。更确切些说，是在一块天赐的翡翠质地上创作的一幅山水画。画面饱满，层次鲜明，栩栩如生，韵味十足，山水林田湖错落有致，小桥流水人家尽收眼底。

整幅《翠嶂晚归》可分两个画面欣赏。一面为半透明的翠白色，且翠多白少，画面植被茂密，苍翠润泽。细品又见墨绿、深绿、淡绿和白棉四色分明，且色彩过渡自然，浑然一体。作者利用四分之一的白棉处，雕刻出两三座古殿，也可理解为一处古村落，处在高山之巅，周围有白云缭绕，升腾起袅袅炊烟。在其余四分之三深浅不一的翠色中，雕刻出叠嶂起伏的群山、峡谷、丛林和田野。尤为令人叫绝之处是，作者把底部中间一小团墨绿色的翠根，雕刻出一头耕牛的身躯，再利用翠根的渲染色，雕出牛头、牛角、牛尾。在犟劲十足的耕牛前，有一农夫，戴着草帽，穿着草鞋，弓着身躯，牵着牛鼻子，慢悠悠往村落走去。道路两旁一片片刚刚犁过的田野，泛起层层松软的土壤，散发出泥土的芬芳。我把此面此景命名为《春耕牧野图》，大概纯正的有机蔬果就产在这里。

《翠嶂晚归》的另一面，层林茂密，背靠高山峡谷。作者利用翡翠呈现出的翠白相间、浓淡相宜的纹理走势，绘画出陡峭山崖，嶙峋怪石，植被疏疏朗朗，偶见空谷幽兰的意境。在陡峭的山崖上，有一条直奔山顶的天梯小径，沿小径而行，顺天梯而上，只见山峦之巅有一座古刹，刹前似有人在烧香祈福，也似有人在驻足观海。好一幅清净的云雾山间绕、天路刺云端的画卷。我把此面此景命名为《深山古刹图》，仿佛真正的高人智者就隐居在这里。

我对《翠嶂晚归》的欣赏和解读，不知是否符合作者的原意。但真正的山水意境，本来就有“横看成岭侧成峰，远近高低各不同”的奇妙之处，也具有“一花一世界，一叶一菩提”的奇妙境界。我想，这大概就是艺术的魅力吧。

二

缘于对《翠嶂晚归》的欣赏，我走入了《黄时康翡翠作品集》（以下简称《作品集》）的艺术殿堂。

《作品集》由京华美术学院编，故宫出版社2014年8月出版。为此，故宫博物院常务副院长王亚民撰写了精彩的评论——《以翡翠，抒写婉约的风景——黄时康赏牌艺术评》。文中谈及“以翡翠作画，而且画得那么纯情，那么婉约，自成一家，时康应是第一人”。北京京华美术学院院长项栋辉著文《天赐艺术的开启者——谈黄时康先生翡翠绘画意境》，赞其在翡翠上作画为“天赐艺术”，称赞“黄时康先生领悟了翡翠和国画的真谛，开启了中国翡翠作画独树一帜的新境界”。这两位艺术大家的评价，可成为我们欣赏黄时康翡翠作品的入门向导。

《作品集》收录了黄时康创作的219件翡翠艺术作品，这些虽不能说是黄时康的全部佳作，但无疑全部是精品，代表了黄时康翡翠绘画艺术的最高水准。《作品集》封面的作品是《深谷仙居》，表现了在人烟罕至的深山野谷里，在青山丛林的簇拥下，一群仙鹤在一棵上百年或许是上千年老松的枝条上，搭起了安乐窝，八只仙鹤或睡眼惺忪刚刚起床，或翩翩起舞展翅飞翔，或捕来昆虫凯旋，画面灵动而祥和，喧嚣却宁静。《作品集》扉页的作品是《北极神品》，表现了在北极碧空万里的天际线下，在白雪皑皑的冰川上，一头母熊带着她的孩子——一头小熊逍遥闲逛。母熊硕大健壮，小熊憨态可掬，尤其是母子相对而视，母熊慈祥而睿智，好像在叮嘱着什么，小熊憨态而顽皮，好像心不在焉，表情十分传神，好一幅动人的亲子画面。仅从这两幅佳作就不难看出，黄时康翡翠作品所展现的文化理念是自然至上，传承弘扬了一种敬畏自然、保护自然、热爱自然、歌颂自然的人文精神。而这种“崇尚自然，追求和谐”的精神，成为贯穿《作品集》的一条主线。

《作品集》所表现的内容极为丰富，而且富有大开大合的张力，给人以无限想象的空间。整个《作品集》分两大板块。一大板块是“生命与心灵”，由154件作品组成。主要描写的是江南烟雨、四季胜景、云海苍天、大漠关山、丝绸之路、苏武牧羊、田园牧歌、风华绝代等。尤其是草原系列，从《帝王之生》《神驹之降》《天马之春》，到《生灵之养》《草原之恋》《翱翔之鹰》，再到《骑射之功》《凝神之气》《四方之威》《天下之归》，神奇而完整地讲述了一代天骄成吉思汗的动人故事。更重要的是，作者借物抒情，赋予作品以生命和灵性。在这154件作品中，一花一草、一山一水，甚至一颗沙粒、一片云彩，都是有生命、有灵性的，很好地表现了大地万物每一个生命的美丽、灿烂和瞬间永恒，表现了生命心灵的宁静、广袤和偶尔泛起的涟漪。

三

缘于对《黄时康翡翠作品集》的欣赏，我走进了翡翠这一奇妙世界，开始恶补翡翠常识，了解翡翠成为重器的艰辛历程。

翡翠形成的地质条件十分苛刻，无数地质学家经过无数次试验研究，仍得不出翡翠形成的确切年代和确切成因，只能大致推测出翡翠是在低温、高压条件下，由含钠长石的岩石去硅作用而形成的多晶体结晶。翡翠的硬度、密度、折射率等都高于其他玉石。自从翡翠横空出世，其他玉石相形见绌，均屈尊为软玉了。

世界上出产翡翠的国家不多，虽说美国、俄罗斯、日本、哈萨克斯坦和危地马拉等国也产翡翠，但多为颗粒粗大、颜色较差的石质，只适合制作一些摆件，唯有缅甸北部密支那地区的岩脉可产宝石级的翡翠。可以说，宝石级的翡翠只产于缅甸，被尊为“玉中之王”，而且矿产资源是极为有限的。

翡翠被发现、被挖掘、被雕琢和被赏玩的历史并不久远。明清以前诗人有关翡翠的雅作，或是赞美一种雄红雌绿的翡翠鸟，或是赞美冰清玉洁的和田玉。如战国时期诗人屈原所云：“翠竹法身碧波潭，滴露玲珑透彩光。脱胎玉质独一品，时遇诸君高洁缘。”说的是和田玉。而唐代诗人冯延巳所作“池塘水冷鸳鸯起，帘幕烟寒翡翠来”，指的是翡翠鸟。但是，自从翡翠玉走进人们的生活，一切关于翡翠鸟的传说和一切赞美和田玉的诗句，都似乎更加适于翡翠，因为只有翡翠玉具有“晶莹剔透舍利子，历尽沧桑色不衰”的特性，因为只有翡翠才是“玉中之王”。

然而，玉不琢不成器。再好的玉石也是石头。要把石头变为宝石，不仅要有巧夺天工之技，还要有通法自然之能。这就需要雕玉人不仅要熟悉翡翠的质地、颜色、润泽、纹理，还要精通唐诗宋词、宋元山水、明清花鸟等各种表现自然的艺术手法，以及通晓佛教文化的典藏故事，并能信手拈来作画。在这方面，黄时康的翡翠作品无疑是具备和独树一帜的。

据了解，一块上好的翡翠原石到了黄时康手里，要经过无数次的观赏琢磨，进行心灵沟通对话，摸透其习性，领悟其灵性，呼唤其灵魂，然后才着手设计、开坯、雕琢、打磨、抛光等，费工 50 余道，费时数月甚至上年。

尤为令人称道的是，翡翠属硬玉，非常坚硬，而黄时康翡翠作品展现的又是那么柔软、含蓄、朦胧、婉约，无论是春江水暖、薄雾深秋、云山雾海、峭壁淙泉，或是窈窕淑女、江上渔夫、晨曦童趣、奔月嫦娥，还是金戈铁马、东海龙珠、法天佛祖、云海观音，都达到了“清水出芙蓉，天然去雕饰”的艺术境地。正如王亚民所云：“以翡翠，抒写婉约的风景。”

可以说，品味黄时康的翡翠作品是十分难得的享受。

写于 2014 年 12 月

开创中国翡翠艺术赏牌创作的新时代

——《黄时康翡翠作品集》新书座谈会暨作品鉴赏会在故宫博物院建福宫举行纪实

应友人北京京华美术学院项栋辉院长的邀请，2014 年 12 月 21 日在故宫博物院参加了《黄时康翡翠作品集》新书座谈会暨作品鉴赏会，从而有机会走进故宫博物院建福宫，有机会在紫禁城里品读黄时康先生的翡翠作品，有机会聆听我国顶尖玉器专家的鉴赏评价，这对长期从事经济理论与浙江实践研究的我来说，完全是一次新鲜愉悦而又增长见识的文化之旅，值得记怀并与读者分享。

萧山机场初识时康

2014 年 12 月 18 日，一个温暖冬日的上午，我如约来到杭州萧山机场东方航空公司候机室，经项栋辉老师介绍，见到久负盛名的黄时康先生。

未见黄时康之前，我早已在项老师家里看过黄时康的部分翡翠作品和故宫出版社出版的《黄时康翡翠作品集》，并偶得一块作品《翠嶂晚归》。因触发兴趣和灵感，草写了一篇《品味黄时康翡翠作品的艺术意境——评〈黄时康翡翠作品集〉》的散文，于前一天发到项老师夫人秋萍的微信上，以求项老师雅正。谁知我刚一进候机室，黄时康先生的助手印小言女士就与我打招呼，说我写的散文很美，朴实无华，引人入胜。开始我以为她是说我新近出版的散文集《我与母亲》，着实高兴了一下。后来她说是昨天在项老师家，看了我写的品味黄时康作品的散文，感觉甚好。我连忙问："项老师、黄老师他们看过了吗?"回答说都看过了，大家都认为很好。这愈发让我高兴，因为他俩可是这方面的创作大师和艺术大家呀。

或许是有了事先的相互了解，或许是搞艺术的人比较随性、随和，亦或许是黄时康先生天然具有的质朴和亲和力，我与时康先生就像久违了的朋友，一见如故，无拘无束地交谈起来。我们在候机室谈，在登机口谈，在万米高空谈，可以说一路畅谈，无话不谈。当然，更多的是我好奇提问，时康先生简略回应，使我粗略了解了一个有故事的人的一些传奇。

黄时康，祖籍在云南西南部的澜沧，祖上曾是澜沧坝一带颇有名望的大土司，1957 年农历十月十五出生于缅甸，3 岁时寄居在泰国伯母家，后加入泰国籍。顺便说一下，土司为明朝政府在云南地区设立的行政单位，按照洪武十四年(1381)明朝政府的设置，云南府西南部少数民族地区为土司制，对授职、承袭、升迁、奖惩、衔品、隶属、信物，以及对朝贡纳赋、征调使用士兵等都有明确的规定。简单说，就是天高皇帝远，土司作为当地的"土皇帝"，是政府认可的具有征粮纳税，行政司法，武装护卫，保一方平安的职权。当年黄时康祖上在澜沧坝一带管辖着

2万多户人家、方圆数千平方千米的区域，领导乡民开展农耕生产、兴建水利和交通设施、抗击瘴气疟疾，并带领马帮在我国云南，以及缅甸、泰国、老挝一带开展跨国贸易，贩卖鸦片（当时为合法）、普洱茶、玉石等产品，家里收藏了不少翡翠原石，从而使黄时康从小有机会把玩着石头长大。

黄时康在缅甸和泰国度过了与石为伴的童年。17岁去我国台湾半工半读，学国学、佛学、电子科技等知识，还一度当过一家电子厂的领班和厂长。25岁时回泰国发展，受哥哥、舅舅等当时已是泰国最大翡翠公司经营翡翠的影响，投资200余万泰币，一头闯入翡翠世界，从此终日与翡翠为伍、为伴甚至为情人，由开始的石头买卖，到创作首饰摆件，再到在翡翠上作画，完成了一次次从赌石，到雕刻工匠，再到艺术大师的蜕变。

眼前的黄时康，中等偏高，约1米76，身材魁梧，体格健壮，虽年过五旬，然短发乌黑，四方大脸，耳聪目炯，善目慈眉，说话沉稳，普通话中略带云南边陲或南洋华侨多有的口音，一见就是一位见多识广，饱经沧桑，满腹经纶，言缓行重的大器之才。尤其是穿着简朴，举止舒缓，素处以默，超然淡定，作为翡翠雕刻绘画大师，身上却未戴一块翡翠挂件，颇具翡翠那种冰洁灵动、华贵沉稳、俏而不争的品格。

迎着晨曦进宫布展

按照20日白天的演练和晚上碰头会的周密部署，21日早上6点多，我早早起床洗漱，7点多到餐厅用餐，7点40分来到大厅门口集中，然后随同项老师一家、黄时康的创作团队，携带珍贵的53件翡翠作品和一袋用于会上演示的翡翠原石，乘一辆黑色奔驰警用商务车，由金台饭店向紫禁城故宫博物院驶去。此时的北京城，似从睡梦中醒来，华丽的灯火在晨曦的照射下渐渐隐去，天很快亮了起来。

这是北京入冬以来最爽朗的一天，空气清新，万里无云，金色的霞光照射进庄严肃穆的紫禁城里，古老的宫闱院墙霞光万道，金碧辉煌。按照事先约定的通行路线，我们进西门向东折北，七拐八弯，进入故宫研究院工作区。在此下车后，沿着"《黄时康翡翠作品集》新书座谈会暨作品鉴赏会"的图标指向，在项老师熟门熟路带领下，我们跨过一道不起眼的小门，走进了久负盛名、尚不对外开放的建福宫花园。

一进建福宫，顿觉眼前一亮，大家都被这五步一楼、十步一阁、廊腰缦回、檐牙高啄、各抱地势、长桥卧波、复道行空的建筑气势惊呆了。过去耳闻建福宫很好看，没想到亲眼所见这么好看；过去略懂五色乱目，色多太俗，没想到这里五颜六色不乱目，雕梁画栋更贵气。建福宫无疑是紫禁城中精品的精品，可称之为世界古建筑群中皇冠上的明珠。于是，大家情不自禁地拿出手机，咔嚓咔嚓一阵乱拍，随行的几位女同事还兴奋地小声喊道："进宫啦！进宫啦！"

建福宫是一处花园式建筑群，位于紫禁城内西北隅，亦称西花园，面积逾 4000 平方米，总建筑面积有 2800 多平方米，建筑以延春阁为中心，四周有敬胜斋、吉云楼等十余处，集宫、殿、楼、阁、斋、堂、亭、轩于一体，层次分明，错落有致，古树参天，山石层叠，是紫禁城内空间变化最丰富的院落，也是乾隆皇帝收藏鉴赏书法绘画、古玩玉器的地方。乾隆去世后，嘉庆皇帝曾下令将此处收藏的珍宝玩物全部封存。至清末，敬胜斋等楼阁主要为堆放珍宝所用，还供奉不少金佛、金塔及各种金质的法器和藏文经版以及清代 9 位皇帝的画像、行乐图和名人字画、古玩等，连溥仪结婚时的全部礼品也都存放于此。1922 年末，已被赶下皇位但仍住在皇宫的溥仪想知道这里共存放有多少珍宝，决定来一次彻底清点。结果，清点工作刚刚开始的次年6月，一场神秘大火冲天而起，将建福宫花园以及在此存放的珍宝烧了个精光，据说这是监守自盗的太监为掩饰罪责纵火所致。自此，富丽堂皇的建福宫花园成为故宫的"火场遗址"。

历史的车轮走过了80多年，在中国文物保护基金会捐助和港商陈启宗赞助下，2000年5月建福宫花园在原址上复建，2005年11月竣工，历时5年半，花费近亿元。复建依据乾隆早期的手法和特点，使用古建传统工艺技术，外檐彩画风格全部为官式苏式彩画，运用大量沥粉贴金进行渲染，使这座曾荒芜了80多年的火场废墟重现乾隆时期的辉煌。复建后的建福宫花园主要用作接待国内外贵宾、举办文博学术交流活动、筹办小型精品文物展览等，不对公众开放。

当我等几个尚在品头论足建福宫花园的经典建筑时，黄时康先生的几位弟子早已在延春阁悄然展开了布展工作。他们小心翼翼地拿出翡翠作品赏牌，逐一放进标有"炎黄世康"字样和京华美术学院LOGO的展盒里，开启调好适宜的光线，配上简略的文字说明字条，然后再放入展柜中，最后上锁。每个展柜一般放3—4件，放置53件翡翠作品的展柜正好环绕延春阁一楼一圈，内容不仅有《黄时康翡翠作品集》封面作品《深谷仙居》，扉页作品《北极神品》，也有反映丝绸之路、苏武牧羊、江南烟雨、大漠关山、四季胜景、云海苍天等内容的场景，还有《云山三圣》《紫天三圣》等弘扬佛教文化的画面，总之一句话，这些作品展现了《黄时康翡翠作品集》中的精华。

揭开帷幕高潮迭起

上午9点40分，比原定时间晚10分钟，座谈会正式在建福宫花园的敬胜斋拉开帷幕。铺着浅蓝色绒布的长条形会议桌的前方墙幕上，投射着醒目的会标，会标是故宫博物院的标志性图案，朱红背景下方白色线条勾勒出故宫博物院造型，上书黄色黑体字"《黄时康翡翠作品集》新书座谈会暨作品鉴赏会"，下注日期"2014年12月21日"。

出席这次座谈会的领导和嘉宾都是当今中国翡翠玉器界的顶尖专家或扛鼎人物，可谓群贤毕至，少长咸集。其中有故宫博物院常务副院长、中国文物协会玉器专业委员会会长王亚民，故宫博物院副院长、中国文物协会玉器专业委员会副会长冯乃恩，北京大学考古文博学院教授、中国文物协会玉器专业委员会副会长赵朝洪，北京市文物局副局长、中国文物协会玉器专业委员会常务理事于平，故宫博物院研究馆员、中国文物协会玉器专业委员会理事张广文，故宫出版社总编辑赵国英，故宫博物院书画部副主任汪元，中央民族大学人类学研究所教授、中国文物协会玉器专业委员会理事潘守永，故宫博物院院长办公室副主任、中国文物协会玉器专业委员会副秘书长李滨，故宫出版社器物编辑室主任、中国文物协会玉器专业委员会副秘书长万钧，京华美术学院院长项栋辉，京华美术学院翡翠绘画学院院长黄时康，京华美术学院艺术部主任项政。同时还邀请了来自雅昌艺术网、凤凰网和《TimeOut北京》《中国艺术报》《三联生活周刊》《生活》《京华时报》《新京报》《东方早报》等10余家媒体的记者。

座谈会由故宫出版社总编辑赵国英女士主持，她先邀请王亚民、黄时康、冯乃恩、项栋辉等走上台，为《黄时康翡翠作品集》新书剪彩。随后，她以渊博的学识、优雅的风度、略带京味的语调，适时做出一些精彩点评，不疾不徐地掌控着座谈会的进展和节奏，使座谈会高潮迭起，精彩纷呈。

第一波高潮是由著名播音员任志宏先生带来的。他以那极具磁性和富有感染力的声音，介绍了黄时康部分翡翠作品的内容、寓意和艺术手法。短短 18 分钟的影像播放，一下子把与会嘉宾带入了黄时康翡翠作品的艺术世界。对此，黄时康感触良多。几年前，当黄时康观赏《十一世班禅》和中央电视台国际频道的《千秋史话》栏目时，一下子被任志宏的配音和主持风格所折服，觉得以后自己的作品介绍若能由任志宏配音就太好了。项老师的夫人秋萍说，她也曾希望黄老师的作品介绍由任志宏老师配音。真是天遂人愿，精美的石头会唱歌了——黄时康翡翠作品艺术的美，与任志宏磁性声音的美碰撞在一起，产生了美的涟漪，掀起了座谈会的第一波高潮。

第二波高潮是王亚民先生掀起的。王亚民作为故宫博物院常务副院长和中国文物协会玉器专业委员会会长，是文物玉器界的领军人物，知识渊博，积淀深厚，眼光独特，见解高深。然而，亚民先生却没有信手拈来，也没有信口开河，而是做了充分的准备，手写了好几页纸的发言提纲，给与会者做了一场精彩的演讲，赞扬黄时康的作品是以翡翠抒写婉约的风景。王院长讲，黄时康先生作为一位熟悉中国绘画史的艺术家，提出翡翠绘画的艺术尝试是很有意义的。翡翠作品的创作，与用笔墨、宣纸进行的传统绘画创作有很大的差别，翡翠赏牌的雕刻首要考虑的是翡翠的质地、色泽、纹理等，这些因素会制约题材的构思、创作的走向，其难度是宣纸创作所难以想象的。而天然翡翠没有一块是相同的，每一件赏牌都是天然与人工的巧妙结合，没有一件是相同的，都是在以后雕刻的岁月里所不能重复的。

王院长认为，在黄时康的翡翠作品中有丝绸之路、边关大漠、烟雨江南、保护大自然等相关意象，每幅画面都有特殊的理趣。他喜爱佛教，他的作品拥有佛家的慈祥和悲悯，拥有一份厚爱与温情，所以他的作品在幸福的笼罩中，也有着难以言表的淡淡愁绪和怅然。黄时康先生的翡翠作品，没有不谙世事、少年情怀的浮浅，而是于轻松中蕴含沉重，在快乐中包孕着对生命的追问。

王院长在讲话中，对黄时康的翡翠作品给予了具有历史意义的评价：其一，200 年前，这里曾是乾隆皇帝鉴赏文物玉器的地方，200 年后我们在这里举办《黄时康翡翠作品集》新书座谈会暨作品鉴赏会，这是一种历史的传承和进步。其二，对艺术赏牌的创作，最早始于明代的陆子刚，他在玉牌上立雕或阴刻梅兰竹菊和诗词歌赋，并在器物的隐僻处雕出“子刚”“子冈”“子刚制”等款文，名重一时，对后世的玉器雕琢有很大影响，不过限于材质，他雕刻的赏牌都是和田玉，而今黄时康是在硬度更高的翡翠上作画，难度更大，画面也更为丰满，可谓“古有陆子刚，今见黄时康”。其三，黄时康把绘画创作中主体的心境移植到翡翠雕刻中来，贴近了传统，贴近了唐诗宋词，贴近了宋元绘画，贴近了秘不可宣的天籁，开启了中华翡翠艺术的新领域，实现了由工艺品到艺术品、由工匠到艺术大师的化茧成蝶。

第三波高潮是黄时康介绍翡翠作品创作过程。作为首次携带翡翠作品进宫展示的艺术大师和这次座谈会的主角，时康先生显然十分激动，加上言缓行重，不善言辞，没说几句客套话，便拿出随身带来的一袋翡翠原石和一只冷光灯电筒，一边让大家传阅把玩着石头，一边讲述挑选石头、切割剖面、创意设计、开坯加工、精雕细刻、打磨抛光的创作过程。

随后，在大家好奇追问下，黄时康讲了许多心里话。第一，视翡翠为情人。他说每一次创作翡翠作品，都仿佛是与翡翠谈一场恋爱，只有懂她爱她珍惜她，才能创作出好的作品，好的作品是靠爱温润出来的。所以他说自己很幸福，别人谈一次恋爱，他天天与翡翠谈恋爱。第二，对自己的作品都喜欢。有人问他最喜欢哪个作品，黄时康说没有最喜欢的，所有的作品都喜欢，因为都是他的情人，都是他的心爱之作。第三，没钱就卖石头。有人问：卖过自己的作品吗？没钱怎么办？他说他开始是做翡翠玉镯、挂件、摆件的，没什么文化内涵，作品也就是个原料价，感觉走到了尽头，后来搞艺术赏牌创作，提升了翡翠文化的内涵和附加值，艺术之路越走越宽，越来越有味道，目前还没有卖过所创作的艺术作品，没钱就卖石头维持生计。这样的回答，使我们对黄时康翡翠作品的认识有了一个新的升华。

第四波高潮是与会专家给予黄时康翡翠作品高度评价。冯乃恩副院长认为，黄时康作品艺术的创新并非是刻意的创新，而是从传统文化中寻求新的创作，体现了新的翡翠雕刻形式与传统文化的结合，而且能够在其中看到故宫众多收藏精品中呈现出的故事或画面，尤其是对佛教文化的体现，作品耐人寻味。

项栋辉院长谈到，赏读黄时康先生翡翠赏牌的艺术作品，使我们进入了一种新奇绝妙的艺术领域。在这里，高品质的珠宝级翡翠与高品位的艺术作品浑然一体，透过一块块晶莹剔透的赏牌，我们仿佛望见苍山云海、佛光胜景，闻听溪水潺潺、黄鹂鸣翠，感受风雪夜归、寒江独钓，体验关山行旅、苕溪鱼隐，真是妙不可言。

接下来，赵朝洪先生、张广文先生、于平女士、潘守永先生、汪亓先生等嘉宾，分别从翡翠绘画与宣纸绘画、翡翠雕刻与其他玉石雕刻、翡翠雕刻与佛经故事、土司文化与民俗文化，以及传统玉器文化与现代玉器文化比较等视角，充分肯定了黄时康翡翠作品具有画面题材的广泛性、创作手法的多样性和在传承基础上的创新性，认为黄时康先生的翡翠作品达到了当代中国翡翠赏牌艺术创作的高峰。

最后一波高潮是鉴赏黄时康的翡翠作品。座谈会开到11点40分，正当大家言犹未尽、意犹未尽时，主持人赵国英女士建议休会，请专家们移步到延春阁一楼，鉴赏黄时康先生的翡翠作品。于是，大家纷纷起身来到隔壁的延春阁，隔着展柜认真仔细观摩每一块展品，还不时向黄时康先生询问，发出一阵阵会意的赞美声。在随后的两天时间里，延春阁迎来了一批又一批翡翠界及文化艺术界的专家、鉴赏家和爱好者，使参观者得到一次全新的翡翠文化的熏陶。诚如故宫博物院单霁翔院长参观鉴赏时所说，通过在建福宫举办《黄时康翡翠作品集》新书座谈会暨作品鉴赏会，使人家对翡翠作品新概念有了更深层的认知，向社会大众更好地展示了传统艺术的独特魅力与文化创新。

至此，“炎黄世康”的翡翠作品终于横空出世，登上了故宫建福宫这座中国文化的至尊殿堂。

双松用膳探听秘史

那天，待《黄时康翡翠作品集》新书座谈会暨作品鉴赏活动结束时，天已过午。为此，故宫博物院特意安排了午餐，用老话说叫用膳。用膳地点在故宫内的双松斋，这是专门用于接待中外贵宾的场所。由于过去为皇帝提供的饮食叫御膳，而为我等提供的饮食大多是宫内传承下来的菜谱，可称之为仿膳。

双松斋是一座古色古香、飞檐翘角、雕梁画栋的平房建筑，青砖铺地，木格子窗户，门口种植着两棵古松，还有两座硕大的地宫灯。用膳房共两间，外间放两桌，里间摆一桌，周围墙壁上或装饰着龙泉青瓷残片盘，或悬挂着仿真古字画。里间摆放一台硕大的圆形本色仿古餐桌，围桌而放十几把明式木椅，桌子中间摆放着故宫新近开发上市的龙“壮壮”与凤“美美”，这对吉祥物一个穿着龙袍，一个戴着凤冠，一副“萌萌哒”的样子。对面条案上摆放着一组仿真皇家山水屏风，画有山石、梅花、兰花、灵芝、松枝、红柿等图案，还盖有一时数不清的历代皇上收藏时的大红印章，四幅屏风分别题写“韶开”“庆履”“春盎”“华韶”的墨宝，寓意深刻。

在左面墙上，有一幅数米长的山水画颇为引人瞩目。经王亚民院长点拨，原来此画是由著名的当代艺术家徐冰创作，并非笔墨丹青所画。作品透过磨砂玻璃里树木与山石朦胧的轮廓，展现在我们眼前的是北京故宫所藏元代赵孟頫的《山水图》。但当观众从侧面看到画面背后的树枝、麻丝和随意的纸张时，原来极具东方韵味的山水画是由这些杂物的型与光的作用呈现的。这是艺术家创作的一种光的绘画，十分有趣和引人入胜。

对于用膳的菜肴，我并没有过多留意，反正都是些雕花装点、色泽鲜艳、颇有讲头、口感一般的冷盘热炒，但依稀记得服务员专门介绍一道菜叫“圆梦烧饼”。说的是一天晚上，慈禧太后做了个梦，梦中她吃了一种夹着肉末的烧饼，非常好吃，醒后也没对任何人说起。可巧的是当天用膳时竟吃到了这种烧饼，慈禧非常高兴，就问谁做的。太监打听后禀告说是一个叫赵永寿的厨师做的。慈禧听后更加高兴，因为永寿代表着永远健康长寿,就下令赏赐御厨20两银子和一个官职。因为这道菜圆了慈禧太后的梦,所以流传下来就叫“圆梦烧饼”,寓意吃到它会梦想成真,健康长寿。这道菜对黄时康先生非常受用,因为在故宫举办《黄时康翡翠作品集》新书座谈会暨作品鉴赏会,着实是圆了他好大的一个梦。

实际上,我们在用膳时,谈论更多的还是黄时康先生创作的翡翠作品及故宫的藏品,还有一些奇闻趣事。

在餐叙中,王院长还对我们说出了一个“惊天秘密”。原来北京故宫在1987至1990年和1994至1997年,分两次开工建设地宫,也就是地下文物库,总建筑面积22万平方米,具有防潮、防水、防震、防核战争的功能。故宫收藏文物基本都藏在地下文物库,如果按照目前地面各宫殿展出的件数和时间计算,要把故宫收藏的文物展出一遍,需要800年到1000年的时间。听了王院长的介绍,我一方面为祖国丰富璀璨的文明而自豪,一方面也放弃了把故宫文物都看一遍的想法。想都看完,那要活几辈子呀!

宾馆庆功再筑梦想

傍晚回到金台饭店,大家依旧沉醉在喜悦之中。高兴之余,项老师买来一瓶茅台酒,又多叫了几个菜,大家推杯换盏,共同庆祝《黄时康翡翠作品集》新书座谈会暨作品鉴赏会在故宫建福宫取得圆满成功。

酒过三巡,菜过五味,黄时康先生的弟子们也打开了话匣子,爆出了很多猛料。原来,几年前,项老师为寻找作画的翡翠矿物颜料,曾到云南腾冲买毛石。结果花了上千万元也没有买到有价值的石头。然而,项老师在毛石交易市场的露面,引起了黄时康弟子雷长生的注意。雷长生于 1971 年出生于湖南，已跟随时康先生 15 年之久，逐渐成为选石高手，一块翡翠原石的价值如何，他一眼就能看出八九不离十，黄时康作品所需的原石大多是经他之手选来的。他告诉项老师，真正的好石头，他们在私下就过手了，一般人要在偌大的市场上挑出品质一流的毛石，难度很大。

后来，项老师与黄时康相识，走进了"炎黄世康翡翠艺术中心"，发现黄时康经数十年艰辛探索创作的翡翠艺术赏牌，用中国传统的美学元素，融合翡翠包罗万象的灵性，以精致的制作工艺混合时尚的自由气息，使每一作品画面达到"虽为人作，宛若天成"的境界，赋予翡翠以新的生命基因和生命价值，创造了"翡翠国画"的新艺术。这一发现，宛如哥伦布发现了新大陆，伯乐发现了千里马，于是项老师极力把黄时康的翡翠作品推荐到故宫，促使黄时康的翡翠作品横空出世，登上至尊艺术殿堂，走入大众生活视野。对此，我曾开玩笑说，项老师虽然花了上千万元买了一堆石头，但由此认识了黄时康，发现了一块无价瑰宝，很值得。

多年来，黄时康先生拥有丰富的翡翠矿产资源，熟知儒家、佛教的文化底蕴和温润如玉的慈悲品格，吸引了一批玉石雕刻高手投奔黄时康门下。如 1981 年出生于寿山石雕刻世家的林盛太，从小热爱雕刻艺术，16 岁开始学艺，与黄时康认识后，经过一段时间的磨合，由雕刻寿山石转向雕刻翡翠，如今对时康先生每一块翡翠赏牌作品的构思都能心领神会，彼此达到了珠联璧合的程度。其他如盛良、盛栋、盛臣三兄弟等，个个技艺精湛，富有激情，也出于对时康先生的敬仰和对翡翠新艺术概念的认可，加盟"炎黄世康翡翠艺术中心"，并成为创作团队的核心成员。

有梦想才会有未来。趁着高兴和酒兴，项老师、黄老师提出了许多新的发展方向。一是在新近成立的京华美术学院翡翠绘画学院的基础上，争取“炎黄世康翡翠艺术中心”由广东佛山迁往杭州，在杭州打造融翡翠设计、雕刻、绘画、教学等为一体的研究创作中心。二是潜心创作越来越多、越来越精美的翡翠艺术赏牌作品，适时在故宫出版社出版，不时向社会大众展示，形成一种可持续的翡翠文化创作传承系列。三是把中国翡翠艺术赏牌推向世界，争取在法国罗浮宫等地举办黄时康翡翠作品鉴赏活动，借以向世界展示融中国传统文化与现代文化、传统艺术与现代艺术、自然之美与人文之美于一体的东方艺术之精华。

好风凭借力，送我上青天。期待项老师、黄老师及其创作团队，凭借在故宫建福宫成功举办《黄时康翡翠作品集》新书座谈会暨作品鉴赏会的东风，百尺竿头更进一步，再接再厉，再创辉煌，实现新的梦想，为开创中国翡翠艺术赏牌创作的新时代做出更大的贡献！

写于 2015 年 1 月

《项栋辉中西绘画大系 综合编1》作品意境赏读

《项栋辉中西绘画大系 综合编1》，由中国美术学院出版社2014年9月出版，以后还将陆续出版学习编、国画编、油画编等。综合编收集了项栋辉先生各个不同时期、不同绘画风格的精品力作180幅。

项栋辉先生1959年12月生于美丽的杭州西子湖畔，系著名江南项氏之后，自幼师于名家，精学书法、绘画、国学、历史，曾赴欧洲游学10余载，数次赴西藏高原、内蒙古草原写生，走遍祖国的名山秀水。他上溯古法并师古出新，学习西法并洋为中用，创造了古今合璧、中西融合的独特绘画风格。作品中除少数画作外，大多采用天然矿物颜料作画，更是彰显其独特的绘画功力与艺术魅力。

项栋辉先生长期从事东方中国文化交流工作。现任北京京华美术学院院长，浙江省紫云轩藏画阁馆长，法国东方艺术博物馆副馆长。

(1)鸟——高瞻

碧空万里,云雾茫茫,一只翠鸟站在绿草茵茵的山坡上,昂首挺立,眺望远方,啾啾鸣叫,欲展翅飞翔。正可谓:“柳梢听得黄鹂语,此是春来第一声。”

(2)清波门外——回眸

烟波浩渺,春雨蒙蒙,一只大鸟站在绿草茵茵的湿地中,收胸展翅,面向烟雨中的苍穹。它似乎发现芦苇丛中的动静,突然甩头回眸,是异性吸引,还是美味佳肴?好一幅“烟波浩渺鸟移情”跃然纸上。

(3)山水——修炼

“远上寒山石径斜,白云深处有人家。”在山峦起伏、曲径通幽、层林密布的山坳里,隐盖着一处茅屋,隐居着一位长者,隐藏着一个不为人知的故事。“仁者乐山,智者乐水”,这位长者似为仁义修炼之人。然,仁者寿。

(4)西湖烟柳图

“西湖美景三月天,春雨如酒柳如烟。”美丽的西湖烟波浩渺,宛如人间仙境;堤岸柳枝吐翠,又似柳浪闻莺;远山雷峰塔耸立,极像老衲修佛。烟柳西湖总是那么令人神往,令人迷恋,令人陶醉。

(5)宾虹画法——山水图

跌宕起伏的山峦,小桥流水人家。古树、瀑布、草丛,寺院、小桥、凉亭，浑然一景，江上有渔翁垂钓，茅屋有智者对弈。正可谓："深山一人家，独居山脚下。雪夜燃柴火，暑天备苦茶。鸡犬相依伴，门前啼野花。"

(6)仿唐寅画作——悟道

山是苍老的，树是苍老的，藤是苍老的，人是苍老的，整个画面都是苍老的。概因这是仿唐寅的画作，自然会有一种历史的沧桑。坐在半坡上的老者，或许正在领悟饱经沧桑的智慧；书童端着的竹简，或许早已记下老者的论语。

(7)江南山水——茅舍观瀑

远看满目青山，近看苍松叠翠，细看云雾缭绕，再看山水如画。一流飞瀑从天降，两间草房立桥边，河面上还有帆船点点。静者在屋中品茗，动者在船中对弈，山水江南就是这样好看。这正是："闲梦江南梅熟日，夜船吹笛雨潇潇。人语驿边桥。"

(8)富春江畔——春意

在云雾缭绕的青山绿水间，一座古桥横跨两岸，把富春江春色尽显出来。江畔有一村落，几户粉墙黛瓦的村舍茅庐，隐隐约约掩藏在树林丛中，似还冒出缕缕炊烟。这不禁使人想到黄公望先生的千古画作《富春山居图》，画中展现了富春江畔"丘陵起伏，沙町平畴，溪山深远，飞泉倒挂，云烟掩村舍，水波没渔舟"的江南胜景。

(9)江南水墨山水——樵夫

青山满目，两岸悬崖峭壁，一缕霞光把青山照耀得更加苍翠。远山深处，两三股凌空飞瀑汇成一条银河，狂泻直下形成宽敞的水帘。木桥架在银河飞瀑的山涧，樵夫担着两捆沉甸甸的新柴，构成一幅“束薪白云湿，负担春日暮”的图景。

(10)花——花篮

这是花团锦簇的场景，工笔画法，布局俏丽。一只长柄花篮，一个宽口花瓶，在几枝绿叶的衬托下，盛开着国色天香牡丹花、洁白如玉玉兰花、绕绕缠缠紫藤花、似雪如云山樱花。这里的花开不败，这里的花满眼春。

(11)双瀑图

一条飞瀑从天而降，又一条飞瀑从天而降，双瀑飞流，琴瑟和鸣，犹如两道登高的云梯，向苍穹延展，直奔云天；又似苍龙的两眼泪泉，倾情而泻，流淌出无尽的玉液琼浆，滋养着山川大地，万物生灵。

(12)黄山人字瀑

天地之美，美在黄山。黄山之美，美在奇峰、奇石、奇松、奇瀑。在摩天接日的天都峰陪衬下，在危岩百丈、石挺岩腹的紫石、朱砂二峰之间，在苍松翠柏掩映的深山峡谷之中，有一源二流，形如“人”字的飞瀑，一撇一捺，分流而下，一个大写而流动的“人”，镶嵌在大自然的怀抱。

(13)荷塘月色

朦胧的月光，朦胧的远山，朦胧的树影，朦胧的茅舍，还有那一片片朦胧的荷塘。露珠洒满了荷叶，荷叶铺满了河床，一切那么宁静，一切又那么美好。静听似有蛙声鸣叫，月色下的荷塘充满着生命气息，就像朱自清的散文，带你走进另一番世界。

(14)竹——墨竹

三两枝竹或浓或淡，三两片兰或淡或浓，竹叶迎风摇曳，兰花暗香袭人，为何画竹又画兰，源于竹兰是一家。未出土时便有节，是竹的气节；不以无人而不芳，是兰的高雅，有气节而高雅的人，不正是君子吗？

(15)朱屺瞻笔法——层林尽染

想起天高云淡，想起层林尽染，想起漫江碧透，想起百舸争流。云卷云舒的碧空，层层叠叠的山峦，起起伏伏的丛林，袅袅炊烟的人家，在黄坡、红枫、绿树、蓝江的点缀和浸染下，构成一幅丰韵、俏丽、灵动、感人的画面。

(16)江南项家天籁阁

荷塘铺满了睡莲，柳树摇曳着枝条，一幢幢明代风格的楼、台、亭、阁，沿着河塘，廊腰缦回，檐牙高啄，长桥卧波，复道行空。古树丛中掩饰着几幢雄伟高耸的楼阁，似是藏书阁，因主人项元汴得一古琴，刻有“天籁”二字，亦取名“天籁阁”。乾隆南巡至嘉兴时，访“天籁阁”遗址，赋《天籁阁》诗作：“槜李文人数子京，阁收遗迹欲充楹。云烟散似飘天籁，明史怜他独挂名。”此画作者为项家传人，把“江南项家天籁阁”画得如此丰盈贵气，堪称杰作。

(17)林风眠笔意——沧海

密布的乌云中，有一缕霞光；浩瀚的沧海尽头，有一条明亮的天际线。狂风卷起的浪花，把湛蓝色的大海搅得泛白。若非远处的堤岸上有几座石头堆砌的小屋，着实宛如远离人间的沧海长天。这不由使人想起曹操的《观沧海》："东临碣石，以观沧海。水何澹澹，山岛竦峙。树木丛生，百草丰茂。秋风萧瑟，洪波涌起……"

(18)水墨阳朔

拔地而起的山峦、虚无缥缈的云海、飞流环绕的银河——景色唯美的大自然，滋养着一幅繁华的人间胜景。一排排粉墙黛瓦的民居、星罗棋布的亭台楼阁、千舟竞发的漓江帆船，还有熙熙攘攘的人群，汇成一副动静结合、天人合一的大美图画。正可谓："桂林山水甲天下，阳朔堪称甲桂林。"

(19)林风眠笔意——琵琶女

她，古代仕女，标准的瓜子脸、柳叶眉、丹凤眼，樱桃小口一点点。黑色的发髻扎一条黄丝带，修长的颈项打一条白色的蝴蝶结，穿一件汉式黑色长袍，端坐在大红地毯上，露出两只纤细的玉手，弹起怀中的琵琶，似叙说着情思，又似叙说着哀怨。

(20)林风眠笔意——春意

春天的湿地长出青草，春天的树木泛出嫩芽，春天的山峦郁郁葱葱。两间茅舍沐浴在春天里，一只孤雁正在寻找回家的印记。绿柳才黄半未匀，感觉很清新，颜色很怡人。啊！万物复苏的春天来了。这正是“最是一年春好处，绝胜烟柳满皇都”“春林花多媚，春鸟意多哀”。

(21)苗寨秋色

这是大写意的苗寨——苗寨不见寨，隐在山野中，但见水车转，渠水到苗寨。这是大写意的秋色——秋色不见落叶，河水不见帆船，群雁不见高飞，云雾不见缭绕。这秋意好似一只展翅的雄鹰，飞翔在苗寨上空。勤劳的苗家儿女，正收获秋天的喜悦！

(22)富春江畔——秋意

富春江畔，一条渔船，一座农家小院，建有三间瓦房，种有果树桑田。在雪白宽敞的院墙上，有一幅农村常见的标语，写的或是“计划生育好”，或是“要想富多修路，少生孩子多种树”。秋天的阳光，把江面和农家照得很亮，远处郁郁葱葱的山峦把江面和农家衬托得更加富足祥和。

(23)阳朔胜境图

在万峰竞险之中，突显一座山峰；在云雾缭绕之中，突显一道彩虹；在美丽的漓江山水之中，突显一段最美的秀山丽水。古树遮掩下的村舍，宁静而祥和。禾田耕作的农夫，勤劳而富足。漓江泛舟的渔船，忙碌而丰美。就连楼阁中对弈品茗的贤士，也显得那么优雅而高洁——这就是美丽的《阳朔胜境图》。

(24)瘦西湖

朦胧宽阔的湖面，荷蒲熏风，帆船点点，春燕归来，仿佛人间仙境。窈窕曲折的湖道，长堤春柳，万松叠翠，亭台楼阁，迤逦伸展，仿佛神女的腰带，媚态动人。荡舟湖上，沿岸美景纷至沓来，四桥烟雨，水云胜概，春流画舫，熙攘人群，令人心驰神往，应接不暇。这正是："烟花三月下扬州，扬州最美瘦西湖。"

(25)龟——神龟牡丹图

一只神龟，高昂起头。
眼睛不大，神气十足。
亮出铠甲，易守难攻。
伸出四肢，张开利爪。
摇起小尾，向上攀爬。
抬头一看，绿叶红花。

这幅有趣的《神龟牡丹图》，会使人想起曹操的《龟虽寿》，品味"老骥伏枥，志在千里；烈士暮年，壮心不已。盈缩之期，不但在天；养怡之福，可得永年"的意境。

(26)云起千峰

云起千峰动，泉飞万壑鸣。巍峨高峻的山峰，一峰接着一峰，峭壁千仞而又重峦叠嶂。虚无缥缈的云雾，一层接着一层，云缠雾绕而又若隐若现。飞泻直下的泉水，一淙接着一淙，划然长啸而又奔腾入海。漫山红遍的秋叶，一丛接着一丛，寒蝉碧树而又叶落归根。作品展现了太行山脉峰谷交错、白云飘飘、泉水潺潺、霜叶绯红的诱人秋景。

(27)高山流水

在一片银河狂泻的山谷中，在一座郁郁葱葱的山脚下，在一间四面透风的茅庐里，但见一着长袍、留发髻的长者，席地而坐，遥望远方，抚琴吟唱。好似正演绎着春秋时期俞伯牙鼓琴、钟子期善听的故事。伯牙鼓琴，志在登高山，子期曰："善哉！峨峨兮若泰山！"伯牙鼓琴，志在流水，子期曰："善哉！洋洋兮若江河！"

(28)泰山松

一棵翠叶如盖的苍松，凌空悬挂在峭壁上，根系入岩，松干粗壮，松皮黝黑，松针秀逸，老藤缠枝，姿态婀娜。不经意间，一棵枫树凌波探出，枫叶正红，衬托着苍松的青翠。挺立高崖的松冠，密集而倾斜，苍劲而优美，似登高远眺，喜迎八方宾客。

(29)三人论道

一片茂密的深山老林，一片阳光直射的开阔地，站立三位老者，留着大奔头，梳着短发髻，身穿长袍，腰间佩玉，轻声慢语，谈古论今。三人行，必有我师。三人论道，必是大道。再细瞧，虽说树冠遮住了天空，然天空仍在树冠之上。可见：道无道，非常道；天外天，还有天。

(30)富春江畔之一——暮归

青山掩映下的富春江畔，村头有几棵老树，一间亭阁，两三间白墙黑瓦房，还有半亩良田。江面上，一个渔夫，正驾着一条小船靠近岸边，不知船上装满的是莲藕，是鱼虾，还是丰收的喜悦。

(31)富春江畔之二——农家

青山叠翠天际宽，沙洲万顷有丰田。

小船疾驰捕鱼归，江畔农家起炊烟。

(32)富春江畔之三——春耕

重重叠叠的山，重重叠叠的水，重重叠叠的村落，重重叠叠的农田。满目青山叠翠，满江秀水怡人。船家奋力撑篙，小船疾驰满载，一派农耕胜景，一幅祥和村落图。

(33)钱松岩笔意——蒸蒸日上

这是一幅时代的画卷，这是一个热火朝天的场面。道路修到山顶，电线越过高山，楼阁高耸云天，工厂建在农田。再点缀一些红色楼顶、红色砖墙、红色云霞，就是一幅五彩斑斓、绚丽明艳、令人振奋的红色画作。

(34)高山雨后烟云图——荡远

雨后的高山，气韵十足，一派清新。晚霞照亮了天际，烟云缭绕，翩翩起舞。一道天河，弯弯曲曲，跨过岩石，跃过小桥，飞泻而下，潺潺荡远。两旁的山峦如翡翠般叠翠，两旁的苍松若伏龙般盘踞，翠竹遮掩下的红亭，显得那么孤寂，那么宁静，仿佛期待有情人相约。正如画者所题："雨后烟云清心韵，浓浓春意微风醉。新竹摇曳馨香袭，幽谷潺潺悠荡远。"

(35)江山全景图

祖国江山处处美，祖国江山别样红。以长卷形式描绘江山全景图，一直是中国绘画大家的宏大志向。先有宋代王希孟绘就的《千里江山图》，描绘了连绵的崎岖山峦和浩渺的江河湖水，景物繁多，气象万千。后有元代黄公望绘就的《富春山居图》，描绘了富春江一带的山水林田湖和亭台楼阁桥的初秋胜景。今有以钱松岩先生的笔法，描绘的重整山河大建设的壮美图景，意境雄浑壮阔，气势磅礴恢宏。

(36)运河春意浓

流淌了两千五百多年的大运河，又缓缓地流淌过来。河面上腾起层层薄雾轻纱，满载粮草的舟船千帆竞发。一桥飞架南北，连通两岸；几架高压电塔，输电万家。群山起伏的山坳里，错落有致的农家；漫山遍野的上坡上，怒放着三月桃花。天地间一派生机盎然。

(37)秋山图——红枫

山峦起伏一望无尽，山峰峭立耸入云天，山雾缭绕太虚幻境，山泉飞流奔腾而泻。一处亭阁建在山顶，仰望着更高的山峰；几只山鹰在空中起舞，翩翩飞翔。或许是秋天来了，万木霜天红烂漫，把山峦打扮得煞是好看。

(38)烟雨三月

层层青山层层雾，几处茅舍几处松。
烟雨三月富春江，渔船飞渡鸟飞翔。

(39)江南归舟

时节已是深冬，时辰已近傍晚。但见夕阳高挂，云雾遮天，一峰突起的高山，一座孤寂的寺院，枯枝奋力向上挺立，枯草无奈铺垫山峦。一艘晚归的渔船，一位勤劳的渔夫，还有那伴随的海鸟展翅飞翔。

(40)江南雨后烟云图

江南雨后，两峡飞出一流悬河。烟云曼舞，缭绕在迷人的山谷。青松苍翠，相望云天，迎风傲然挺立。坐卧亭中，观瀑听涛，欣赏美丽的胜景。

(41)傅抱石笔意——烟雨访友图

在一个乱云飞渡、苍松摇曳、青山叠翠、烟雨朦胧的山谷，一位身着红袍的仕女，打着雨伞，挽着一位拄着拐杖的长者，缓缓拾阶而上，似是观雨听涛，又似上山访友。而山顶上矗立着一座茅庐，一位身着红袍的长者，站在门庭眺望，似在观山听雨，又似等待前来探访的老友。

(42)傅抱石笔意——迟暮美人

虽身着华丽服饰，虽发髻挽得很高，虽脸上涂满白粉，虽嘴上点绛，然颈项已经松弛，然眸子已无光泽，加上几片落叶，可叹时间是把杀猪刀，富贵美人难抵岁月霜刀。

(43)长江滚滚

依旧红山峭立，依旧苍松葱郁，依旧道路通天，依旧火热场面，这就是钱松岩的风格，这就是滚滚长江东逝水的胜景。

(44)傅抱石笔意——红衣女

发髻高挽，眉心点红，柳叶弯眉，目送秋波，琼瑶玉鼻，樱桃小口。一件红衣飘逸，一身罗裙触地。然而一枝枯树花叶落，一地枯草随风飘，实可叹："平阳歌舞新承宠，帘外春寒赐锦袍。"

(45)芙蓉湖

由近及远，由树及山，由湖及岸，由飞雁及苍天，到处是繁忙的场景，到处是火热的场面。码头正装卸货物，卡车已把引擎点燃，扬帆的舟船乘风破浪，投产的工厂冒起缕缕青烟。没有湖光山色，没有月光云影，也没有凌波梦幻，因为那是一个追赶现代化的年代。

(46)太湖初春

太湖望不到头，湖水共长天一色。初春初见春意，翠绿丛中一点红。远去的湖水，云海苍天，千舟竞发，大雁来归。近前的湖山，草木青翠，桃花怒放，桑基人家。以四分之三篇幅画山，余四分之一画水，任你去想象太湖有多大，太湖水有多美。

(47)秋山图——秋景

天高云淡，云海沧桑。山峦起伏，层层跌宕。
飞流直下，溅起大浪。苍松峭立，楼阁池塘。

(48)泰山胜概

拔地起于齐鲁丘陵之上，山势险峻，峰峦跌宕，群峰拱岱。苍松立于峭壁之间，枝蔓舒展，威武庄严，巍峨葱郁。溪泉源于高山之巅，云雾缭绕，灵秀缠绵，奔流入海。杜鹃生于峡谷之间，山花烂漫，层林尽染，万山红遍。好一幅“登泰山而小天下”的胜景画卷。

(49)枣园曙光

雄浑的黄土高坡，峁沟梁塬，纵横交错，莽莽苍苍，一望无际。在“黄天厚土大河长”的画面中，虽不显滚滚延河水，也不显巍巍宝塔山，但只要轻轻地告诉你，中间最显眼的红色园林叫枣园，就足以让你肃然起敬，唤起对一个伟大的时代的无限追思。这里曾是中央书记处所在地，这里曾是领导抗日战争的大本营，这里也是领袖演讲《为人民服务》的场所，这里还是唱响《山丹丹开花红艳艳》的地方。延安枣园的曙光照亮新中国的黎明。

(50)瀑布——三仙论道

一袭瀑布从天而泻，一股山风席卷而来，泉水飞溅，树枝摇曳。在山涧岩石之上站立三位仙人，谈天说地论乾坤。这正是：风卷残云遮蔽日，瀑布飞泻似蟠龙，三仙无量演天道，指点江山，挥斥方遒。

(51)坐佛

一袭红袍袈裟，两袖交叉坐盘。
面容消瘦慈祥，两耳佩戴玉环。
端坐莲花丛中，佛光圣洁耀眼。
深山峡谷禅坐，悟道人间冷暖。

(52)高山烟云水长流

云中似有蛟龙腾飞，山中似有仙人灵动。一泉从深山探出，一分二，再分三，泻入龙潭之中。岸边几处丛林，遮掩着茅舍楼阁和宁静的村落。这时，飞来两只比翼鸟，点水盘旋，搅动起淡淡的烟雾。

(53)长江万里

江面白帆点点，白浪滔天，千舟竞发，大雁高翔。江岸栈桥前伸，吊车高塔，横桥卧波，熙熙攘攘。万顷田野，郁郁葱葱。万山叠嶂，苍翠繁茂。万家灯火，幽谷山村。万里祥云，飘逸缭绕。一幅长江万里图，看似不到万里，意在万里之外。

(54)晨读图——晨曦

迎着东方晨曦，迎着云海苍龙。
踏着山间小路，踏着雨露和风。
倚靠山坡凉亭，倚靠百年老松。
看着江山美景，看着手中卷宗。

(55)富春江畔——飞渡

烟雨蒙蒙，香樟的树冠探入江中，遮天蔽日。江面狂风骤起，雨打芭蕉，白浪滔天。江中一船飞渡，打鱼人紧握摇橹，唱起江中号子，满载喜悦而归。

(56)楠溪江

幽幽的深山峡谷，幽幽的古树参天。悠悠的古村群落，悠悠的江水流长。呦呦的摇橹声声，呦呦的船夫号子。以江美、涧曲、瀑多、潭碧、峰奇、岩秀、石怪、洞幽、树珍、村古著称的楠溪江，千岩竞秀，万壑争流。正可谓："清旦索幽异，放舟越坰郊。"

(57)江南水墨山水——松涛

拔起的山峰刺破青天，淡淡的云雾缭绕山间。一泉飞瀑从峡谷中倾泻,越过山川入江奔海。苍松翠柏傲然挺立,两岸村舍沿江而建。江南水墨好山水,景色如画,美若仙境。

(58)漓江雨后

雨后的漓江气韵清新润泽,起伏的山峦,九曲的溪流,一艘艘挂满白帆的舟船,一处处冒着炊烟的村落,掩映在满目葱翠的景象中。诗画般的漓江,诗画般的雨后,诗画般的仙境!

(59)江山雄风

茫茫云海缥缈缭绕,巍巍山峦拔地擎天。古木苍松,枝繁叶茂,郁郁葱葱,青翠欲滴。一泉飞瀑,自远古而来,奔流不息,向东海奔去。这里,千山不见飞鸟。这里,万径不见人烟。江山雄风,这是顶天立地的大自然。

(60)烟雨江南九重天

江南多山水,山水多烟雨,烟雨多润泽。润泽的青山叠翠,润泽的杨柳依依,润泽的粉墙黛瓦,润泽的江海碧空。在一派润泽的烟雨朦胧气韵中,但见一江上渔夫,戴一顶斗笠,撑一支长篙,驾一叶扁舟,疾驰返航,满舱鱼虾莲藕,伴随那丰收的喜悦。

(61)徽州——观瀑

云天之下,一山、一瀑、一凉亭,韵味无穷古徽州。山峦起伏,满目苍翠,瀑布飞流,氤氲弥漫。但见凉亭端坐一人,似手捧卷书吟唱:“一生痴绝处,无梦到徽州。”

(62)江南水墨山水——飞泉

又是一场江南春雨后，又是一轮春回万物苏。水洗碧空，霞光照耀。青山叠翠，郁郁葱葱。古木参天，奇树翘首。一镜天水，飞流直挂。石拱小桥，溪流百纳。江南山水像一幅朦胧的水墨画，清秀宁静，楚楚动人。

(63)徽州村韵飞泉图

晚霞映红了山峦，映红了飞泉，更映红了小桥、流水、人家。大山脚下，村落尽现。一幢幢民居，粉墙、黛瓦、马头墙，依山而建，择水而居。一股股清泉，似蟠龙吐翠，自天而降，滋养着万物众生。一条条小径，杨柳拂堤，青苔石板，蜿蜒曲回。一缕缕炊烟，袅袅曼舞，散发着饭菜余香。

(64)平湖秋月

白堤西端、风清月朗之处，桃柳依依、古树香樟丛中，背靠孤山，面临湖面，有一最佳赏月胜地。这里，遍植四季花木，点缀假山叠石，亭台楼阁错落其间。伸向湖面的水榭平台，高阁凌波，绮窗俯水，令人视野开阔，赏心悦目。正可谓："月冷寒泉凝不流，棹歌何处泛归舟。白蘋红蓼西风里，一色湖光万顷秋。"

(65)雨后江南——村边

青山叠翠，秀水流长。
恬静村落，幽深雨巷。
小桥凭栏，月圆流淌。

渔猎归来，泛舟江上。

江南本丰韵，雨后更芬芳。

(66)徽州村韵——山里人家

一条小径，曲曲弯弯通向深谷；几间茅舍，影影绰绰建在山间；九曲天水，结成两三股溪流飞瀑；倾泻落盘，溅起层层氤氲弥漫。泼墨重彩的村韵，云蒸霞蔚的徽州。

(67)徽州飞瀑图

一泉飞瀑，仿佛从云海里钻出，跃过山峦丛林，跃过小桥顽石，跃过田野村庄，浇灌徽州大地，浇灌万顷良田。名山出名泉，好山育好水。山怀千秋而不语，水润万物而不争，这就是山的品格，这就是水的厚德。

(68)江南雨后

雨水打湿了天空，打湿了江面，打湿了江上渔舟，也打湿了江边的垂柳。刚刚抽芽的柳枝，摆起那迷人的水蛇腰，迎风摇曳，轻纱曼舞。几只江鸥，展翅低旋，引航捕鱼人，围猎江中的虾兵蟹将和蛟龙。

(69)漓江烟雨

漓江的山，拔地而起，三分形七分意，如笋如钟，或壁立，或延绵，姿态纷呈，意象万千，任你想象什么像什么。漓江的水，穿山而出，穿山而入，水穿江峡，水载舟船，千舟万帆望不尽。漓江的村，依山而建，临水而居，粉墙黛瓦，错落有致，家家户户有歌声。烟雨漓江披锦绣，雾纱缥缈如蝉翼。似无似有，有似无；虚虚幻幻，幻实虚。

(70)高山飞瀑图——银河落盘

崇山峻岭拨云开，古柏苍松老藤缠。
峡谷飞出九龙瀑，奔腾直泻落玉盘。
千条银河挂半空，万斛珠玑竞绚烂。
自古江山美如画，而今画作美江山。

(71)叙亭图

东方泛出鱼肚白，霞光照耀老君山。
斜光投影林中地，山花野草更烂漫。
一泉飞瀑从天降，洞府深深映水开。
林中亭阁仙人会，谈天说地叙情怀。

(72)湘西小村图

依山而建的村落，临水而居的乡邻。村后高山耸立，村边溪水潺潺。村头有棵香樟，小桥通向四方。屋前种上稻谷，屋后瓜果飘香。灶头挂满腊肉，楼阁堆满粮仓。湘西小村胜景，留住游子乡愁。

(73)江南山水——日出

峭壁生苍松，迎风探海中。
栈桥悬空架，相连两座峰。
大鹏展巨翅，翱翔舞东风。
霞光照沧海，一轮红日升。

(74)富春江畔

富春江畔美如画，好山好水好风光。
峰峦叠翠云雾绕，一江春水入钱塘。
急流险滩清如许，浪上搏击捕鱼忙。
两岸农家遥相望，依山傍水写华章。

(75)江南烟雨

峰峦起伏，远影朦胧，云雾缭绕，泉水飞流。一江春水，蜿蜒曲回，鱼翔浅底，漂流激荡。杨柳依依，放舟江上，摇橹唧唧，渔舟暮归。山里人家，日出而作，日落而息，悠然安然。

(76)飞瀑图

高山平湖，飞瀑横流。苍松翠柏，山里人家。飞瀑横流，堪称九曲银河天上来。山里人家，堪称八仙隐居胜蓬莱。

(77)长阶

山峦擎天拔地，山势雄伟险峻。草丛铺满山冈，苍松向上挺立。一条步履长阶，宛如登天云梯，蜿蜒曲回，扶摇而上，直奔山顶寺院。寺院随山起，山有多高，寺院有多高。长阶向上行，寺院有多高，阶梯有多长。

(78)三孔桥

一泉瀑布从云层飞出，九曲迂回向下奔流。跃过一道道梁和一道道坎，跃过一块块顽石和一棵棵桑树，跃过三孔长桥，跃过急流险滩，滋养山川大地，滋养万物生灵，滋养山里人家。

(79)晨读图——贯注

清晨，在风清日朗、青山叠翠的凉亭中，恬静地捧书阅读，仿佛进入“书卷多情似故人，晨昏忧乐每相亲”的境地。书山有路勤为径，学海无涯苦作舟。日日晨读，岁岁晨读，读书破万卷，下笔如有神。

(80)江南听泉图

草丛掩映着阶梯，苍松遮掩着古刹，天桥流淌着碧水，青山托起长天。寂静的林海深山，唯有天上来水在纵情歌唱。对坐楼阁，品茗听泉，无比惬意，好不自在。

(81)幽谷山村

九曲溪流劈开跌宕起伏的青山，苍松翠柏装点郁郁葱葱的山峦，一条小径从溪边扶摇直上，通向一座座农家小院。靠山吃山，靠水吃水，幽谷村民，男耕女织，远离喧嚣，与山水共生存，与自然共和谐，抒写一幅“天人合一”的壮美画卷。

(82)江南山水——观海

万里碧空白云飘，青山楼阁望海潮。
小径弯弯通幽处，沧海桑田颇浩渺。
苍松挺立拔地起，豪情壮志冲云霄。
大鹏展翅翱长空，江南山水更妖娆。

(83)高山飞瀑图——天水

山高望不到天，欲与天公试比高。飞瀑望不到头，宛如天河从天降。高山聚集着水的能量，飞瀑倾泻着山的精华。扑入眼帘的松柏亭阁，仿佛正欣赏着高山飞瀑的胜景。

(84)江南山水——小桥激流

山峦跌宕，绿树成荫。飞泉直泻叮咚响，三孔小桥渡激流，竹林小径通幽处，亭台楼阁读书声。山、树、飞瀑一体，桥、阁、溪流共生，江南的山水，总是那么变幻无穷。

(85)晨读图——凝神

红日刚刚升起，夜色刚刚隐去。凌晨时节，山的背面还是暗的，树的背面也是暗的，亭阁的背面更是暗的，唯有迎着朝阳的方向是亮的，而且越来越明亮。这时，迎着晨曦，手捧一书，坐在亭中，两耳不闻窗外事，一心只读圣贤书，岂不美哉？

(86)高山听泉图

仿佛银河决开一道口子，仿佛泉水自天而降，无尽的琼浆玉液倾泻山谷，滋润了山川大地，滋养了万物生灵。依山而建、择水而居的村落，日望银河飞舞，夜燃万家灯火，听着山泉入眠，过着无忧生活，书写一幅“天人合一”的完美画卷。

(87)雄风

这是一骑绝尘万马奔的场景。枣红马率领着群马，昂起头，扬起蹄，飞舞鬃，甩起尾，风驰电掣，驰骋在无垠的草原上，白云飘然远去，青草萋然流逝。马去雄风在，一首动听的歌声随风传来：“蓝蓝的天空，清清的湖水，绿绿的草原，这是我的家——哎耶；奔驰的骏马，洁白的羊群，还有你姑娘，这是我的家——哎耶；我爱你，我的家，我的家，我的天堂！”

(88)徽州村韵——乡愁

背靠层层叠叠的群山，面对郁郁葱葱的田野，坐拥苍松翠柏的花丛，镶嵌着粉墙黛瓦的村落。一座古桥通往外面的世界，一条溪流唱响欢悦的歌声。看得见山，望得见水，记得住乡愁，这就是徽州村韵，一个令人向往的地方！

(89)高山飞瀑图——红霞

或许朝霞满天，太阳映红了山川；或许时令已至深秋，绿叶变成了金黄。云开雾散，飞出一股银河，直挂三千余尺，搅得山涧腾雾；亭台楼阁，站着一位高人，波澜不惊，漠然泰然，赏读大地山川，魂归自然景色。

(90)江南山水——翠色

天公露出笑脸，山川泛出翠色。这翠色宛如上好的翡翠，是冰种的，是老坑的，还是艺术大师加工的。依山而筑、择水而居的村落，掩映在山水画卷之中。细瞧画中有画，一幅“江水村中过，渔夫驾舟行”的山水图跃然纸上。

(91)烟雨富春江——墨染

墨染的富春江畔，黑白两色韵味浓。沿山而上，徽派民居错落有致；山涧松柏，树影婆娑深幽静寂。这时，升起一轮秋月，照亮了树梢，照亮了农舍，也照亮了树丛中的亭阁。倘若置身于此，你的思绪又将如何？

(92)高山流水有清音

山开三重,泉流五道,叮咚的泉水,跳下了山冈,跃过了坡坎,来到小桥旁。流过三孔洞,流过乱石滩,唱着歌儿,欢快地向前奔淌。两旁的树木,就像两排竖琴,婆娑讴吟,为泉水伴唱。高山流水有清音,高山流水觅知音,清音易有,知音难觅。

(93)雨后茶韵图

雨后,江南的山水更加润泽,瀑布清流,溅起层层薄雾,苍松挺立,树影婆娑摇曳。山里人家,或采茶回来,炒制湿漉漉的青叶;或品茗闲谈,尽享天伦之乐。

(94)源泉

万事皆有源,万物皆有泉。山水林田湖是一个生命共同体,人的命脉在田,田的命脉在水,水的命脉在山,山的命脉在土,土的命脉在树。大山积蓄了土壤,滋养了森林,蓄积了水气,形成了清流,浇灌了田野,养育了万物生灵。人类的祖先正是从大山走来,山水林田湖就是我们的源泉。

(95)江南山水——山高水长

山有多高,水有多长;水有多长,树有多绿;树有多绿,人有多旺。山、水、树、人浑然一体,相依共生。层层叠叠的群山,郁郁葱葱的植被,飞流直下的清泉,小桥流水人家,在这山色空蒙雨亦奇的大山中,有人在桥上聊天,有人在屋中品茗,有人在寺院修禅,一派祥和,一片宁静。

(96)阳朔初春图

桂林山水甲天下，阳朔山水甲桂林。初春的阳朔，一切给人以清新的感觉。清清朗朗的天空，拔地而起的山峦，轻衫曼舞的薄雾，潺潺流水的溪流，把阳朔打扮得丰姿迷人。漓江泛舟，沃野耕田，错落人家，熙攘人群，又把阳朔装点成天上人间。

(97)红色江山传万代

红日、红霞、红岩、红枫，映红了天空，映红了山峦，映红了大地，映红了山里人家。这红色不是朱砂，不是胭脂，而是先人自 1840 年起，为争取民族独立和人民自由幸福而牺牲的人民英雄流淌的鲜血染成。先人用鲜血染红了江山，后人要确保红色江山万代传。

(98)祖国江山一片红

山还是那座山哟，梁也还是那道梁，树还是那棵树哟，泉也还是那股泉。只因东方红，太阳升，人民翻身做主人，破碎的山河江山一统，阴霾笼罩的大地换了人间。红满天，红满地，红满山，红满楼，祖国山河一片红。

(99)江南山水——双瀑

双瀑飞舞宛如双龙吐翠，双桥飞架宛如天宫鹊桥，双溪漂流宛如天女散花，双楼相对宛如知音相望。青山绿水，苍松叠翠，亭台楼阁，小桥人家。这幅江南山水画，有可染先生补笔，更有了大师的气韵，大师的价值。

(100)江南山水——灵动

天连着天，山连着山，水连着水，树连着树。江南山水钟灵毓秀，古桥飞瀑风情灵动。画作展现了“云来山更佳，云去山如画。山因云晦明，云共山高下”的意境，描绘了碧水连天景、流水人家境的场景。

(101)湘西风光

湘西风光，山水独绝。巍巍武陵，峰峦叠嶂，洞穴成群，林木参天。滔滔酉水，流沙瀑布，高山流水，溪河纵横。走进湘西大地，品味土家风情。

(102)江南山水——高山云雾

高山之上，云雾缭绕；瀑布飞泉，自天而降；陡峭峡谷，壁立千仞；苍松翠柏，亭台楼阁。水泻飞流绕山涧，撩起层层迷雾；楼台品茗观山景，静看雾起雾散。

(103)高山雨后烟云图

雨后的高山，像被水洗了一般清丽。云开雾散，峰峦叠翠，龙泉飞瀑，溪水潺潺，小桥横卧，小径通幽，拾阶而上，山里人家。山的品格造就了山民的性格，居深山者而刚毅，出大山者而不挠；诸多大山之子，像雨后高山，坚毅而润泽。

(104)雨后江南人间仙境

雨后的江南更加润泽，天更蓝，山更青，水更清，树更翠。飞瀑如白练，划破长空，倾泻而下。溪流如弓背，弯弯曲曲，流向远方。大树参天，郁郁葱葱，遮阴蔽日。三孔拱桥，为河水让路，为行者让行。山中亭台楼阁之上，端坐一位书郎，观景品茗，两耳不闻窗外事，一心只读圣贤书。

（105）江南山水——山里人家

云蒸霞蔚，青山叠翠，瀑布高悬，古树参天。在飞流直挂、溪水潺潺的大山脚下，一座三孔长桥，一条林间小径，几幢徽派民居，几多纯朴山民，宁静而灵动，祥和而美好。

（106）江南山水——山里

一缕霞光照亮了深山，一泉飞瀑蜿蜒倾泻。在云蒸霞蔚、青山叠翠、绿树成荫、溪水横流的画面中，有深山别墅、人影浮动，有小桥流水、老者过桥。而这，构成一幅动静相宜的山水画作。

（107）江南山水——悬河

青山叠翠云雾开，九曲悬河天上来。
房舍建在半山腰，观瀑听涛入夜眠。
竹林小径通幽处，漫步悠然度光年。
小桥溪水流不断，背手聊天更清闲。

（108）阳朔初春图

一山连着一山，万山起伏；一溪连着一溪，万溪流淌；一船连着一船，万船竞发；一家连着一家，万家灯火。初春的阳朔漓江，一派清新，一派繁忙。

(109)日破云涛万里红

一轮红日从东方升起,照红了天空,照红了山川,照红了大地,照红了万家农舍。红色国旗,红色国徽,红色歌曲,红色情怀。中华江山一片红,中华文明更魅力,中华复兴看今朝。

(110)江南山水——漓江

拔地而起的山峦,一山望着一山高;日夜流淌的江水,一溪连着一溪长;顺流而下的帆船,一船接着一船行;择水而居的村落,一村连着一村建。美丽的漓江两岸,山水依依,景色万千,人杰地灵,富饶美好。

(111)江南山水——聚会

锦绣山峦,郁郁葱葱;飞瀑流泉,银河直挂。在深山绝谷、瀑布流长的意境中,山门、房屋、楼台、亭阁,一一具现。有趣的是,楼台中有几个村民正在活动,小路上还有几个行人匆匆赶路,不知是聚会协商村中大事,还是准备来段广场舞?

(112)春江烟雨

小舟行两岸,幽谷鸟鸣声。
黑瓦白墙邨,相望景色中。
小桥邀明月,溪水映彩虹。
春江烟雨美,春意伴和风。

(113)日照晨空万里红

红日照亮了晨空,朝霞泛出一道道彩虹。日照晨空,把青山映成一片朱红，把山脚下的树梢、村舍、小桥映红，也把村边的凉亭、渔船、溪流映红。大地裹红韵，江山一片红。日照晨空万里红，既是自然景观，也是一代人的情怀。

(114)烟雨西子图

在烟雨蒙蒙的西子湖上，断桥横波而卧，柳枝低垂摇曳，荷花悄然盛开，孤舟若隐若现。不远处，夕阳照亮了宝石山麓，保俶塔宛如婀娜多姿的少女，含羞而立，似诉说着内心的哀怨和情愫。

(115)晨读听泉图

飞泉直挂，雾霭蒙蒙；峭壁悬崖，挺立苍松；小桥卧波，溪水潺潺；手不释卷，如醉如痴。墨有五色，人有九等，要攀九等，必苦读于书。古人云：书中自有黄金屋，书中自有颜如玉。只有学富五车，才能经纶满腹；只有读书破万卷，才能下笔如有神。

(116)江南山水——村景

青山叠翠，古木参天。瀑布飞流，云雾缭绕。小桥流水，小径通幽。粉墙黛瓦，山里人家。江南山水画不尽，移步换景处处新。

(117)日照晨空天地红

东方破晓，日照晨空，染红了天际，染红了群山，染红了村野，也染红了江上渔舟。一泉飞瀑，像一条白练，迎着朝霞，从群峰中涌出，把山野映成白色。红白相间，黑红相间，构成一幅壮美的祖国山河天地红。

(118)烟雨蜀江图

“山桃红花满上头，蜀江春水拍山流。”蜀江两岸，重峦叠嶂高千尺，古树沧桑数百年，依山傍水有人家。但见一流江水，宛如天上来，当空舞白练，湍急万里长。都说蜀道难，难于上青天，实则蜀江美，问君西游何时还？

(119)徽州清韵

青山叠翠，碧水长流，小桥卧波，雾霭氤氲，好一幅徽州清韵图。徽州清韵，清韵在山，山如墨染，仁者乐山；清韵在水，溪水潺潺，智者乐水；清韵在田野，大地润生机，万物皆生长。清韵在农家，耕读传家宝，家和万事兴。

(120)山林清韵

朦胧的山峦，笼罩着一层轻纱。如镜的碧水，在缥缈的山间悬挂。沧桑的古木，树梢上泛出淡淡的嫩绿。过桥的溪水，欢快地向远方流淌。山青，水清，林青，地清，清韵的山林，滋润着万物成长。

(121)日照晨空万里红

红日照遍了东方，照红了万里碧空，照红了巍巍群山，照红了郁郁丛林，也照红了乡村别院。红而不张扬，红而不妖艳。概因，这是来自朱砂的自然红，这是描绘东方的中国红。

(122)万山红遍

这是一幅满红的画面。山红，树红，水红，村落红，万山红遍。红中见山，见树，见水，见村落，层林尽染。红得令人陶醉，红得令人惊叹，非大自然不足以造化，非大画家不足以绘画。

（123）山居图

在静静的山坳里，掩映着一处徽派民居。村后青山叠翠，飞泉直挂，碧水长流；村前小桥卧波，溪水潺潺，林木繁茂。这里的山水钟灵毓秀，山寨幽静古老，山林葱翠浓郁，池塘波光粼粼，炊烟袅袅萦绕，这就是令人向往的山居美景。

（124）高山烟云

高山起烟云，深山藏卧龙。如镜的湖面，仿佛腾起一条白色长龙，搅动得树影婆娑，簌簌作响；穿过小桥，跃过村舍，遨游在山水间；摆头于山峦，甩尾于湖面，蜿蜒起伏，如云升涌。寂静的小山村，不时显现大自然的神奇景象。

（125）白矮房

一排徽派民居，掩映在大山脚下。村后山峦跌宕，郁郁葱葱；村前池塘如镜，野鸟追逐。江南山清水秀，处处明媚春光。

（126）断桥

断桥卧波，残雪依稀，桃柳相拥，荷莲共生。一幅墨染湖山色、朦胧烟雨奇的画作，也许会使人想起许仙与白娘子断桥相会的传说。十年修得同船渡，百年修得共枕眠，段家桥上走一遭，白头偕老赛鸳鸯。

（127）山村

山村依大山，绿树掩其间；荷塘景色美，蛙鸣月更圆。“天人合一”的山村，清净干净，寂静心静，世外桃源，养生福地。画作令人想起宋人邵雍诗作“一去二三里，烟村四五家。亭台六七座，八九十枝花”的山村美景。

（128）桥洞

一流溪水出深山，一座小桥跨两边，一条曲径通幽处，一道彩虹照山峦。掩映在深山峡谷、绿树成荫中的小桥，石块堆砌，洞口半圆，石滩滚滚，溪水长流，浇灌着田野禾苗，滋养着山里人家。

（129）迎客松

站立高山之巅，遥望万里云海。
谦谦君子之姿，喜迎八方客来。

（130）细瀑

一条深山细瀑，奔流而泻，流过了坡坡坎坎，流过了灌木草丛，流过了小桥石滩，流过了大地原野，流进了村边的小河塘。涓涓溪流，润物无声，上善若水，厚德载物。

（131）人物肖像——人民公仆

头发斑白，面目慈祥，饱经沧桑，大德天下。身着深色中山装，端坐于办公桌前，一盏老式茶杯相伴，一台老式年历记载，1981 年 11 月 10 日。他聚精会神，目光炯炯，手握铅笔，奋笔疾书，或许在描绘改革发展蓝图，或许在为黎民百姓建言。他就是一个从群众中走出来的群众领袖，一个实事求是、经验丰富的政治家，一个鞠躬尽瘁死而后已的人民公仆。

(132)西溪风景

西溪岸边，一排石头垒砌的房屋，烟囱矗立，木窗凌空，围栏凭眺，台阶探水。几株粗壮苍劲的树木，皲裂斑斑，布满苍苔，根深叶茂，枝条舒展。一个年轻貌美的姑娘，蹲在河边，红衣束腰，轻舒藕臂，嬉水浣纱。不远处，绿意中带些氤氲的水汽扑面来。啊！好一幅西溪风景图画。

(133)枯树

蓝天失去了水汽，空气变得干涩。大地失去了水分，沃土变得干黄。夕阳照射下的黄土岩层，崩塌沦陷，变成沟壑，似诉说着沧桑。地平线上的两株枯树，折槁振落，变成腐朽，似诉说着哀怨。请爱护大自然吧，让枯木逢春，枯树开花，大地森林覆盖，天空降下甘霖。

(134)两只小羊

辽阔无边的大草原，像是一块天工织就的绿色巨毯，铺青叠翠，碧草如茵。“天苍苍，野茫茫，风吹草低见牛羊。”两只掩映在芳草萋萋处的小羊，长角为哥，无角为妹，紧紧依偎在一起，目光羞怯，眺望远方。

(135)海

这是海天一色的蓝天蓝海。大海把海面染蓝，把天空染蓝，也把山川染蓝。染得那么洁净，那么纯情，那么透明。远眺海基线，天际线，一览无余；近观海鸥展翅，凌空翱翔。万流归海，海纳百川。拥有海一样的胸怀，就拥有海一样的人生。

(136)看马人——牧马人

寂静的森林,寂静的草原,寂静的河水,寂静的空间。两匹全副武装的战马静下心来,一匹抬头咀嚼鲜嫩的水草,目视远方;一匹低头畅饮流淌的甘霖,警觉四周。战马的主人,身着藏袍,头戴藏帽,手握藏刀,摆头凝视着右前方,似乎发现了什么,随时准备跨马迎战。

(137)母女与羊

在绿草如茵的山坡上,一位年轻貌美、初为人母的藏族母亲,身着鲜艳的藏袍,梳着碎辫子,戴一条红围巾,红彤彤的脸庞上,有着清澈的眼神和羞涩的表情。依偎在母亲身边的小女,一身藏青色的皮袍裹住稚嫩的身躯,斜背着一个红色水囊,乌黑的头发,胖嘟嘟的小脸,显得纯真而胆怯。只有那只硕大的母羊,已长满越冬的长毛,或许自觉是草原的主人,大大方方凝视远方。

(138)川藏系列之一——放马林中

仿佛就像原始森林,粗壮的树干,疯长的树枝,遮天的树冠,肥沃的林地。这时,一缕斜阳照射进来,使郁郁葱葱的林子亮堂起来,两匹野马——或许因为没有马鞍子,没有马笼头,没有马嚼子,没有马缰绳,没有一切人为的束缚,回归自然,回归野性。林中放马,使你产生无限的遐想。

(139)坡上的马

放马南山坡,一派祥和景。天空是海蓝的,大地是碧绿的。

树冠遮天，鲜花似锦。山坡上有两匹枣红马，似母子，又似父子，悠然地啃着美味。而放马的女主人，穿着红袍，唱着山歌，沿着山坡小径，渐渐向郁中归去。

(140)江南湖泊

天空湛蓝，白云浮动。起伏的山峦，像赤裸的人体舒展缠绵。宽阔的湖面，水平如镜。或许是湖水深深的缘故，水的颜色变得碧绿碧绿的。岸边，在随风摇曳的芦苇丛旁，两处渔家房舍显得有些明亮，原来一只沙鸥，陪伴着一条渔舟，正满载归来。

(141)藏区风情——归途

这是一片神奇的净土。湛蓝的天空，参天的大树，清澈的河流，横倒的朽木，诉说着这里是人烟罕至的原始地。阳光充足，似乎离太阳很近。这时，沿着激流滚滚的河岸，一位身着红黑相间藏袍的阿妈，腰佩红绸藏珠饰物，牵着一匹眼神淡定的白马，驮着身穿厚藏袍和藏靴的幼子，迈开双脚，徐徐向林中走去。林中远方，或许是藏族村寨，或许是更遥远的城郭。

(142)长城风景

望着天高云淡，绿茵如毯，鲜花烂漫，山舞银蛇，长城万里，你可知长城哪年建？长城有多长？你可知烽火戏诸侯，孟女哭长城？你可知雄关在哪里？设关有何用？你可知为何不到长城非好汉，数风流人物还看今朝？一幅长城风景画，勾起无限历史沧桑事。长城是中华民族的伟大象征，长城是人类文明的伟大奇迹。万里长城永不倒，民族复兴在今朝。

(143)人体——凝视

一手撩起轻柔的金发，一手扯住蝉翼般的薄纱，洁白的肌肤，饱满的乳房，S形的曲线，凸显出健壮的美体。再看动人的脸庞，淡淡的眉毛，深邃的眼窝，蓝色的眼睛，高挺的鼻子，樱桃的红唇，深情地凝视着远方。不是维纳斯，胜似维纳斯，这就是人体，这就是女人一生中最美的瞬间。

(144)草原

蓝蓝的天空，白云飘荡；巍峨的群山，万马奔腾；绿绿的草原，水草肥美；洁白的羊群，行走的云朵。在辽阔的大草原上，牧人放马高歌，牧羊狗随声和唱："蓝蓝的天上白云飘，白云下面马儿跑，挥动鞭儿响四方，百鸟齐飞翔，要是有人来问我，我就骄傲地告诉他，这是我的家乡，我的天堂。"

(145)饮水思源

白雪皑皑覆盖着冰面，河中暖流撕开厚厚的冰层，圣河之水静静地流淌，一位藏族少女来到冰河汲水。她身穿绚丽多彩的藏袍、红色衬衣、翻毛豹皮、藏青外套，还有那红黑相间的套裙、蓝色腰带，天珠佩件，神情专注地伸出铜勺，小心翼翼地往木桶里打水。画面一派祥和美好，好似一首颂歌："雪光呵闪金光，雅鲁藏布江翻波浪，驱散乌云见太阳……"

(146)月夜

夜深了，月光升起，穿透浮云，把山川照亮。月夜下的天空，浓云似墨，云淡如纱；月夜下的群山，宛如雕像，挺拔俏丽。

月夜下的大地，草木葱茏，露珠晶莹；月夜下的河流，波光粼粼，沙滩灵动。月夜，美在朦胧，美在宁静。

（147）挤奶

在蓝蓝的天空、朦胧的远山、静静的河水衬托下，辽阔的草原一望无际，一群群羊，像那朵朵白云，忽隐忽现，四处飘荡。近景处，毡房、挤奶罐、牧羊狗、牦牛动静有序，灵动了画面。这时，两位藏族姑娘，姑且叫卓玛和卓嘎，身穿美丽的藏袍，戴着藏帽或头巾，站在古色古香的奶桶前，收腹耸肩，用力搅拌着奶浆，或许正准备搅匀装罐，或许正在制作美味的酸奶。

（148）人物——小公主

肌肤如雪，双肩圆润，颈项修长，脸庞清秀。尤其是纯情的淡眉、纯情的眼睛、纯情的鼻子、纯情的嘴唇，还有那一副天真的表情，显现出这位纯情少女的可爱。宝蓝色吊带若隐若现，随意梳起的蓬松的秀发自然舒展，再佩戴上红宝石的发饰和帝王绿的项链，更映衬出这位少女的优雅贵气。

（149）马群

茫茫草原，天是绿的，地是绿的，天地都是绿的。或许已到深秋，绿色的草原泛出枯意；或许是第一场雨雪，正裹挟着寒霜从天而降。一群野马，扬起头颅，抖动鬃毛，四蹄腾空，踏雪飞奔。

（150）马与人——相送

深绿的森林，深绿的岩石，深绿溪流，深绿的古道。这时，一缕阳光洒了进来,把林子照亮,把岩石照亮,把溪流照亮,也把古道照亮。沿着溪流古道,远处的扎西跨马回首,近处的卓玛牵马站立,马不肯往前走,人不愿再前行,挥手相辞别,道一声珍重,道一声平安。

(151)川藏系列之二——吃草的黑马

这是川藏高原的两匹黑马,没有郎世宁笔下的养尊处优,也没有徐悲鸿笔下的飘逸潇洒,只有艰辛劳作的疲惫和饱经沧桑的留痕。或许是两位骑士骑累了歇脚,或许是马驮货物累了歇息,这两匹黑马来不及卸鞍,兴冲冲走上山坡,俯下颈,伸长脖子,微闭眼睛,纵情地啃食美味。这时,阳光洒了进来,照亮了山坡,照亮了丛林,照亮了牧草,也照亮了骨骼健壮的马背。

(152)牧羊人

青藏高原的深秋,蓝天飘浮着白云,黄沙掩映着牧草。草原深处,一位藏族汉子,头戴红绿丝绒缝制的羊皮藏帽,身穿黑红丝绒缝制的翻毛藏袍,挂着耳环,佩带腰刀,一手持着银制火镰,一手转动金色的"嘛呢"经筒,口中诵咒,默念经文,露出虔诚、慈祥的带笑面容。身旁的黑角大绵羊,低下头颅,垂下耳朵,眯起眼睛,如醉如痴地听着主人诵经,似乎已进入佛境。

(153)西藏风情——人与马

气势恢宏的雪域高原,皑皑雪山渐行渐远,蓝天白云翻卷缠绕。这里,好似藏南林芝,静卧在喜马拉雅山、念青唐古拉山和横断山的三山怀抱之中,湿润多雨,植被丰富,古柏、冷杉、灌木、杜鹃相拥成长。或许已是初秋,满山的绿意泛出金黄,一流冰川雪水从远古走来,静静向雅鲁藏布江奔去。溪流岸边,站立着白马和枣红马，注视着扭头的强巴和唠叨的卓玛，似乎在倾听主人的争吵，又似乎等待着启程出发。

(154)川藏系列之三——雪山脚下

巍峨的喜马拉雅山，高耸的珠穆朗玛峰，雪山刺破天空，冰川格外耀眼，蓝天与白云交融，白云与白雪共舞。然，生命的禁区脚下，却是一片繁荣昌盛。雪水滋养了山川，浇灌了大地万物，带来郁郁葱葱的春天。身着盛装的藏民，沿着溪水草甸，或牵马走单帮，或林中窃窃私语，尽享大自然的风情。

(155)西藏风景——走山路

仿佛高山遮住了太阳，那边的天很蓝，云很白，山很亮。逆光之下，草变得深绿，树变得深绿，水变得深绿，山也变得深绿。在绿树成荫的山路上，行走着一位牵马的藏民，一路唱着："草原的羊群，草原的花，草原的水，草原的姑娘。啊！卓玛，啊！卓玛，草原上的姑娘卓玛拉。"

(156)西藏风景——大树下

五六棵参天大树，毫无顾忌地肆意生长，那些枝杈随性向上舒展着，遮天的树冠挡住了直射的阳光。林子是亮的，林子是暖的，正值大树底下好乘凉。一红一白两匹藏马，躲在大树底下，低头有鲜嫩的牧草，抬头有流淌的清泉，真是人间仙境，令人向往。

(157)西藏风景——私语

碧空清如洗，蓝天飘白云，弓起的山脊驮着浓墨重彩的翠绿,原始的净土充满着神秘的气息。原始的山脉,原始的森林,原始的草甸,原始的雪水,一切是如此宁静,一切又是如此圣洁。回归自然的三匹藏马,仿佛三个精灵,相聚悠然,窃窃私语。

(158)川藏系列之四——雪域藏寨

湛蓝的天空飘着白云,洁白的雪山银装素裹,起伏的山峦葱郁跌宕,翠绿的大地生机盎然。在圣洁的蓝天、白云、青山、雪水的映衬下,一座座两三层高的藏民平顶楼房,依山傍水而建,毗邻相接而居,高低错落有致,坚固古朴粗犷。围栏里藏马悠闲,山道上藏民忙碌,冰川雪水从寨前流过,大地葱郁一片欣欣向荣景象。

(159)川藏系列之五——雪域牧羊

雪山,千里冰封;青山,万里葱茏;蓝天,白云飘飘;绿地,一片生机。这是雪山脚下的绿谷,斜坡陡峭,沟壑纵横,古木参天,溪水流长。在绿意养眼的森林牧场,一位穿着红色衬衣、褐色长裙、头戴白色藏帽的藏族少女,一手搭凉棚,一手持羊鞭,驱赶着羊群,欢快地歌唱:“风光旖旎草色青青,随处都是我心灵的牧场。”

(160)西藏风景——雪山秋色

你看过雪山秋色吗?蓝天裹着白云,白云裹着雪山,雪夹裹着青山,青山裹着金黄。在蓝天白云绿意中,冷杉泛黄了,大地泛黄了,草丛泛黄了。这时,一位藏族牧人,穿着厚厚的藏袍,牵着一匹枣红藏马,顺着秋草枯黄的小径,向着远方的藏寨归去。

(161)川藏系列之六——金沙江畔

坚硬的岩层簇拥着向上雄起，似乎要顶破蓝天；柔软的白云在山间缭绕，似乎截断了山顶。这是西藏的盛夏，湛蓝的天空，绿绿的大地，山脉延绵，河流无尽。沿着金沙江畔，或许是澜沧江畔，更或许是郎钦藏布（象泉河）和森格藏布（狮泉河）畔，行走着一位跑单帮的藏民，牵着两匹驮着茶叶、盐巴和信件的藏马，为藏民带去祈盼和喜悦。

(162)川藏系列之七——林中牧马

这是西藏的林芝，这是西藏的江南，这是从然乌到林芝400公里长的原始森林深处。这里，大树遮天蔽日，枝杈随性生长，乱石布满了落叶，河水静静地流淌。在这片郁郁葱葱的林子里，一位路过歇脚的牧民，放马林中，饮水吃草，以解鞍马劳顿，休闲待发。

(163)夏日

古木参天，遮天蔽日，满目葱郁，满目春光。横七竖八的树干，枝杈繁茂的树冠，铺满绿色的大地，欢快流淌的河流。这是一片神奇的净土，夏虫鸣叫，藏马嘶鸣，到处充满了神秘，到处充满了生机。

(164)草原风景——饮水

远方起伏的青山勾勒出一道天际线，夕阳泛红的天空撑起一片蓝天，绿色的草原上支起了蒙古包，洁白的羊群像飘浮的云朵，勤劳消瘦的白马低头饮水，调皮捣蛋的马驹四处张望。

啊！美丽的草原我的家，美丽的草原我的天堂。

(165)草原风景——马欢

这是草原最美的季节，这是草原最欢快的时光。一抹红霞镶嵌在湛蓝色的天空里，山冈上爬满了茵茵绿草，大地上铺满了厚厚绿毯，弯弯的河水静静地流淌。万紫千红的野花，扮靓了绿意过浓的大地，使纯朴的草原更加迷人。远处，羊群如白云浮动，马群如急流奔腾。近处，两匹一白一红正值青春年华的骏马，脱离了马群，来到鲜花盛开的草丛前，彼此凝望，窃窃私语，好似一幅谈情说爱的场景。

(166)草原人物——穿紫袍的姑娘

秋色的草原，一片金黄；秋色的天空，一片湛蓝。这是一位美丽的蒙古族姑娘，身材高挑，结实健壮，面色红润，喜上眉梢，眼神似乎正与身旁的玩伴交流。只见她头戴草原狐皮帽，身着镶嵌祥云图案花边的紫色蒙古袍，腰扎蓝色绸带，飒爽英姿地牵着一匹精神十足的棕色蒙古马，好似驰骋归来，又好似即将跨马奔驰而去。

(167)草原风景——套马

这是一幅沸腾的草原场景：威武雄壮的蒙古族汉子，骑着奔驰的骏马，紧绷面容，紧握缰绳，扬起长长的套马杆，扬起长长的黄飘带，潇洒地去套奔驰的野马。这时，马群沸腾了，驰骋的野马四蹄生风，如追风赶月；野花沸腾了，姹紫嫣红的野花随风摇曳，如乱花渐欲；河流沸腾了，弯弯曲曲的河水波光粼粼，如五线谱曲；蓝天沸腾了，湛蓝湛蓝的天空飘着白云，如海中白帆。正如《套马杆》中所唱："套马的汉子你威武雄壮，飞驰的骏马像疾风一样，一望无际的原野随你去流浪，你的心海和大地一样宽广……”

(168)西藏风景——松林藏家

这是一片原始松林，松干挺直，松枝密布，松树下的灌木和杂草肆意生长，哗啦啦的小溪欢快流淌。这又是一片人烟浮动和富有生机的松林，阳光把林子照亮了，把山坡上的藏式碉房也照亮了。小溪旁，一位康巴汉子正在牵马饮水；小路上，一位藏族阿妈正拉着她的孩儿远去。啊，松林藏家，一片祥和的胜景。

(169)草原风景——花海

蓝天飘白云，微风卷绿浪，赤橙青蓝紫，草原百花香。这是草原鲜花盛开的季节，这是草原最美的时刻：蓝天白云渐渐远去，山冈土包渐渐远，甚至绿绿的草原也渐渐远去，扑入眼帘的是一片花海，金黄的野菊花、娇艳的胭脂红、白色的野韭花，还有马莲花、银莲花、狼毒花等，就像七色彩虹，把草原装点得艳丽娇美。在赤橙黄绿青蓝紫的花海中，身穿红色蒙古袍的小姑娘，领着一群小羊穿梭在花海中，尽情地采撷野花。一旁的马群寻找着花丛中的野草，似乎这里的野草更加清香，更加肥美。

(170)西藏风景——秋景

浓郁的白云席卷过来，把蓝天隐去，把山峦缠绕。秋天来了，山体泛黄，大地泛黄，树木泛黄，山川大地一片金黄。清澈的雪水，绕着山川，静静地流淌。勤劳的藏民，驱赶着牲畜，忙着收获秋季的庄稼。不远处的藏寨，炊烟袅袅，不时飘来奶茶的清香。

(171)西藏风情之一——森林牧马

蓝天白云之下，白雪皑皑脚下，是一片无边无际的原始森林，郁郁葱葱，层层叠叠，深不见底，望不到头。源源不断的雪水，从树林中流出，从草丛中渗出，从岩石中涌出，滋润了山川大地，汇成大江大河之源。在这绿色的世界里，或藏民漫步遛马，或藏民牵马归途。瞧，这匹枣红马似乎流连这绿色的世界，主人已行，它却不肯离去。

(172)西藏风情之二——过桥

绿油油的青山，绿油油的松林，绿油油的土地，绿油油的草坪，万物竞发，将大地披上一片绿装，就连深山里的藏寨也映成绿色。藏寨旁有一条日夜奔流的小溪，湍急的河水欢快地冲击着河卵石。藏民在小溪上打下木桩，围起木栏，架起了木桥，连通了外面的世界。木桥之上，年轻娇美的藏族姑娘，牵着藏马，驮着深山特产，缓慢向外面的世界走去。

(173)西藏风情之三——深山古道

好大的一片深山，大不见边；好深的一片林子，深不见底。百年灌木，藤蔓缠绕；千年古树，肆意生长。横七竖八的树干，像盘虬卧龙；弯弯曲曲的枝杈，像嫦娥起舞。明媚的阳光，折射进林子，把深山照亮，也把古道照亮。怀抱幼儿的藏族阿妈，沐浴着林中的阳光；两匹白色藏马，悠闲行走在古道上。

(174)西藏风景——雪域高原

这是一幅“天人合一”的完美画卷：巍峨的喜马拉雅雪山，

直耸云天，雄踞地球之巅，堪称万山之首；莽莽的原始丛林，郁郁葱葱，望不到尽头，看不到边缘；奔腾的高山雪水，洁白清澈，滋润着山川大地，养育着万物生灵；虔诚淳朴的藏民，放马神山，饮马雪水，行走在茶马古道。

（175）西藏风景——草原炊烟

湛蓝的天空飘着白云，碧绿的草原鲜花似锦，山包土岗披满绿装，弯弯的河水流向远方。在天穹压落、云欲擦肩、草肥水美的辽阔草原上，牧民转场而来，卸下马车，拴好马匹，搭起围栏，支起蒙古包，点燃炊烟，烧一壶香喷喷的奶茶。万绿丛中，一身红装的蒙古族姑娘，忙着提水备柴，心中唱起愉快的歌声：蓝蓝的天上白云飘，白云下面马儿跑……

（176）草原风景——沐浴

天高云淡，青山起伏，万顷碧波的草原，掀起层层绿浪。一条宛如丝带的河水，流淌在辽阔的草原上，波光粼粼，微波漾漾。彪悍的牧马人，挥起套马杆，带着牧羊犬，赶着骏马来到河中。沐浴中的骏马，健壮清瘦，英姿勃发，戏水玩耍，以待一马当先追风去，万马奔腾驾雾来。

（177）西藏风景——深山歇马

午日的阳光照进深山，照亮了森林古木，照亮了河道小溪，照亮了岩石坡坎，也照亮了灌木草丛。在这苍翠欲滴的绿色世界里，一位长途奔袭的藏族武士，跳下马来歇脚。武士横刀而立，战马鞍座未卸，拟随时准备跨马启程，驰骋沙场。

(178)西湖保俶塔

千年保俶塔,如窈窕淑女,亭亭玉立;万年宝石山,如寿星老翁,饱经沧桑;旖旎西湖水,如妙龄女子,淡妆浓抹;断桥残雪亭,如明月入庐,阅尽人间春色。尤在朝霞初露的晨曦,或落日余晖之时,一抹阳光照来,把保俶塔、宝石山、西子湖、段家桥照耀得流光溢彩,形成一道“宝石流霞”的胜景。

(179)大海

蔚蓝色的天空,深蓝色的大海,海天一色,宽广无垠,波涛滚滚。这是一片蓝色的大海,这是一颗蓝色的星球,海洋面积占70%,海水总量占90%,大陆渐行渐远,海水渐行渐深。茫茫东海波连天,天边大月光团圆。中华民族潮起潮落又潮起,拥抱深蓝才能托起复兴的明天!

(180)西藏风景——全家福

蓝天白云映照着葱郁的深山,碧绿丛林衬托着松软的绿毯,藏族一家沐浴着午日的阳光,尽情享受神山秀水带来的温暖。慈祥的阿妈背靠在大树丛下,拉着幼儿的小手唱起藏民歌谣;强壮的阿爸赤膊背手在草地上行走,精心照料着埋头吃草的藏马。

写于2015年6月—12月

和氏璧图案解读

春秋战国时期，楚王得一宝物——和氏璧，为同赵国联姻赠予赵王，时七雄霸主秦王愿以15座城池换之，赵王派蔺相如护送并要求"完璧归赵"，可见和氏璧价值连城。后秦始皇统一六国得和氏璧，遂命琢成"传国玉玺"，上刻"受命于天，既寿永昌"。

2500余年来，和氏璧的故事家喻户晓，然而和氏璧雕琢的精美图案和深刻寓意，史无记载，亦无人知晓，成千古之谜。

公元2015年，京华美术学院院长项栋辉先生，经考证故宫博物院藏春秋战国时期玉璧和"六库全书"典籍，破解了和氏璧的图案。其由绳结、龙头、龙珠构成。一条绳圈分里外，里外圈各有4组绳结，寓意四季八节，四季指春、夏、秋、冬，八节指二十四节气中的立春、春分、立夏、夏至、立秋、秋分、立冬、冬至；里外圈共有12个龙头，寓意子、丑、寅、卯、辰、巳、午、未、申、酉、戌、亥十二地支，为中国古代纪时所用；外圈四组龙头琢有4颗龙珠，寓意东、南、西、北4个方位，也表示东海龙王敖广、南海龙王敖明、北海龙王敖顺、西海龙王敖闰。和氏璧的整体寓意是:顺天应时,吉祥如意,同心协力,太平永昌。

如今,在故宫玉器专家委员会指导下,故宫博物院藏春秋战国时期玉璧复制成功。与和氏璧相同的春秋战国玉璧面世,使更多的国人得以鉴赏。

写于 2015 年 6 月

作者与京华美术学院项栋辉院长合影，庆祝又一幅书画作品的完成

作者赏读的项栋辉油画《饮水思源》

作者赏读的项栋辉油画《西湖保俶塔》

作者赏读的项栋辉国画《阳朔胜境图》，此画用翡翠颜料绘制而成

作者赏读的项栋辉国画《红色江山传万代》，此画用朱砂颜料绘制而成

2014 年 12 月，作者在故宫建福宫聆听黄时康讲解翡翠作品创作过程

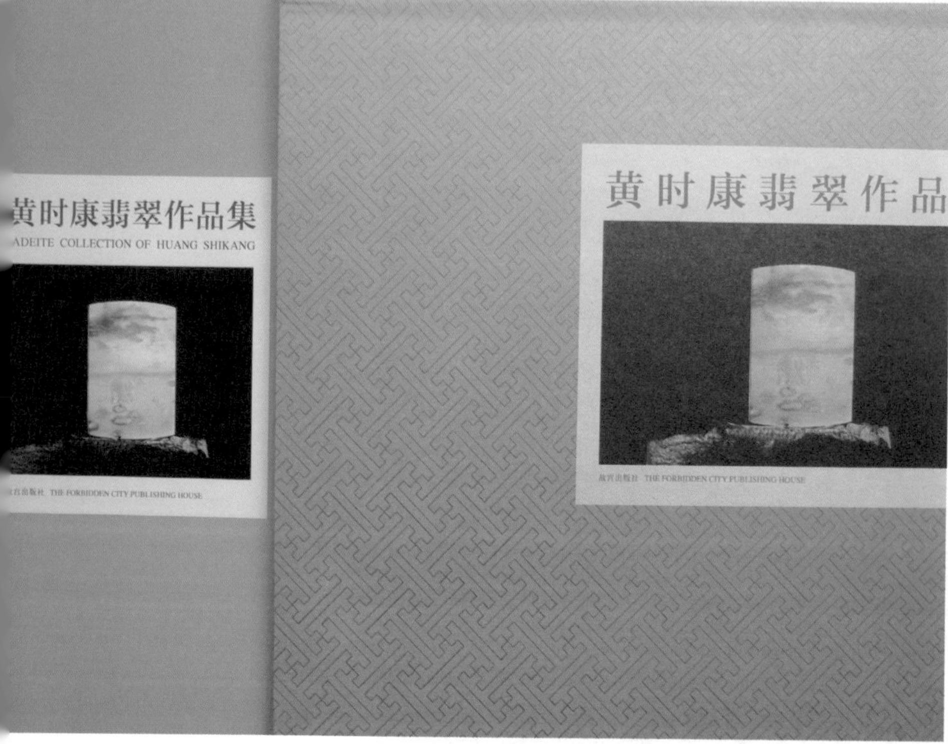

《黄时康翡翠作品集》，封面作品为《北极神品》

《黄时康翡翠作品集》中作品《翠嶂晚归》

《黄时康翡翠作品集》中作品《心中的玫瑰》

《黄时康翡翠作品集》中作品《玉人灵芳》

妙手银针尹文艺

2015 年岁初的一天，忽然接到北京老家国庆弟弟打来的电话，问我是否痰多体湿，近况如何，还不停地向正在给他针灸的医生咨询，问我的毛病能不能针灸治疗。得到肯定的答复后，劝我来北京治治看。

我正为治疗痰多体湿的毛病发愁。这病已困扰我多年，各种办法均尝试过，中西医专家门诊看了不少，各种止咳化痰的正方、偏方用了许多，中药、西药也吃了许多，然而久治不愈。此病虽说不挡吃不挡喝不挡睡的，可痰液一来，宛如泉涌，憋又憋不住，吐又吐不尽，弄得自己不舒服不说，还十分讨人厌，常常惹得内人讥讽挖苦、批评抗议。

家弟国庆担心我难下决心，接连打电话向我介绍这位针灸医生的精妙医术。此医生姓尹，是北京通州区果园社区医院的针灸师，与我们沾一点亲戚关系，这几年先后治愈了家人的几个病。

一是治愈了妹夫的湿寒症。妹夫陈海在北京铁路系统工作，负责铁路两旁植树和修剪的管理工作，2008 年 12 月 22 日，时节已至深冬，他带领一名工人沿房山区内的西长线（北京西站到京广线铁路上的长阳线路）勘察植树情况，经过一个隧道时不小心掉到水坑里，刺骨的冰水立即湿透了他的下身鞋裤，当时没条件换衣服，湿气侵入体内，几天后走路疼痛难忍，夜里睡觉都睡不好，多次到医院看也没有什么效果。后来找到尹大夫，每天由我弟弟背着去扎针灸，连扎了 5 个疗程，居然扎好了，而且没留后遗症，现在可以健步如飞。

二是治愈了侄女的不孕症。侄女郭冉婚后时常痛经，难以怀孕，后来找到尹大夫针灸，仅两个多疗程，就喜得闺女，后送尹大夫一面锦旗，上书“杏林圣手，济世良医”。更有我村高亚男女士，30 岁有余，结婚数年一直无子，不知跑过多少医院，吃过多少方药，终不见成效，后经人介绍找到尹大夫，经过 5 个多疗程的针灸调理，本已放弃希望的她也喜添千金，后送尹大夫一面锦旗，上书“医德高尚，针到病除”。

三是治愈了弟弟的鼻炎。弟弟国庆过去患鼻炎，稍喝点酒就鼻子不通，一不通气就浑身难受，说不出的痛苦，后来找到尹大夫，没扎几个疗程就治好了。近段时间，他感觉下蹲或甩脚时膝盖有点响，大概是有点骨膜退化，因与尹大夫熟悉，没事就去扎针，几针下来就缓解了，响声消失。

家人不说谎话。听国庆这么一说，我还真产生了点兴趣。趁着刚刚退休，有大把自主支配的时间，暂时推掉社会上的一切事务，下决心回北京治治看。

初到尹大夫工作的果园社区卫生服务站，尽管事先知道这是北京市医保定点单位，但还是被眼前这种简陋的门面、简陋的装饰、简陋的设施和各种夸张的广告张贴惊呆了。再见尹大夫，身着一件简朴的黑夹克，脚穿黑色单皮鞋，长着一张很普通的国字脸，头发略显花白，说话轻声慢语，一问一答，不问不答。尽管他知道我们有点沾亲带故，还曾在杭州见过一面，但也不见有多热情。再看针灸室，安排在像阳台或走廊式的房间里，狭窄细长，勉强能摆放 4 张窄床，窄床早已破旧，还有几把旧椅子，供病人排队等候。

唯一让我有些安全感的是，每天一大早 6 点多钟，就有人在社区医院排队等候，大多是附近居民，一天少则几十人，多则近百人来针灸，是医院各科门诊中病人最多的。那些赶着扎完针上班或者有点关系的，往往要“走后门”，提前从旁边的“金康颐医药有限公司”的边门进去。尹大夫也提前半小时来扎针，到 8 点钟开门时，第一拨病人已基本扎好了。再有，门诊室里挂满了患者治愈后送的锦旗，锦旗上写满了感激之词，如“大医精诚，德艺双馨”“大医至爱，妙手仁心”“医术高明见奇效，医德高尚口碑好”等等。

抱着将信将疑的态度，我开始了漫长的针灸之旅。通过这段时间的亲眼所见、亲耳所听、亲身所试等多方面体验，我了解了尹大夫针灸的一些特点：

一是不做检查。患者前来针灸，尹大夫从不看病历，也不做任何检查，只是进行几句简单询问和观察。这弄得透视科的医生挺有意见，说您倒是开个单子，先透个视拍个片子什么的，好有个依据呀。其实，尹大夫认为没必要，因为前来针灸的大多是“回头客”，彼此知根知底，熟悉信任。而新来的患者，大多为有疾而久治不愈，辗转打听，慕名而来，知道自己来扎什么病。所以尹大夫省去了不必要的检查，减少了患者的费用和时间成本。

二是不脱衣服。尹大夫扎针灸，从来不让患者脱衣服，就是隔着衣服扎，无论患者穿多厚的衣服，甚至穿着棉大衣也行。如有疑问，最多也只是告诉你，针灸起源于蛮荒时期和封建社会，过去妇女看病从来不露肌肤，都是隔着衣服针灸。当给我扎温灸时，我以为这回要脱衣服了，可尹大夫说不用，还是隔着衣服扎，扎好针然后再把姜片、艾条套上，最后再点燃艾条。

三是不做解释。尹大夫针灸言缓行重，从不承诺针灸效果，也不解释针灸原理，更不会告诉你扎什么部位。每天患者依次排队，轮到你时，破床上一趴或一躺，他依次鱼贯而扎，扎完后自己再去抽烟或看报纸，半小时后，他回来依次起针，你就站起来走人。针灸过程有段时间会感觉症状越来越重，病人不知道，他也不解释，有的以为没效果就不来了，可转一圈还得找他来扎。后来他告诉我，这是针灸的正常反应，是病人体内自我调节的过程。扎我时也是这样，1 个疗程后，痰液反而越扎越多，到第 3 个疗程时才稍见好转。

这“三不”看似不合常理，违反现代医院看病规则，其实背后大有奥秘，大有文章。这一个月来，和尹大夫接触时间长了，加上搞调查研究工作本能的驱使，我不时多方面打听情况，还是挖掘到一点可供大家分享的奥秘。

尹大夫叫尹文艺，属相为兔，今年 64 岁，取了个很“文艺”的名字，估计父母希望他长大后著书立说当作家，没承想却当了针灸医生。他于 1968 年 17 岁那年开始学针灸，先是拜一个民间针灸高手学扎不育不孕症，后在卫生学校进修，当过多年的农村赤脚医生和红旗机械厂的厂医。俗话说，光脚的不怕穿鞋的，有本事的也不怕科班出身的。近 50 年来，尹大夫靠自己的勤奋和悟性，积累了丰富的实践经验，摸索形成了独特的“尹式针灸法”。针灸时，我碰到一位比尹大夫年长两岁的张姓患者，来扎腰腿疼，自称也当过多年的赤脚医生，过去经常给别人扎针灸。他说尹大夫的针法与众不同，效果也好。这次他连开了好几个疗程，要陆续扎一年的时间，目前腿部疼痛已大为减轻。据尹大夫讲，他师傅的女儿，有病也常来扎针灸，可见其功夫好生了得。

其实，尹大夫的针灸绝活还是有说道的。他告诉我，针灸如同用药，下针如同开中药方，一针就是一味药。针灸手法很有讲究，扎针要捻着进，顺时针捻针为补，逆时针捻针为泄；起针时快拔为泄，慢拔为补，慢起针再按一下更补。针灸要随着患者病情的变化而变化，每次扎的经络穴位也不一样，从头到脚，上下左右，仰着扎趴着扎，都有讲头。

他告诉我，针灸全凭手感，透过衣服找经络穴位靠手感，下针深浅高低靠手感，扎针的角度大小也靠手感。这说起来容易，可没几十年的工夫是练不出来的。尤其一绝的是，有时需要在嗓子眼深处快速扎一弯针，以泄湿气。这可把我吓得够呛。尹大夫轻松地说，没事，这一针要是在过去，就值一袋米钱。

他告诉我，针灸用针要精，不是越多越好。一次我针灸时，院长杜宝增对尹大夫说"二哥是熟人，给多扎两针"，这当然是开玩笑。尹大夫扎针不管什么病，最多用 10 针，只少不多，难怪《本草纲目》的作者叫李时珍。说笑说笑。过去我听说，针灸调理要一个病一个病地调，所以开始没说我肩颈腰腿不好，扎了 20 多天后，我说以后扎好痰湿再来扎肩颈腰腿痛。尹大夫说，你怎么不早说，其实一块扎更好。我说要不要再加 10 针，他说不用，只是经络穴位的点往上或往下移一下就行了。

他还告诉我，针灸也不是每天扎就好，要因人因病而定。有的要连续扎几个疗程，有的扎 6 天停 1 天，有的扎 1 天隔 1 天，有的要隔一段时间再扎。至于疗效，有的三五针就能见效，有的要几个疗程见效，有的则需要更长的时间。我针灸期间，常见有的患者被人扶着进来或拄着拐杖进来，经过三五次针灸治疗后，就能自己走或扔掉拐杖来。尹大夫说，发病后越早针灸疗效越好，像我的痰湿症时间太长了，恢复就会慢一些。我说，没扎好就回去是否白扎呀。他说不会，休息一段时间反而更好，否则会容易引起抗针反应。

我问尹大夫印象最深刻的针灸经历。尹大夫讲是在中南海工作的徐大夫的儿子。那是 1989 年的一天，徐大夫的儿子在5楼的住所安装电视天线，不小心从窗户口摔下楼，把尾骨神经摔坏了，下身毫无知觉，上了很多医院，请了很多专家都治不好。尹大夫花了两年时间，每天骑自行车到徐大夫家给其儿子针灸，先感觉神经，再运动神经，一寸一寸往下赶着扎，最后恢复了所有的神经元，使其能站立行走、生活自理。最后他还结婚生子了，可谓创造了奇迹。

最后一个令我不解的问题是：为什么一个这么大的能人，几乎半个通州的人都来找过扎过针灸的医生，却没去大医院坐堂开门诊，赚取高昂的专家费，而是甘愿栖身民营社区医院呢？我想原因不外乎有三：一是尹大夫不是医学院科班毕业的，而是从小拜师学艺，自学成才，至今还只是个医师，这与大医院讲究学历、理论研究、职称和门派的要求相去甚远。二是尹大夫与果园社区卫生服务站的院长杜宝增相识多年，是几十年的老交情，自2003年，也就是闹"非典"那年来到这里后，两人一块共事了十几年。杜院长给他提供了十分宽松的工作环境，没有这个学习、那个考核的，针灸科完全由尹大夫说了算。三是找尹大夫针灸看病的大多是附近吃医保的普通工人、农民，他们离不开尹大夫，有时为表达心意，经常帮尹大夫买报纸买盒饭，送点烟酒米面，或送个加油卡什么的，他也来者不拒。但难能可贵的是，尹大夫对患者是送与不送一个样，没有势利眼，一视同仁，平等对待，一副慈悲为怀的菩萨心肠，深得广大患者的敬重。自由和受人尊重，这大概就是尹大夫留在果园社区卫生服务站的真实原因吧。

由此看来，尹大夫医术佳、心肠好，还不为功名所累，不愧"妙手仁针"也！

写于2015年早春2月

老郭的尴尬事(续)

前几年,老郭在《我与母亲》那部处女作散文集中,写了一些老郭的尴尬事,末了还写了一句"未完待续"的多余话。据读者反映,看此篇颇有感触,或忍俊不禁,暗自发笑;或若有所思,联想自己;更有甚者,还想看看续篇。老郭为履行诺言,也为满足读者的需求,在此继续曝晒一些老郭的尴尬事,同大家分享。

"搞不灵清"与"你不懂"

老郭的内人是颇具温州血统的杭州人,聪明能干,脑子反应快,办事手脚麻利,经常找些测试智商之类的东西考考老郭:什么几个数字加减乘除都是 24 呀,什么比画比画手指"枪打四"呀,什么看色盲块测试眼力呀,什么怎样预防老年痴呆症呀,什么哪里发生了市井新闻呀,或什么是大姨妈呀,等等。老郭往往答不出。老郭内人就很惊讶地说,"你这都不会呀",或"你连这都不知道呀,你真是 OUT 了",末了,还来句杭州话"木头西斯"。

最近，老郭内人的杭州话“木头西斯”又有了升级版，叫“搞不灵清”。无论老郭说什么，只要老郭说的不对，或老郭说的不符合老郭内人的心意，她就随口来一句“搞不灵清”。老郭虽是北方人，不大懂杭州话，但如同久吃发胖，久睡发傻，久病成医，久算成仙，在杭州待得久了，自然知道“搞不灵清”的意思不大好，一般是形容笨呀，不明事理呀，有点像北京人常说的“二百五”。

老郭觉得自己好歹也是有点身份、令人尊敬的人呀，所以每每听到内人讲“搞不灵清”，都大为恼火，但敢怒不敢言，甚至不敢怒不敢言。后来听得多了，才知道原来内人仅仅是口头禅，并无恶意，也没有动摇老郭的“统治”基础，家里的大事小事还是由老郭拍板决策。这样一想，老郭也就释怀了。但为了排解不快，每逢老郭内人讲老郭“搞不灵清”时，老郭就反抗地回顶一句“你不懂”，或来一句“木头西斯”。话说得多了，老郭讲的“木头西斯”也有点杭州味了。一次老郭的女儿听到老郭讲“木头西斯”，很是惊讶，高度评价为这是老爸在杭州生活30余年说得最正宗的一句杭州话。看来，跟着大师能学艺，跟着巫师会跳神，一句方言说久了也能说出点味道。

只认菜摊不认菜

老郭生于农村，从小在农村长大，什么种菜种粮、浇水施肥、间苗除草、筛簸扬长之类的都会，春播、夏长、秋收、冬藏等各种农活都不在话下。会干农活的一大好处是，勤四体分五谷，知道蔬果老嫩和鱼虾鲜活，到菜场买菜都能挑到新鲜的。所以，一般家里买菜烧饭都是老郭的专利。

而老郭内人是城里人，从小没务过农，虽说年轻时插过两年队，不能说四体不勤，但确实五谷不分，不知农作物何时育种，何时插秧，何时施肥，何时收割，自然也就不知蔬果的老嫩和鱼虾的鲜活。所以，她一般也不进菜场，而是经常去逛令老郭揪心的服装商场。

当然，偶尔老郭内人吃老郭买的东西厌烦了，也会进菜场闲逛闲逛，顺手买点菜什么的，一是拣大的买，二是拣贵的买，若买好了，回家对老郭说："嗨，这个菜摊不错，下次就到他那儿买。"不知菜摊是不产菜的，每天进的菜都不一样。老郭就教导她："你这有点像'刻舟求剑'，摊位是死的，蔬菜是活的，要学会认菜，不要认菜摊。"可是老郭内人总是认不出菜的老嫩鲜活，所以往往花小钱买嫩菜时居少，花大钱卖老菜时居多。如此一来二去，老郭内人也就不大愿意买菜了。有时老郭累了，叫内人去买菜，内人便威胁说，要去一起去，否则她就乱买。一句乱买，吓得老郭只好跟着内人一道去菜场买菜。

谦让与不谦让

老郭小时候家境贫寒，孩儿多粮少，还常常闹饥荒，要想不被饿死，就得吃糠咽菜，节衣缩食，苦巴巴过日子。常年过苦日子带来的后遗症是，老郭十分节俭，也十分谦让。因此在家里，除保留象征"统治地位"的经济决策大权以外，老郭基本上是脏活累活全干，剩饭剩菜全包，衣服不穿个十年八年的不会丢掉。而且老郭恋旧，越是老衣服、旧东西，越是舍不得丢掉。

老郭内人则全然不同，或许是从小衣食无忧的缘故，她养成了从来不吃剩菜剩饭的"好习惯"。偶尔老郭要扔掉连自己也不想吃的东西时，老郭内人不让扔，说留着她来吃，结果第二天她还是只吃新的，不吃剩的，害得老郭晚扔一天，或被迫吃掉。

老郭内人吃东西只看表面，也从不谦让，一般是吃新不吃剩，吃大不吃小，先吃不等人，缺乏孔融让梨的精神，但无意中也常常让老郭吃到好东西。有一年，老郭种的玉米大丰收，但由于采摘晚了几天，大个的玉米有点老，煮起来吃着硬，而小一点的或结籽不齐的“瞎籽玉米”最好吃。老郭内人不知道，还是拣大的吃，边吃边说这玉米怎么这么硬呀。这时，老郭只好把手中好吃的小玉米、“瞎籽玉米”递过去，顺便开导她，天下并不是所有大个光鲜的东西都是好东西，有些是中看不中用，好看不好吃，辨人识物都是这个理儿。

还有，老郭几乎没有旧衣服，所有的衣服都能穿，衣服件数也不多，两小抽屉都装不满，可总也穿不完。而老郭内人几乎没有新衣服，所有的抽屉、柜子、衣架、床上放的都是她的衣服，可每次穿衣服时她还是觉得没有衣服穿。于是乎，老郭内人就经常光顾服装店，痛下狠手一买再买。弄得老郭羡慕嫉妒恨，私下嘀咕：“你老是买新衣服，拿家庭‘公款’置‘私产’，积攒自己的私房物，以后万一财产分割都能比我分得多。”当然，老郭知道，这个“万一”是微乎其微的。

跟着大妈学跳舞

老郭农家子弟出身，天生手脚僵硬，不懂五音六律，更不善长袖挥舞。而老郭内人却能张口吐音符，抬腿迈舞步，对歌舞有着天生的感悟。所以多年来，每每傍晚休闲散步时，老郭与内人往往是分道扬镳，各奔东西，内人到小区空地、大桥底下或周边广场去跳广场舞；而老郭则甩开军人的步伐，沿着余杭塘河小径，雄赳赳气昂昂地一阵暴走，还美其名曰：不跟老娘们瞎掺和。

可随着时间一天天流逝，一年年过去，内人越跳越柔软，神清气爽，老郭越走越僵硬，腰酸背痛。原来单一的走路散步，不利于全身活血特别是不利于肩颈放松。于是，老郭开始寻求新的锻炼方式。

不知从哪一年起，有一种东北佳木斯人发明的快乐舞步健身操席卷大江南北，其舞风也刮到了政苑小区。在内人的怂恿和带动下，老郭很不情愿地跟在一群大妈后头，比比画画，照葫芦画瓢，僵硬地耸肩扩胸、伸胳膊踢腿。没想到，这些节拍简单、动作僵尸的队列操，对健身很有效，几个动作下来，就弄得老郭大汗淋漓，浑身通畅。坚持了一段时间后，老郭感觉手脚灵活了，舞步顺畅了，肩颈放松了，钱也省了——因为不太需要去做肩颈按摩了。

于是乎，每当傍晚，夜幕降临，在小区广场一群大妈的队伍里，时常见有一大爷跟在队伍后面，按照上肢运动、肩部运动、扩胸运动、体侧运动、体转运动、腰腹运动、下肢运动、整理运动的节拍，听着《美观》《阿妹的情歌》《兄妹来当兵》《我在草原等你来》《红雪莲》《草原之月》《男人的心》等歌曲，很认真地做着佳木斯快乐舞步健身操。那位大爷就是老郭。

沉疴难治也得治

不知从哪一年起，老郭得了痰盛痰多的毛病。成天介从早到晚，既不咳嗽也不喘，却总有痰水源源不断冒出来。尤其是中午午饭后、晚上睡觉前，往往痰如泉涌，欲罢不能。这虽说无伤大雅，却惹得内人很不耐烦，常常提出抗议，逼着老郭去治疗。

治疗要先弄清痰盛痰多的原因。小平同志痰多是因为吸烟,而老郭并不吸烟呀,可见痰多并非吸烟引起。莫不是祖传?因家父年轻时一次出城没给日本鬼子兵鞠躬挨了一巴掌,气闷于胸,落下了痰多的病根。可老郭兄弟六人中别人都不痰多,看来这也可以排除。后来老郭想到,很多年以前,听电视上某张姓医生言,吃生蔬菜可去“三高”,还可清除体内垃圾,于是吃了好长时间的生西红柿、生菜椒、生黄瓜、生茄子等,内人还帮忙买了一台榨汁机,每天早上空腹榨一杯喝一杯,直喝得老郭体型消瘦、面带菜色为止。这或许是造成老郭体寒、痰盛痰多的原因吧。

后经多方中医名医搭脉检查,大伙都说老郭属痰湿体质,体内湿气过重,寒气过多,肾虚脾弱,阴虚火旺,需进行调理。这说起来容易,做起来却很难。老郭先是进行艾灸加拔罐甚至加熏蒸疗法,当时舒服些,然而不能持久。后来到中共中央党校学习时,又请北京的名医开了几帖中药,喝下去亦不见效。回杭州后有幸遇到一位高手张医生,擅长针灸疗法,可扎了一段时间,也不大管用。再后来,请同学魏医生开中成药,什么百合固金丸、参苓白术丸、固本止咳丸等,吃了三月有余,效果亦不明显。

又后来,一位叫李桂东的医生走进了老郭的视野。李医生略一搭脉,认为老郭的病机是脾虚湿盛、寒饮蓄肺。治疗需要三步走:一周燥湿化痰,二周祛痰补脾,三周温肺止咳。三周结束即可治愈。他还说用这种方案已治愈很多人。老郭当然完全相信,积极配合,遂按方抓药,连服五剂,痰亦由浓转淡,由多转少,渐有好转。

可突发一日,老郭的痰又多了起来。电告李医生,李医生答:“不应该呀,我考虑一下。”李医生考虑之时,内人发来一条

“可在家调理的疾病”的微信，其中讲到治疗白痰多，可用生姜七八片、大蒜七八瓣，然后切碎，加红糖一勺，再加水煮 10 分钟，每天早上服下。老郭照此办法尝试了几日，感觉效果不错，可痰多问题并未解决。后来，李医生来电说，五味杂陈，生姜驱寒不上火，大蒜固表不易排痰，而红糖生痰，还是只服生姜水好，可外加一点盐。老郭照此方服用，也效果有限。

最近，老郭在《文摘报》上偶见一方，说每日核桃三颗，生姜三片，卧时嚼服，并饮汤两三口，坚持数日，可治久咳不愈。此方原理是：以核桃肉补肾纳气、平喘为主，以生姜温散肺气，镇咳化痰为辅。方法虽然简单，但配伍巧妙。老郭决定一试，待看效果如何。

宁伤感情不伤身体

很早以前，老郭所在单位隔三岔五就有客人需要接待。幸而老郭还没有太出格，虽有吃喝，但没有大吃大喝，且少有铺张浪费。这倒不是因为老郭觉悟有多高，而是由于老郭的性格使然。

老郭从小家里贫穷，常常吃不饱穿不暖，挨饿挨怕了，就养成了节俭的习惯，加上喜静厌闹，中午要午睡，晚上不熬夜，生人不易熟，于是交代办公室，一般请客不参加。因公非参加不可时，老郭也一再交代，菜不必太好，量不必太大，管吃饱不管吃好，千万别剩下。有时，看到剩下的菜很可惜，老郭真有打包回家的冲动，可又怕落下连吃带拿的贪小名声，每每也就罢了。

在餐桌上，老郭没有转圈打场、一一敬酒的习惯。即使需要敬酒时，也是敬酒不劝酒，常常一圈下来，半杯酒都没喝完。老郭常说的话是：“宁伤感情，不伤身体，伤了身体，没了感情。”

而这与当时颇为流行的“感情深一口闷、感情浅舔一舔”的酒桌文化完全不同，纯属另类。所以，老郭喝酒，时常是以自我为核心，想喝多少喝多少，不管别人高兴不高兴。不了解的人，还以为老郭很难处、很清高呢。

同大师一样的缺点

2014 年金秋某日，老郭在内人的催促带领下，来到位于杭州南山路上的浙江美术馆，观赏第十二届全国油画展。画展之好自不待言，没想到同时展出的还有星云大师的一笔字展览，这可是意外中的惊喜、意外中的收获。

看星云大师的一笔字展，老郭深为大师的无我、豁达、睿智和幽默所折服。星云大师自谦说：“我这一生有 3 个缺点：第一，我是扬州人，乡音腔调至今改不了，并且因此多次学英文、日语，都没有成功；第二，我不会唱歌，梵呗唱诵不好，作为一个出家人感到很惭愧；第三，不会写字，因此就没有信心。所以我后来经常对人说，你们不可以看我的字，但可以看我的心。我心里还有一点慈悲心，可以给你们看。”

老郭看后，深有同感，认为大师的 3 个缺点与老郭的完全一样。内人也深表认同。第一，老郭是北京人，乡音味重，语言天分极低，不但英语发音不准，而且在杭州生活了 30 多年，就连杭州话也不会说；第二，老郭不会唱歌，不懂五音六律，一唱歌就跑调，还不知道跑到哪里去了；第三，老郭不会写字，挥得起锄头，拿不起毛笔，一般不落款题字，即使偶有需要，也要内人代签。内人也不客气，拿起笔就写上老郭的大名。其实，大师是谦辞，略带扬州口音的英文、日文交流自如；每日梵呗唱诵，抑扬顿挫；一笔书法，字如心生，教诲芸芸众生。可老郭是真的不会呀！

看星云大师的一笔字，老郭最终悟到了大师最喜欢写的“正命”二字之意。所谓正命，就是思无邪，心无杂念，行无邪路，宁可正而不足，不可斜而有余，堂堂正正做人，踏踏实实做事，挺起腰板，度过一个“正直人生”。而这倒全然符合老郭的志向、性格和追求。

幸福的家庭各有各的不幸

俄罗斯大作家托尔斯泰写了一本《安娜·卡列尼娜》，开宗明义说了一句：“幸福的家庭都是相似的，不幸的家庭各有各的不幸。”这句话后来被许多人视为至理名言，认为幸福的家庭都是其乐融融的，没有矛盾和痛苦，而不幸的家庭呢，或许是因为穷困潦倒，或许是因为父母不和，或许是因为孩子不听话、不争气，等等，有多种情况。两者有着很大的区别。

可老郭认为，托尔斯泰把家庭的幸与不幸简单化了，简单到了泾渭分明的程度。其实，家庭就是一个混沌的世界，是一个不讲理的地方。你想，两个毫无血缘关系的、性别不同的、年龄不符的、性格各异的，甚至种族、地域和文化背景都不同的人走到一起，搭帮过日子，要想没有矛盾、没有争斗，每天相敬如宾，怎么可能呢？若果真有，那也是例外。

老郭常说，家家有本难念的经，同床不可能做一样的梦。真实的家庭生活，充满了磕磕碰碰，只要没有异心，钱不分彼此，财不私存挪用，就已经很好了，就是幸福的家庭了。至于因小事吵架、拌嘴、生闷气，那是幸福家庭常有的事。例如，老郭与内人从未有过“相敬如宾不相睹”的感觉，而是“同学相争不相让”。老郭内人是刀子嘴豆腐心，当经常批评老郭这也不行那也不是时，反而相安无事。如果哪天突然客气不响了，那倒麻烦了。所以老郭认为，不幸的家庭都是相似的，幸福的家庭各有各的“不幸”。

种菜的苦中乐

老郭自从在安吉山区置办一处院落，弄了两三分菜地后，也就背上一件心事，一年四季、春夏秋冬，老是想着什么时候该种了，什么时候该收了。于是，一到周末就往山里跑。

种菜是个苦差事，先要按季节买好菜籽和秧苗，然后撒上底肥，深翻土地，做成畦或打好垄，再撒上菜籽或栽上秧苗，最后浇水。这一通活干下来，费时两三个小时，直干得大汗淋漓，腰酸背痛，堪比跑个马拉松。

待小苗长大，像四季豆、长豇豆、黄瓜、丝瓜、葫芦、西红柿之类，还要及时搭架、捆绑、追肥、浇水、除草、采摘等，哪个环节都不能错过。皇天不负有心人，待果实成熟时，三五天就长出一层，有时一星期不采摘就老了。

有人很羡慕老郭的种菜生活，老郭说种菜看起来很美，其实非常辛苦，一般人根本干不了。春秋季干活出点汗还算好，夏季闷热，蚊叮虫咬，玉米叶、菜秧子等还扎手。老郭下地前要全副武装，穿上长袖衣，套上雨靴，戴上手套和草帽，脸上还要抹上香油防蚊子，然后一头扎进地里一通猛干，不一会儿就浑身湿透，像从水里捞出一样。至于产出效益，连成本都不够，难怪农民都不愿意种地了。

当然，老郭种菜更多的是一种人生体验：一是圆儿时的梦想，回味“房前屋后种瓜种豆、种瓜得瓜种豆得豆”的乡愁和乡恋；二是品尝苦尽甜来的滋味，出一身臭汗后再一通牛饮，那水喝起来才叫甘甜；三是融入自然，接通地气，修身养性，使大脑得到充分休息，无意中锻炼了身体；四是吃真正的有机菜，健康环保，尤其是每个月用自己种的韭菜包饺子，饺子吃起来那叫一个香！

享受一次高端服务

甲午年深秋，一个天高云淡、阳光灿烂、秋意浓浓的日子，老郭一行到湖州走走看看，瞧瞧新鲜事，找找新感觉，吸吸新养分。不走不知道，一走吓一跳。仿佛一夜之间，湖州忽地冒出两座地标性建筑：一座是耸立在南太湖畔的水上白金七星级月亮酒店；一座是耸立在龙溪港东岸的双子塔酒店，也叫“东吴·国际广场”。这两座有高度、有特色、有档次、有品位的地标性建筑，更加凸显了“水傍太湖分港流，人生只合住湖州”的意境。

承蒙接待方厚爱，老郭一行被安排住进双子塔酒店。一进大堂，只见 3 个帅哥服务生，身着深色职业西装，彬彬有礼簇拥着老郭走进电梯。见如此隆重接待之阵势，老郭也装作见过大世面一样，故作镇静和优雅，倒背着双手，器宇轩昂走在中间。

待关上电梯门，老郭正与他人寒暄私语，忽听随行小任连忙提醒：“别说话，张开嘴！”原来电梯已升至半空中，耳压加大，心跳加快，血流上涌，产生了高原反应。看来这电梯没有安装仓压调节设备，而老郭曾去过的台北 101 大厦比这双子塔酒店高多了，也没有耳压加大的感觉。

电梯忽地来到 52 层，老郭走进 5202 房间，连忙谢别 3 位帅哥服务生，自己晃晃悠悠走进房间，就像刘姥姥走进大观园一样，好一会儿才适应。房间宛如一个家庭用房，外间是客厅，里间是卧室，设施齐全，什么办公桌、美人榻、感应式坐便器、电子开关双层窗帘等等，一一具有，稍显奢华。老郭正待摆弄室内电器，忽听小任、小清敲门来见，说想看看老郭的房间陈设。原来酒店另有花招，50层以上要凭房间卡刷电梯才能上来，他们想看看老郭住的房间和下面的房间究竟有啥不一样。

次日一早，老郭洗漱完毕，准备去餐厅用餐。一推门，猛见一女服务生在门口恭候。老郭忙问干吗，服务生说是带老郭去楼下就餐。老郭哪里见过这等待遇，受宠若惊，忙说不用不用。后来老郭颇有感触，倘若一个人长期享受这样的服务，非傻不可！

没想到就这样退休了

没想到人活着活着就老了，工作干着干着就退了。公元2014年10月27日，是个星期一，一个极普通的日子。可对老郭来说，这一天却是人生的转折点，很不平常，因为老郭退休了。

周末得到通知，周一早上9点，在会议室召开全体干部职工大会，欢送老舒赴北京某机关任职。时间一到，省委秘书长准时来到会场，老舒及老郭等班子成员在主席台就座。秘书长做了热情洋溢的讲话，围绕祝贺、感谢、希望讲了3层意思，对老舒给予了高度评价和殷切希望，言辞切切，令人感动。然后，秘书长宣布由老徐主持政研室工作，这使得排在前位的老郭有点尴尬。还好，此时的老郭十分平静，因源于内心，故不露声色。看来，老郭真的是修炼到家了。

会议结束后，老舒简单向老郭解释，因今天上午省委常委会将讨论老郭等人的退休问题，故政研室工作就请老徐主持了。这样一说，老郭就更加淡然了。你看，同一天，老舒提拔进京，老徐主持工作，老郭黯然退休，同为一天大不同呀。

还好，老郭对退休这天的来临早有谋划，也早有准备。早几年，老郭在安吉山区买了一座有院落的房子，又学会了开车，就是想到退休后进山种种蔬菜，躲躲俗世，享享清闲。2014 年上半年工作之余，老郭出版了两部著作，经济学的《转型与发展》，文学的《我与母亲》，算是给职场生涯画上了一个圆满的句号。下半年，为了不给组织添麻烦，老郭主动放弃了出国考察和出省调研的机会，随时准备接受组织免职和退休谈话。

令人感动的是，老郭退休的消息不胫而走，关心老郭的同事还真不少。中午，办公厅的小郑和政研室的小蒋请老郭到单位食堂自助餐厅就餐，然后陪同老郭散步聊天。下午，参加完省委办公厅潘主任主持召开的关于深化建设法治浙江座谈会后，家玮、才方、伟平等几个老朋友向老郭的退休表示祝贺。特别是傍晚回家路上，浙江工业大学经贸学院的虞院长来电话，约老郭商谈兼职教授问题，他们为此已商量了好久，期待了好久，终于盼到老郭退休啦。后来又有多家单位找上门来，请老郭出山当专家顾问。看来老郭这个专家还真不是个冒牌货！

退休真好。职场生涯只是人生的一部分，而不是全部。老郭想退休后，除为内人烧烧饭、做做家务、种种菜外，也许会再干点别的，开启老骥伏枥的新生活。

忍痛割爱说再见

过去有的领导退休了，办公室迟迟不肯搬，弄得下面很为难，清房行动隔三岔五就要来一次。老郭心想：铁打的营盘流水的兵，铁打的府衙流水的吏，天下没有不散的宴席，既然退休了，千万不要赖着不走，讨人厌，遭人怨，那么还是早点走人，三十六计走为上计，溜之才能大吉。话是好说，可要腾空办公室还是让老郭颇费脑筋。

老郭在单位干了 20 余年，即使是灰尘积得也比较厚了，何况老郭是个读书人，十几平方米的办公室，堆得天地都是书报资料，粗略估计足有上千册、上吨重。老郭开始是人心不足蛇吞象，什么都想搬走，可是搬走又放在哪里呢?

老郭先是连着好几天回到家里，一吃完晚饭就走进书房，一边打开电脑点播《北平无战事》，一边清理书橱里的书，忍痛扔掉了大批经济学专业的书籍，但也仅腾出一点很有限的空间。后来老郭干脆转变思路，只拿办公室里自己写的书、参与起草的重要文稿和发表在报刊上的文章，其余的都统统扔掉，包括各类年鉴、专业书籍和许多研究资料。这样搬走的东西虽说不到十之一二，但还是足足装了 10 个大纸板箱，弄得老郭一再佩服自己，这 20 年怎么会写了这么多东西呀!

有同事听说老郭清理办公室，要准备离开了，油然产生一些伤感，包括单位的小肖、小洪和聘请的费会计、打扫卫生的彭阿姨等，告诉老郭说真有点舍不得。老郭也半开玩笑地说，20 年留下的气息，不是说走就走的，我也是咽泪装欢，舍不得离开呀! 可人总是要走的，包括离开这个世界，这是不可抗拒的自然法则。最后老郭借用《北平无战事》地下党员们常说的一句话祝福同志们:"花长好，月长圆，人长寿!"

进入退休新常态

2015 年 3 月 11 日上午，老郭正在写作《我与母校》时，突然收到一条短信:"老郭，看了你的《向同事们道别》有感，口占四句:退休乃是舒心事，花甲之年又逢春。人生大抵三万日，留得四成慰平生。一笑。杨建新。”

杨建新何许人也？乃浙江大文化人，曾任浙省文化厅厅长，统管过江南文化的大部分事物。看了杨建新的短信，老郭方才知道，退休时所写的《向同事们道别》一文，已在《浙江杂文界》2015年首期发表，杨厅长读后有感寄语。于是，老郭连忙回复：“您是大家，我是有点班门弄斧，昨晚还与官明聊天谈起您。目前我已进入并适应退休新常态。”

这里需解释一下，官明乃住在老郭楼下的浙江省文化界著名人士，杭州西泠印社会员，曾任中国驻纽约总领事馆文化领事，擅长书法、印章、鉴赏等，巧合的是他与老郭同年同月同日生，同属一匹老马，还同为杭州大学的校友，这使其夫人大为惊讶。

随后，杨建新回复老郭：“哪儿的话！怎么算班门弄斧呢?!你写得极有感染力。我是有感而发。所谓‘慰平生’，就是退下来可以做些自己愿意做的事情，包括公益和强身健体。”你看人家说得多好，境界比老郭高。

下午，又有一陌生电话打进来，原来是省农办的副厅级巡视员骆建华，也是老郭的熟人和朋友。他主要是想告诉老郭，原本不知道老郭退休了，看了老郭写的《向同事们道别》才知道，说写得太好了，言真意切，看得他眼泪都流下来了。

于是乎，老郭又有点沾沾自喜起来，窃希读者，尤其是这几年快要退休的读者，都要看看老郭写的《六十年一甲子总该说点什么》和《向同事们道别》等文章，或许您也想说点什么。

病语歪诗

或许是退休后生活规律的改变，由整天上班到无所事事；

或许是年龄大的缘故，毕竟进入了老龄人群的门槛，2015 年春季的一天，老郭被一场突如其来的病击倒。

3 月 27 日傍晚，老郭开始发冷发热，第二天到社区医院配了点治疗感冒的药，还是高烧不止，直冲 39.6 度。到了 29 日，老郭实在熬不住了，只好在内人陪伴下，一大早赶到附近的同德医院看门诊。医生按照常规套路开出处方，让老郭先去验血、拍 CT 片，结果一看，是肺部感染，属社区获得性肺炎，要求马上住院。

可医院病房十分紧张，一床难求。内人还算聪明，拿着红卡直接找到干部病房问询。还算运气，正巧有一床虚位以待，医生立马把老郭安顿下来。然后就挂上了大剂量的头孢地嗪钠、阿奇霉素以及氯化钠、安乃近、硫酸镁等针剂，直到三天后高烧才退去。之后，大剂量的抗生素连续用了 12 天，老郭方才软软地出院。

这次大病是老郭懂事以来最严重的，尤其连续 6 天 6 夜高烧不止，甚至动用冰块来降温，真把老郭给烧糊涂了，胡思乱想之余，还胡诌了几句小诗：

（一）

高烧不退六夜天，浑身酸痛苦来缠。
若无大剂抗生素，阎罗门前难过关。

（二）

两大之谜谁能解，何时出世何时槃。
人体乃为大宇宙，几多风雨几多寒。

（三）

生为偶然死必然，生死依依两界天。
自古人生谁无死，留得明白在人间。

（四）

生老病死人之苦，喜怒哀乐亦常情。
顺其自然随它去，病祛康复又一年。

夫人“旺”夫

老郭内人聪明过人，智商发达，就是怀才不用，资源浪费。虽说是普通家庭出身，却养成了贵人气质。剩饭剩菜从来不吃，脏活累活从来不干，花钱还大手大脚。就是偶尔干点家务活，如洗个衣服、洗个碗什么的，还要戴上手套，免得弄粗玉手。特别是心态超级好，什么事也不争，什么事也不往心里去，喜欢唱歌就唱歌，喜欢跳舞就跳舞，婚后 30 多年，好像没发现她失眠过。

有时老郭气不过，就嘲笑内人没什么志向，没什么成就。可内人回答一句：“我旺夫。”这足以令老郭大吃一惊！言外之意，你的一切成就，都是我旺出来的。开始老郭不信，直到一次偶遇一位高人，说你夫人和善大气，有旺夫之相，这才使老郭恍然大悟。怪不得，一个农家出身的苦孩子，一个当了八年兵才提干的新兵蛋子，一个智商平平的愚笨之人，能成长为专家型领导，不是夫人“旺”的，又是怎么来的呢？

古往今来，夫人“旺”夫的故事太多了。诸葛孔明能成事，为刘皇叔建功立业，离不开丑夫人黄氏相“旺”。苏格拉底能成为伟大的哲学家，悟出“打雷后必有雨”的哲理，离不开悍妇夫人相“旺”。据说，希拉里和克林顿有一天开车经过加油站，希拉里发现加油工很眼熟，她说：“他是我的初恋情人。”克林顿表示：“你要不是嫁给我，就成了加油工的老婆。”希拉里说：“不，他要是跟我结婚，总统就不是你，而是他。”看来，当总统也离不开夫人相“旺”。

可有些人就是不懂夫人“旺”夫的道理，一长本事，官大了，钱多了，就不尊重夫人，甚至急着换夫人。谁知夫人一换，很快就被免职查处，人财两空。

期待已久的惊喜

公元 2015 年 8 月 27 日下午 6 时许，老郭在从丽水调研回杭的路上，给内人打电话，询问女儿女婿从澳洲回来是否到家。内人高兴地说刚到家，并说回家告诉你一个惊喜。老郭说不用告诉，我猜到了，一定是女儿怀孕了。

自女儿 2010 年 11 月 14 日完婚，老郭一直盼望能早日升级，弄个外孙子或外孙女玩玩，尽享天伦之乐。可左等不来，右等不来，眼睁睁看着一个又一个在女儿前后结婚的人都有瓜落地，有的甚至是两个瓜落地，全然搅乱了老郭平静的心。由期盼到期待，由期待到焦虑，再由焦虑到祈盼，又由祈盼到无所谓，形成一段波动的心电图。看到同事手机里显摆的第三代孩儿照，看到微信里一张张小孩的摇摇摆摆学走路的照片，真是有点羡慕嫉妒恨的感觉。尤其是听见有好事者问——你升级了吗？你何时当外公呀？——老郭常常是无地自容，顿时显得矮了半截。

其实，有些事还是有感觉的。女儿回国前夕，内人说把阳台改造为阳光房，以后有小孩活动空间可大一些，老郭心有灵犀，心领神会，很是积极，马上找人测量施工。

话说回来，老郭回到家，马上到菜场买了半斤上好的河虾，买了一条刺少肉嫩的鲳鱼，又买了点豆腐、毛豆、冬瓜、青菜等，回家亲自下厨房。当然不亲自也不行，平时都是老郭下厨房。40分钟后，老郭烹饪的鲳鱼豆腐汤、盐水河虾、毛豆笋干炒冬瓜、素炒青菜，主食是煮玉米、小米粥，纷纷上桌。这次下厨房与往常不同，因老郭要"升级"了，要当郭姥爷了，所以心情难以平静，有点手忙脚乱，一会把毛豆撒到地上，一会差点弄倒油瓶子。这就是期待已久的惊喜，也是让人颤抖的惊喜！

写于2014—2015年

寒潮降临的随想

公元2016年元月开年的新闻，被一场寒潮“席卷”，盖过股市熔断，盖过小英当选，盖过达沃斯论坛，也盖过羊去猴来。

大约一周前，还在北国阳光灿烂、南国冬意尚暖之时，媒体即有传闻，说中国自北而南要经历一场历史上罕见的极寒。有人说，这是大数据推算出来的。

很快，中央气象台预报：随着西伯利亚“霸王级”寒潮来袭，自1月21日起，中东部地区自北向南也将迎来“速冻”模式。受此次寒潮影响，南方13省区市还将迎来大范围雨雪冰冻天气，中东部有强降温，局部地区最低气温可能逼近历史极值。

大洋彼岸的美利坚合众国也来凑热闹，说1月22日华盛顿特区迎来90年来未遇的“怪兽级暴风雪”，机场停飞、学校停课自不必言，搞笑的事，就连越狱的逃犯也返回监狱自首避寒。

一向喜刮“杭儿风”的杭州，自不甘寂寞、不甘落后，欲与他地试比寒，屡屡发声：什么杭州气温要降到－11℃，30多年之未遇；浙江可能不是全国最冷的，但可能是全国下雪最大的。还有好事者，倒腾出1977年西湖结冰时，在冰上行走、骑自行车或小夫妇抱团取暖的留影靓照，引得管理部门连连发声：西湖结冰不准下湖，太危险！紧接着气象部门预告：1 月 20 日雨夹雪，21 日大雪，22 日大雪转中雪，气温速冻式下降，24 日降到－10℃。再接着是广播电视、报刊、短信、微信、社区告示，滚动推送寒潮降临的消息。然后就是杭州教育局通知：自 1 月 21 日起全市中小学开始停课，学生返校时间暂定为 1 月 26 日。

铺天盖地的寒潮预警，真是“吓死宝宝”了。于是乎，家家户户开始准备抗击寒潮，跑菜场，逛商店，抢购蔬菜、水果、饼干、粮油、矿泉水，担心天寒地冻，大雪封路，没吃没喝，挨饿受冻。小贩们也真是会做生意，每斤大白菜从 1 元涨到 4 元，其他蔬菜也是水涨船高，翻倍提价。就连一向不买菜的内人，也抢购了两棵白菜、一捆芹菜、一堆青菜，还说要啃着白菜过冬，把老公喂得面带菜色。

一切就绪，就等寒潮。可寒潮总是“只闻楼梯响，不见其下来”。于是乎，有人开始沉不住气，不断发微信调侃：有多少人等着暴风雪的心情，就像初恋女孩等男友，怕他不来，又怕他乱来！有多少人夜里梦见漫天飞雪，凌晨醒来推窗瞭望，怕她在那，又怕她不在那！2016 年第一天被移动忽悠，紧接着来个大忽悠，暴雪没有，寒潮总该有吧。有的大声疾呼：让暴风雪来得更猛烈些吧！

大雪似通人性，不来都不好意思。于是乎，自 1 月 21 日傍晚起，杭城先是小雨淋淋，下个地皮湿，清洗一下地面，这是前奏。然后是雨夹雪，雨丝中夹着雪花，雪花中带着雨丝，空中似雪，落地为雨。再然后，小雪转中雪，中雪转大雪，大雪转暴风雪，痛痛快快下个不停。

小雪初降时，像细细的面粉，簌簌直下，无声无息。转降中雪时，雪花像雪白的化肥，沉甸甸坠下，落地有声。待降大雪时，它又像朵朵梅花，婀娜多姿，漫天飞舞。偶尔一阵北风吹来，雪子排起了队列，挥舞着长枪，一会儿冲向东，一会儿杀向西。有的雪花被大风吹起，砸向窗外玻璃，恨恨地粘上，转眼间化作一滴泪水，潸然而下。纷纷扬扬的大雪，染白了楼顶房屋，染白了冬青樟树，染白了路边的轿车，也染白了茫茫大地。

望着窗外飞雪，我想起了北国家乡的雪情雪景。小时候，老家通州农村的头场雪，往往一到腊月就早早降临了，雪大时能连下两三天，然后是一场压着一场，层层叠叠，直到第二年开春时才完全化掉。

下雪对我来说并不浪漫，天寒地冻，家里没有取暖设备，屋里奇冷，水缸结冰。睡觉时咬着牙哧溜一下钻进被窝，先用体温把被窝捂热，身上还要加盖好几层棉被。与烧饭连通的火炕到后半夜就凉了，有时尿盆子都会结冰，有了尿意也不肯钻出热烘烘的被窝，使劲憋到天亮。

白天穿着单薄的油腻腻的棉袄，挥舞着扫帚清扫院落和上学的道路，随后赶到学校为全班生炉子取暖。放学回家，还要挎着篮子跑到生产队场院去捡丢弃的菜帮子熬猪食，或扒开积雪掏出干柴生火烧饭，或爬上屋顶去扫除厚厚的积雪，以防雪压塌房子。

当然，也有开心的时候，就是与小伙伴一起堆雪人、打雪仗，手上裂了口，洋溢着笑意的小脸冻得通红，脸上长了皴，形成一道道起皮的血丝，就像电视剧《少帅》里张学良小时候的脸。

望着窗外飞雪，我想起了一位伟人的雪意情怀。老人家虽生南国，然定居北国，一统南北江山，偏爱北国瑞雪。据说每逢下雪，老人家都会站在菊香书屋的院子里静静地欣赏，甚至不忍心在雪地里行走，担心惊扰了雪花。他的一首《沁园春·雪》，可谓千古绝唱，为我的最爱：

北国风光，千里冰封，万里雪飘。望长城内外，惟余莽莽；大河上下，顿失滔滔。山舞银蛇，原驰蜡象，欲与天公试比高。须晴日，看红装素裹，分外妖娆。

江山如此多娇，引无数英雄竞折腰。惜秦皇汉武，略输文采；唐宗宋祖，稍逊风骚。一代天骄，成吉思汗，只识弯弓射大雕。俱往矣，数风流人物，还看今朝。

老人家的关于雪的诗词还有很多，如《卜算子·咏梅》："风雨送春归，飞雪迎春到。已是悬崖百丈冰，犹有花枝俏。俏也不争春，只把春来报。待到山花烂漫时，她在丛中笑。"多美的意境呀！再如《七律·冬云》："雪压冬云白絮飞，万花纷谢一时稀。高天滚滚寒流急，大地微微暖气吹。独有英雄驱虎豹，更无豪杰怕熊罴。梅花喜欢漫天雪，冻死苍蝇未足奇。"还有《七律·观潮》："千里波涛滚滚来，雪花飞向钓鱼台。人山纷赞阵容阔，铁马从容杀敌回。"以雪抒情，以雪言志，爱憎分明，旗帜鲜明。可以说，轻柔的雪花开启激发了老人家的奇思遐想和志向情怀。

望着窗外飞雪，我想起了大学老师讲述的一段故事。记得1978年在杭州大学读书时，国学老师讲，语境不同对同一事物的看法就会完全不同。他举例说，古时候有三个秀才赏雪作诗，一个说，大雪纷纷落下；一个接着说，都是皇家瑞气；再一个接着说，下它三年何妨。这时旁边的一个老农实在听不下去了，来了一句：放你娘的臭屁！是呀，下雪怎能说是皇家瑞气，连下三年大雪，秀才们无妨，老农可早就饿死了。可见，身处不同的境遇，心情和观点会完全不同。飞雪夜归人，对画家来说是一种美，对当事者来说是遭罪。林冲雪夜上梁山，对观赏者来说是一种凛然正气的意境，对林冲来说，他是被逼无奈呀！

说远了，随着寒潮的降临，杭城着实经历了21世纪以来最寒冷的冬季，1月24日的极值，最高－3℃，最低－9℃，成为历史罕见的双负温度。什么感觉？全天结冰，傍晚行走在余杭塘河边的散步小道上，即使身上包得严严实实，露出的手、脸还是冻得受不了，真有点小时候北方隆冬的刺骨感觉。此时的我，不由得产生疑虑——全球气候是正在变暖呢，还是正在变冷，或是变暖中的间歇变冷？这亟待专家们给出一个科学的解释。

最后提及，在寒潮与暴雪袭来的隆冬之际，一年一度的省“两会”冒着风雪严寒，在省人民大会堂热气腾腾地召开了。代表委员们齐聚一堂，商议全省发展大事，共谋“十三五”发展蓝图。希冀我们的政府、我们的领导、我们的代表委员，按照创新、协调、绿色、开放、共享这五大发展理念的要求，多做雪中送炭的事，少做锦上添花的事，不做雪上加霜的事，引领全省人民高水平全面建成小康社会，来一个瑞雪兆丰年！

写于2016年1月24日

啊，这里是文昌

一颗阳光东海岸上的璀璨明珠
始于西汉两千余年的历史传承
海南三大历史古邑之一
海南闽南文化的发源之地
紫贝是你最早的称谓
八乡是你名冠的美誉
什么椰子之乡、华侨之乡、排球之乡、文化之乡
还有那国母之乡、将军之乡、书法之乡、长寿之乡
最近又新添了一个航天之乡
九乡归一
啊，这里是文昌

你位于热带北缘的沿海地带
颇具热带和亚热带的气候特点
充足的光、水、湿、热条件
坐拥着丰富多彩的海洋港湾资源

这里有浅海珊瑚礁
这里有天然的海洋牧场
什么石斑鱼、马鲛鱼、鲍鱼、鱿鱼
还有那对虾、龙虾、海参和贝类
以及经济价值颇高的麒麟菜和凝花菜
鱼藻共生
啊,这里是文昌

你拥有琼东第一峰的铜鼓岭
那里十八峰连绵不断层峦叠嶂
景色清幽,风光旖旎,群峰竞秀
你拥有千姿百态的石头公园
那里被誉为中国的大堡礁
珊瑚潜底,五彩斑斓,姿色万千
那里还有八门湾的红树林
号称稀世海上森林公园
与繁茂的东郊椰林形成一道亮丽的风景线
椰风海韵
啊,这里是文昌

你是海南海岸线最长的城郭
清澜港是南中国海的重要枢纽港
它枢纽着三沙市的后勤保障
使祖国的三沙与大陆紧紧相连
它枢纽着航天城的火箭转运
使火箭从这里转到月亮湾发射中心
再从月亮湾发射到月亮之上

这里连接着西沙群岛、中沙群岛、南沙群岛的岛礁和海域
这里也连接着重型火箭的转运和发射窗口
海天羿射
啊，这里是文昌

金色的阳光照射在逸龙湾的沙滩上
微微的海风卷起层层波浪
蜿蜒的栈桥宛如卧龙入海
男女老幼沿着沙滩踏浪玩耍
湾子里栽满了小叶榕、垂叶榕、金钱榕、高山榕
还有那椰树、槟榔、杧果、莲雾和盛开的三角梅
尤其那修炼了三百余年枝叶繁茂的菩提树
祈祷着芸芸众生健康平安
在此尽享面朝大海、春暖花开的舒畅
观海听涛
啊，这里是文昌

写于2016年春节

做客 FM93 浙江交通之声《对话浙江》高端访谈

2016 年 3 月中旬的一天，突然接到杭州市决策咨询委办公室小俞的短信，邀请我周五上午，参加决策咨询委和浙江电台联合推出的"迎接 G20，杭州离世界名城有多远？"的高端系列访谈。

见到此信息，我没有贸然答应，回复询问："都有谁？有何要求？"小俞说："这次是一对一访谈，直播节目，回应一下公众对 G20 的关注。"

我的天呀！上电台直播节目，那可不是闹着玩的。说什么，说得好不好，立马就播出去，覆水难收呀。

遥想当年，我在航一师当广播员的时候，对基层连队报道员的来稿，都是预先录制好磁带，然后再播放出去的，以免出错。那会儿还是有线广播，一个师部，方圆几公里的范围，现在这可是无线广播，省级电台，覆盖方圆几百公里的范围呀。

于是我便没有回信。

第二天，电台总监鲍平打来电话，请我支持一下。我问为什么找我。他说:“年初您参加台里主办的专家畅谈杭州‘十三五’录播,讲得很好,印象深刻。这次直播,想请您打头炮,先综合地谈一下,然后再分别请专家谈一下交通问题、环保问题、民生问题、文化问题等,回应一下市民对杭州举办 G20 峰会的关切,所以您无论如何要支持一下。”

原来事出有因,话到如此,我也只好答应了。然后他又说,请我这两天到台里沟通一下。我说不用了,告诉我访谈主题和时间就行了。他说不行,不沟通主持人心里没底,不放心。听他这么一讲,我反而有信心了,连总监和主持人都担心,说明他们的压力比我大。

于是,我应邀到台里去了一趟。见面后,鲍平告诉我,主持人是阿巍,著名主持人。我因很少听 FM 93 浙江交通之声,对此人不熟悉,有些茫然。还好,见面感觉不错,小伙子挺机灵,挺上相,也挺谦和,是我喜欢的积极向上的类型。经三言两语沟通方知,阿巍原名何巍,毕业于湖州师专,为体现亲切、自然的主持风格,故“改了一下姓氏偏旁”。顺便说一下,著名主持人唯一的特权,就是有自己一个独立的小办公室,工作起来方面些。

阿巍告诉我,为便于主持人与嘉宾、与观众的互动,希望我预先把要讲的内容告诉他,他好有所准备,到时也好串词。原来如此,我还以为上去就讲呢,闹了半天还得准备个访谈提纲。也好,有备无患,免得到时张口结舌,一世英名毁于一旦。于是回到家后,我花了一天时间,准备了一个现场直播访谈脚本,并提前传给了阿巍。

2016 年 3 月 25 日上午 9 时许,台里派专车接我到位于莫干山路上的省广电中心大楼。阿巍接我到他办公室小坐,并问我是否喝茶,我说喝咖啡,这样可以兴奋一些,免得做节目时反应迟钝。一会儿，摄像师老赵也来了，他说会给我拍几张很好的工作照。随后，我们一起上楼，经过严格安检，方进入直播间。

进了直播间，一切都安静下来。主持人和嘉宾端坐的大台桌上，四台电脑屏幕一字排开，一个长条形音控键盘，两三副耳麦，还有很炫的麦克风。我和阿巍坐下，戴上耳麦，调整好麦克风角度，一旁的赵老师"咔嚓、咔嚓"忙着按快门，记下这永恒的瞬间。

随着滴、滴、滴、嗒，即北京时间上午10点整的到来，这一时段的FM 93浙江交通之声正式开播：先是播一段音乐，然后是广告，再然后是广播路况拥堵情况。

随后，主持人阿巍登场。他在说完"交通之声，一路有你，温暖同行"的开场白后，说道："从本周起，FM93浙江交通之声联合杭州决策咨询委员会办公室，在每周五上午10点至11点《对话浙江》节目中，将推出高端系列访谈'迎接G20，杭州离国际名城有多远？'。"

他接着说："今天系列访谈的第一位嘉宾是，浙江省委政策研究室原副主任、浙商发展研究院副院长、杭州市决策咨询委员会委员郭占恒先生。"接着，他播放记者随机采访的几位听众意见，有的说杭州已经是世界名城，有的说还不是，然后请郭主任谈谈意见。

我接过话说："听了听众意见，综合大家的说法，我认为，杭州离世界名城既远又近。"

阿巍插话说："那么先请郭主任说说'近'。"

我说："去年11月16日在土耳其召开的G20峰会上，习近平主席宣布明年的G20峰会将在杭州举行。他特别强调：'杭州是历史文化名城，也是创新活力之城，相信2016年峰会将给大家呈现一种历史和现实交汇的独特韵味。'‘历史和现实交汇的独特韵味’是杭州的特质,也是杭州作为世界名城的特质,这个特质是经过2000多年的历史发展形成的。我认为,能在杭州举行G20峰会,世界大国领袖聚首杭州,共商世界大事,这本身就说明杭州是一座世界名城。”

阿巍插话问:“为什么呢?”

我说:“这可以从两方面看。从历史上看,杭州自古繁华,素有‘上有天堂,下有苏杭’的美誉。比如说,杭州曾是五代吴越国和南宋王朝两代建都地,是我国七大古都之一。再比如说,元朝时期,意大利旅行家马可·波罗来到杭州,看到杭州之美很惊讶,把杭州比作‘世界上最美丽华贵的天城’。还有,杭州风光秀丽,文化底蕴深厚,对外开放包容,早在北宋时就是全国四大商港之一。现在杭州是世界‘双遗’城市——西湖文化景观、大运河已成功列入世界文化遗产名录。”

阿巍再问:“从现代看呢?”

我说:“经过改革开放30多年的发展,杭州充满了生机和活力,正如习主席所说,这是一座创新活力之城。

“第一,杭州经济发达。去年杭州的经济总量超过1万亿元,成为全国第十个总量超万亿元的城市,常住人口人均生产总值超过1.8万美元,达到高收入国家和地区的水平。杭州城市化水平高,城市化率已达75.1%,高出全省10个百分点,高出全国20个百分点。

“第二,杭州创业创新氛围浓厚。据权威机构2015年中国创新创业指数显示,在全国300多个城市中,杭州位列第五。杭州不仅有传统企业的常青树鲁冠球、宗庆后等,还有一大批新经济的代表如阿里巴巴、海康威视等。杭州还是全省民营经济的总部,杭商群体雄踞全省各市之首。许多省市领导经常自问，为什么我们没有阿里巴巴？没有马云？”

这时，阿巍插播了几位听众对杭州的看法，尤其是谈到在杭州车让人等情况时，我接过话说：“第三，杭州充满了人情味。风是暖暖的，雨是细细的，人说话也是温柔的。在全国最早推行公共自行车、微公交车，夏天在马路口搭上凉棚，公交车、出租车在路口主动礼让行人，市民也比较文明，不大吵架，社会治安也比较好。”

阿巍说：“刚才郭主任谈了杭州的‘近’，好的方面。下面再请郭主任说说‘远’，说说杭州的差距。”

我说：“远，就是问题，就是杭州发展的短板。毋庸讳言，杭州在快速发展中也积累了许多问题。

“最突出的是交通拥堵。去年在高德地图交通大数据监测的 45 个主要城市中，杭州拥堵名列第四，每天有 7 小时处于拥堵或严重拥堵状态，全年处于拥堵和严重拥堵状态的累计时间超过 1600 个小时，也就是说一年持续堵车时间长达 70 个昼夜。

“第二是空气污染比较严重。据有关部门检测，杭州雾霾天数 2013 年超过 200 天，2014 年有所下降，仍达 154 天。去年大概也有 100 多天。

“第三是垃圾处理越来越难。2013 年，杭州市区生活垃圾总量 308 万吨，日均 8456 吨，一年的垃圾量就能填满五分之一个西湖。杭州最大的垃圾填埋场天子岭全年处理量不到生成量的一半，而且使用年限还有 5 年，五年后如果没有新的垃圾处理设施，杭州将面临‘垃圾围城’困境。

“还有，城市整体形象和素质不高。城市建筑的设计、品位、色调和整体效果不佳。过去有‘美丽的西湖，破烂的城市’说法，虽说有点偏颇，但也说明杭州的城市建设还需要改进，还需要提高。”

“再有，个别市民素质不高，如全民阅读不够，看手机多，看书少；出租车司机没有穿职业装，有的车厢破烂、不整洁；乱停车、乱穿马路、上车不排队、地铁公交车里吃东西等不文明行为，还时有发生。”

阿巍问：“针对这些问题，怎么办呢？”

我说：“杭州要成为名副其实的世界名城，下一步必须拉长长板与补齐短板同时发力，从‘补短板’看，必须着力提高‘三化’，即提高法治化、精致化、人文化水平。

“首先是加强科学管理，提高管理法治化。好的城市是管理出来的。杭州要学习新加坡的城市管理经验，强调以人为本，服务为先，法治保障。尤其是要建立一整套严格、具体、周密、切合实际、操作性强、没有回旋余地的法律体系，实行‘严管’‘严罚’。要实施好《杭州市文明行为促进条例》，对一切不文明的行为都要严加规范、严加管理。

“其次是完善基础设施，提高城市建设精致化。根本解决杭州市的交通拥堵、空气污染、垃圾围城等问题，必须首先解决城市设施建设的质量和品位问题。杭州的设施规划不够完善，道路总是修了挖，挖了修。我们要学习德国的经验，把环境评估放在第一位，把建筑质量放在第一位。据说，德国人修一条路要 6 年，可用年限达到 100 年；盖一幢房子要 4 年，可用年限却有 400 年。第二次世界大战后，德国在一片废墟上，重新在原地按原图纸修复了一幢幢巴洛克风格的建筑，成为历史和现代交相辉映的‘不变的德国’。这很值得杭州学习。

“再一个是提升市民素质，提高生活人文化。如开展‘我们的城市·我们的家园’‘和谐社区·幸福家园’‘文明行为·和谐社会’‘关爱母亲河·共享优美环境’‘邻里守望·幸福社区’

‘人人为我、我为人人’等主题建设活动，表彰文明行为，批评不文明举止。使杭州真正成为一座‘世界上最美丽华贵的天城’。”

不知不觉，一个小时的高端访谈就结束了，我感觉意犹未尽。在一旁拍照的赵老师连连竖起大拇指，说我吐字清楚，思路开阔，效果不错。我也不谦虚地提起当年勇，说过去在部队当过广播员，有点基础，有点底气。

最后提及的是，电台对外是一个很神秘的地方，这里可解密一二：一是安检十分严格，没有台里人带领，外人休想进去，因为这关系到国家安全，你懂的。二是电台直播期间，无论多长时间，主持人和嘉宾都不能喝水，里面也没水可喝，保持绝对安静。三是嘉宾的谈话节奏，由主持人掌控，不是你想说多长时间就说多长时间，主持人有绝对权威。四是嘉宾的音响开关，由主持人控制，不让你说话时，就把你的声音关闭了，防止杂音外泄；五是所有广播的内容，包括音乐、广告、路况、背景资料等，都有文字稿脚本，时间预先排定，精确到秒，到点就切换。此外，直播间外还有工作人员，协助提供路况信息等。

读者您还想了解点什么，咱们私下再聊！

写于 2016 年 3 月

2015 年 1 月，作者在北京通州果园社区医院与针灸师尹文艺合影

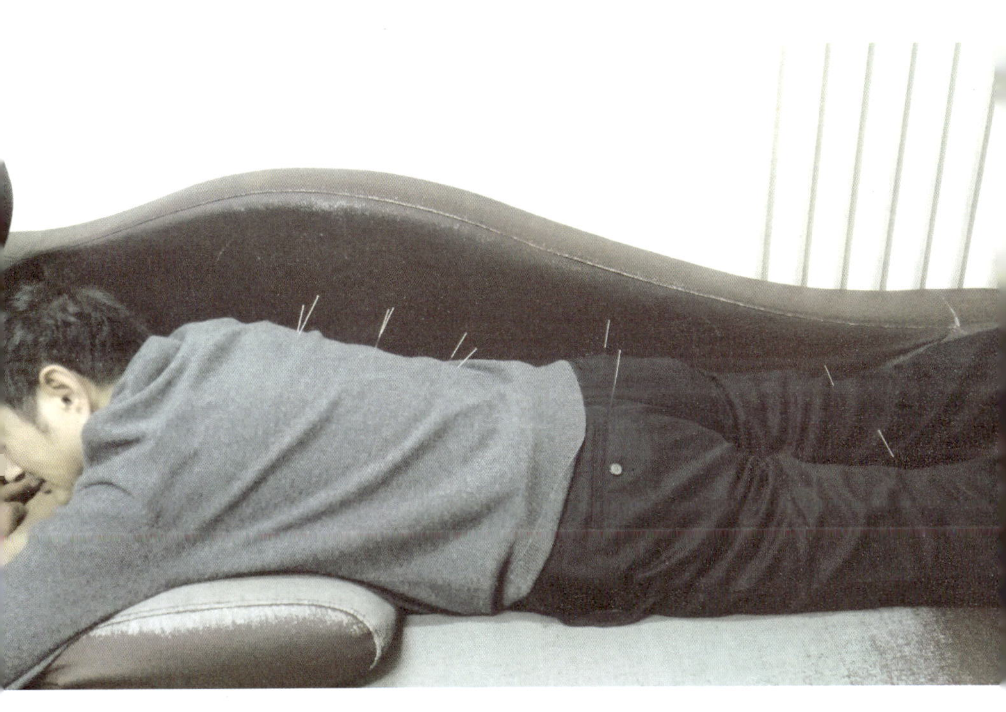

2015 年 1 月，作者在北京通州果园社区医院体验尹文艺医生的隔衣针灸

《啊，这里是文昌》一诗中所描写的逸龙湾美景

《啊，这里是文昌》一诗中所描写的逸龙湾椰风海韵

做客 FM93 交通之声，作者的右侧是主持人阿巍

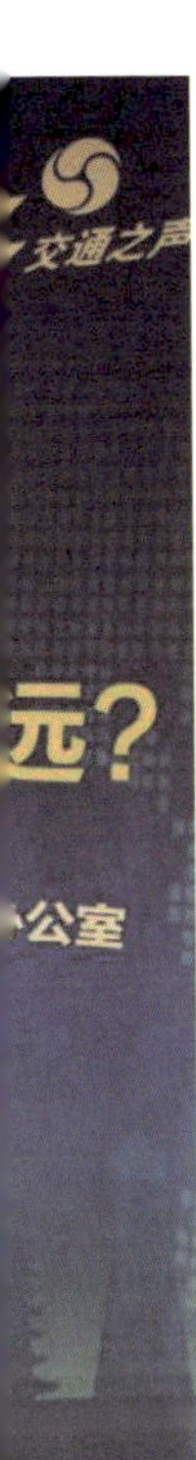

讲到酣处

母亲仙逝纪实

最近整理文件，发现几张写于1981年7月5日至10日的纸片。纸片上详细记载了33年前我27岁那年人生最悲痛的一段日子，记载了母亲逝世前后的一段心路历程。为保持当时的场景和心境，现将这些粗糙文字原原本本记述如下。

一

时间：1981年7月1日　地点：杭州大学政治系

7月1日是中国共产党诞辰60周年，下午1点，我参加了在学校礼堂举行的纪念大会。会后回到系里，看了一会电视上正在转播的中央举行纪念大会上胡耀邦讲话的实况。然后，开始复习《资本论》第3卷的有关章节。

下午4点多，张旭昆同学把一封电报交给我。没看之前，我的心就慌乱了。我当兵、上大学7年多，家里无论发生什么事，都不会打扰我的学习和工作，更不会突发电报。因此，一看到电报我就害怕起来。待急速打开，只见上面写着“母亲病重急速回家”。

虽然昨天上午,我刚刚收到爸爸在6月28日写的平安家书,但我太了解我妈妈的脾性了,没有天塌下来的事绝不会打扰我。于是我马上找到女友赵涛,告诉她情况,她马上给伯母打电话询问回京车次、时间。我马上又去找年级主任吴雪娣老师请假。这边,赵涛已准备就绪,她借来一辆自行车陪我离开学校,直奔火车站。

然而到了城站,当天开往北京的火车已经没有了,只好买了次日早上的车票,然后住在赵涛家,一个晚上辗转反侧,惊魂不定。7月2日一早,赵涛及其弟赵群送我到火车站,随后伯父伯母也赶来了。赵涛给我妈妈买了2袋白木耳和2袋麦乳精,都是高级补品,伯父伯母准备了些大米和笋干。8点钟,赵涛送我上火车,待火车启动后才下车回校。我上车后,伯母马上给我家里发去电报:“3日10时半到京。”

二

时间:1981年7月1日　地点:通县西门外杨富店家里

昨天即6月30日,妈妈一切都正常如故,一顿吃了两个半馒头,还吃了些肥肉片子,找邻里大毕子询问村里分玉米粮食之事,与胡晓霞闲谈过四弟占营的婚姻问题,晚上还准备同刘奶奶上科印厂看电影《喜盈门》,后因未放没看成。

7月1日早5时许,妈妈看到一个窗户没关,就爬起来关窗后躺下,待再起来时,突然感觉不好,就抓住了我爸爸,抓住了妹妹小玲,对小玲说:“我可顾不了你了。”随后就谈吐不清,手脚麻木,眼睛睁得很大,似是在哭,可又没有眼泪,一会就人事不知了。

弟妹们及时赶来，四弟抓住妈妈的手，国庆弟弟去找来村里的王世忠扎针，还有的给县医院打电话，前后仅一个小时就把妈妈送到了医院。由于医院里有老姑女儿小霞护士，住院很顺利，可医生一量血压，高压 270、低压 100，诊断是脑溢血，就知道无法挽救了。但为了等正在杭州大学读书的二儿子我，还是采取打强心针、输液、输氧等抢救措施。此时为了妈妈，爸爸也顾不得我是否正在考试，连忙叫我大嫂打电报给我。电报于上午 10 点 45 分由县城邮电局发出。

这时，我二姑、二姑夫、老姑、老姑父等都到了，住在北京城里的舅舅、二姨也赶来了。爸爸急得痰里带血。

三

时间：1981 年 7 月 2 日　地点：杭州至北京的 120 次火车上

家里 1 日上午发出的电报，是当天下午 2 点 22 分由杭州市邮电局收录送递的。当时，系里正在进行暑假前学期考试，我只考了农业经济课，还有 3 日的资本论课和 7 日的中国经济思想史课，没来得及考。

在火车上，我想了很多很多。想到妈妈可能生了急病，更可能是弟弟妹妹们发生了什么意外，以妈妈的名义叫我回去。但无论如何，之所以叫我回去，就一定是发生了重大的事。我想只要妈妈没事，无论发生什么事，都无所谓、没关系的。可事与愿违，死神竟无情地逼近了我心爱的妈妈。

四

时间:1981 年 7 月 3 日　地点:北京火车站

3 日 10 时 35 分,杭州到北京的 120 次火车到达终点站。在火车进站前,我已经做好了下车的准备。火车刚一停稳,我就马上走下了车厢。按我当时的考虑,电报之所以写"3 日 10 时半到京",而没提接站,就是想让家里没紧要事或脱不开身就不必来接了。若是来人接,还是国庆弟弟可能性大。于是,我四下看看站台发现没有家人,就急忙出站了。

到出站口又等了 15 分钟,还是没有看到家人,我就直接走到大一路站,去乘开往通县方向的公交车。不巧 1 路车、4 路车好长时间没有来,又等了十几分钟,才上了一辆不太拥挤的 4 路车。4 路车快到郎家园时,我突然看到右侧的一辆面包车上,老姑的儿子小光子探出头来"二哥、二哥"地叫我。4 路车刚一到站,一辆丰田面包车已在那里等候了。这时,我二姑夫、舅妈、小光子等都跑了过来。我知道事情不好,连忙问我二姑夫:"我妈怎么样了?""我有办法,可以转到北京医院治疗。"——因为伯母已经给在北京医院工作的二婶写了信——二姑夫说:"别着急,人已经不行了。"

待上车后,他们告诉我,我妈已经去世了。我急了,一时竟哭不出来。过一会儿就忍不住了,抱头痛哭。

五

时间:1981 年 7 月 3 日　地点:通县西门外杨富店家里

大约 11 点半,接我的丰田面包车进了村。一见故乡,想到生我、养我、培养我的妈妈已经不在人世了,我心里顿时产生难以言表的悲痛。

家门口已经围了许多人,一口由村里木工连夜打造、来不及油漆的新棺材安放在院子里。院子里搭起了灵棚,前面拉起一副黑色挽幛,上面写着"孟母遗风",旁边摆放着"谷玉珍千古"的花圈。这是二姨送的,也是爸爸按照刘宝琴等人提议写"教子有方"的意思定下来的。棺材前的八仙桌上,摆放着乡亲、朋友、亲戚送的糕点,装满了一盘盘、一碗碗,一一作为供品,棺材两旁悬挂着亲朋好友送的绸缎被面等,献给妈妈。棺材后面拉起的是大哥单位水泵厂食堂集体送的灰色挽幛,上面写着"驾鹤瑶池"。

我跪在妈妈的灵柩前,痛哭着,从来也没有这么痛心地哭过。随后乡亲们抬开棺材盖,让我最后看看妈妈一眼。我抚摸着妈妈的脸、手、脚,老人家是那么的平静、安详,没有一丝痛苦,容貌还是那样好看、那么亲切,我真想亲亲妈妈的脸。可老人家已经入殓,不好打扰,别人就硬把我拉开,然后把棺材盖钉死。

在家哭过后,舅舅、二姨、国庆陪我去看坟坑。坟坑就在村西头埋葬我姥姥、姥爷的旁边。坟地是小春弟弟选的,他是家里老小。选的坟地非常干净,我觉得坟坑浅了些,又叫人拿来铁锨,我和国庆跳下去,挖深了半米多。

六

时间:1981 年 7 月 4 日　地点:通县西门外杨富店家里

3 日夜,我跪在妈妈的灵柩前,为妈妈烧纸守灵,准备第二天为妈妈送行。

由于天气炎热，舅舅、二姨建议4日12点下葬，我怕妈妈尸体坏了，也同意。可爸爸不同意，说一会儿别人来看看，棺材都没有了，再说帮忙的人还没吃饭，等吃完午饭，家里人再祭拜祭拜，到下午四五点钟再埋。对这两种意见，我只好同意爸爸的意见。

四弟、国庆已经两天没吃东西了，作为远道回来的二哥，虽说比他们都难受，但还是劝他们吃点东西。我的话，弟弟、妹妹还是听的，结果一人吃了一碗面。

下午天气慢慢阴了上来，不能再等了，3点半开始出殡。家人轮流把八仙桌上的供品一一拣些放在罐子里，准备同棺材一起埋葬，作为妈妈的食品。然后我大哥摔盆儿，小玲妹烧纸，8个强壮村民抬着又厚又重的棺材走向坟地，我们几个兄弟守在两旁。这时，村上半条街的孩子大人都出来为妈妈送行！

七

时间：1981年7月5日　地点：通县西门外杨富店家里

妈妈走后的第二天，我一面整理妈妈的遗物，缝补着妈妈没有补完的衣服；一面心痛地想着妈妈的往事和音容笑貌。

妈妈走了，她老人家年轻时非常漂亮，到老也非常好看，见人未曾开口就先笑，而且笑得是那样好看，那样真诚。

妈妈走了，她老人家一生非常善良，非常慈祥，非常和蔼可亲，周围三里五村的人，凡是同妈妈有过一面之交，或耳闻过妈妈为人的人，都对妈妈有由衷的好感和钦佩。

妈妈一生是贫苦和不幸的，又是忍辱负重的，先后生了10个儿女，5男5女，但只活了5男1女，其余4个女儿都因贫困和疾病夭折了，年龄最大夭折的是叫雪燕的女儿，24岁因病早逝，想必妈妈内心十分痛苦。妈妈在极度贫困的条件下把6个孩子养大，以自己的心血和品德把孩子培养成人，仅此一点，就可以说对人类做出了伟大贡献。

妈妈的一生是胆小的，安分守己，不招事不惹事，没做过一件问心有愧的事。

妈妈作为一个极普通的人，她的去世，引起身边那么多人的伤感和如此高的评价，这在村里是不多见的。

妈妈没有白活于人世，没有白跑人生一趟，您可以安心、问心无愧地长眠于地下。

妈妈没有培养出孟子，但在孩子们看来，您比孟母更伟大。您的德行品质、您的善良之心、您的为人风范将影响您的儿女成长。

您的儿女永远怀念您！

八

时间：1981年7月10日　地点：通县西门外杨富店家里

妈妈去世10天了。回想起来，约1个月前，我做过一场噩梦：

6月中旬，杭州热了好几天。随后受第9号台风影响，老天不断下雨，夜里渐渐转凉。大约在妈妈病逝前一个星期的一天夜里，我盖上部队配发的海军蓝棉被，一会儿就睡熟了。可熟睡中总感到气闷，好像一个人压得我喘不过气来，闻着有一股死人的味道。这样痛苦了一夜，一直到天亮。起床后我很纳闷，以为是棉被潮湿的气味。可闻了半天，没有什么气味，心里就一直不大踏实。

6月30日，收到爸爸6月28日写来的平安家书，心里放心了。可到7月1日下午4点多,就收到了妈妈病重的电报,7月3日凌晨,妈妈就病逝了。

妈妈的一生是很疼爱她的儿女的,而且还偏疼我一些,有话也愿意同我说。妈妈的突然去世,我没能尽孝,向妈妈忏悔,请妈妈原谅。

妈妈,儿子永远怀念您!

写于1981年7月5日—7月10日,2014年12月整理

致谢《我与母亲》的读者

读者是作者写作的动力之源。没有读者的阅读和反馈,再好的作品,也是没有生命力的。当然,作者写作,初衷并不完全是为了读者,而是源于自己内心的情愫和冲动,是一种心结的释放。

2014年5月,浙江工商大学出版社出版了我的散文处女作《我与母亲》。文集收集了《我与母亲》《儿时过年》《年关思故乡》《三十年来相会》等24篇散文,初衷是释怀长期思念母亲的心结,也是给自己留一个念想。文集出版时曾考虑设个副标题,题目是"写给自己、同学、同事和朋友的文字",后来考虑这有点画蛇添足,就舍掉了。

散文集出版后,我这些粗糙稚嫩,甚至谈不上文学的文字,竟然产生一些社会反响,许多读者纷纷向我反馈一些读后感。这其中有我的老师,也有我的学生;有我的同学,也有我的同事;有我的战友,也有我的朋友;有大学校长,也有文化学历一般人士;有耄耋老人,也有年少后生。他们的只言片语,深深温暖了我,也深深鼓舞了我。我觉得应该把这些温暖而鼓励的话记下来，与其他读者分享。

先说我的老师和我的学生吧。

文集出版不久的 2014 年 6 月 28 日，我收到北京市通州潞河中学黄河同学发来的一条短信，她说："寄来的书和茶叶收到了，我妈妈拿到你写的《我与母亲》立即读起来，并放在床头，看来书的作者和内容都引起了她极大的兴趣。品味着龙井，细嚼着文字，相信她读后会从中汲取生活的乐趣，感受生活的美好。谢谢你！祝你用手中的笔写出更多更好的生活故事，揭示生活的美妙。"黄河同学的母亲叫王成瑞，是我高中时的入党介绍人，她父亲黄日旭曾任我高中母校的校长，我的高中成长经历得益于王老师的批评教诲。注意，我这里用的是"批评"，因为王老师当年对我的批评实在太严厉了，令我终生难忘，这在本书《梦开始的通县一中》中有所记载。后来我回通州老家时，去看望王老师和黄河同学。黄河告诉我，黄校长去年上半年去世了，《我与母亲》伴随着王老师走过了人生最困难的一段时光。听起来，让人心酸和欣慰。

我的一位高中语文老师，叫刘泽民，因时代沧桑 20 多年未见。今年 9 月我赴北京开会，好不容易找到他，并赠送《我与母亲》和《转型与发展》二书，以交上迟到的学生作业。作为 80 多岁的语文老师，刘老师不仅很快阅读了我的作业，而且在 10 月 2 日专门打来长途电话，对我的书给予很高评价，说我的书接地气，有历史感，文风朴实，充满了正能量，文笔也很流畅，细节描写比较生动。总之就是老师表扬学生，用了许多好词儿，说得我面红耳赤。其实，我的墨水远不及老师的，只是不辱师门而已。

还有我的研究生指导老师陆立军、汪水波等，都是颇有名望的经济学大家，对我的散文集颇感兴趣，对其中的几篇文章看了又看，认为叙事生动、有味道、有品位、有知识点。老师的好评让我激动不已。

我在原武警杭州指挥学校的一位学生，现在丽水市卫生局工作的王保峰，看完《我与母亲》后，于 2014 年 7 月 10 日发来短信说："您的大作于 7 月 2 日寄到，工作之余，认真拜读，9 日读完。掩卷沉思，感慨良多：一，您的知识渊博，涉猎广泛，站得高，看得远，读后使我增长了很多新知识，开阔了眼界；二，您一路娓娓道来，文字间饱含了对亲人、朋友、社会的温情，不乏风趣与幽默，读起来轻松而富于启迪；三，您文笔细腻，紧要之处寥寥几笔，画龙点睛，如醍醐灌顶，使人记忆深刻。文章充满了生活的气息、生活的智慧和生活的艺术。总之，与许多看过您文章的朋友一样，非常喜欢您的文章。祝您身体健康，精神愉悦，期望看到您创作更多新的作品。"学生评价老师，肯定会言过其实，却也代表了一些学生读者的真实看法，权当激励我不敢懈怠之言吧。

再说我的同学和我的同事。

2014 年 8 月 2 日，正巧是七夕节，我的一位北京市通州二中同学陈树玲打来电话。平时很少用手机的她，居然与我聊了一个多小时。当然，她不是聊鹊桥，而是聊书。她说："我一上午一直看你写的《我与母亲》，看得放不下手，看得老眼昏花。写得真挺好，文笔朴实，很有画面感，仿佛随着你的笔我也亲临其境一样，使我几次落泪，也几次发笑。文如其人。你离开家乡这么多年，也当了领导，但没有忘本，还是儿时的你，还是过去的你，这很不容易，是我们同学的骄傲。你的作品我都喜欢看，包括《转型与发展》，我过去做过会计，对经济财务还是懂一些的。现在社会很浮躁，能静下心来写写东西挺难得的，希望你写出更多更好的作品。有空常回家看看！"

还有北京市通州潞河中学的孙传京同学，在校时他是班团支部书记，为人十分热情。2014 年 7 月 29 日，他发来微信说："书已收到，悉数拜读。为你的成绩而称赞！等你退休后，大作就更多了，也望你多写写我们中学的难忘时光！时光如梭呢，我们都跨入了老年的队伍了！时间不以人的意志为转移呀。我看了部分大作，写的是不错呀！很朴实！很耐人寻味呢！我又看到了你的身影和你家里的情景！也让我怀念你的母亲大人！你两个弟弟，我时常遇见，聊聊你，有空回来看看吧。天气炎热，多多保重！"同学之情，溢于言表。

我的同事，李晓华、任春娟、黄巧敏、张苏敏、沈亚伟、林宏、蒋建平、费映洁等人，都是我的"粉丝"，不仅自己阅读《我与母亲》，还推荐给家里人看。一日，张勤文发来短信说："趁着中午休息时间，一眼挑中《老郭的尴尬事》，一口气读完，几次忍不住笑出声来，这分明是《老郭的趣事》啊！非常生动有趣。我看到了写书人满满的智慧和生活情趣……"

我的老领导姚民声看后评价说，作品文风朴实，很有地方特色，把北京农村踩芝麻秆、贴春联、放鞭炮、炸饹馇饸过春节的场景，写得栩栩如生，真没想到你还会写这方面的文字。他作为省委曾经的大笔杆子，能有这个评价已经很高了。省文化厅原厅长杨建新说，看了老郭写的《我与母亲》，我们真该考虑如何写我们的母亲了。其实，这也是我的本意，看我的文章勾起您的联想。这方面，不少年长的同事如省政协民宗委原主任鲍刚已经行动起来，开始撰写自己的经历和往事，据说是受《我与母亲》的启发。

再说我的战友和我的朋友。

我年轻时立志当兵，从军 20 年，干过海军航空兵和武警部队，结交了许多好战友，好朋友。记得农历羊年前回通州老家，一块出来当兵的家乡战友为我接风洗尘。战友秦浩举着《我与母亲》的书，手舞足蹈地在战友前炫耀，说他买了100本送给邻近单位和街道，让大家了解一下通州农村的风土人情。我随身带去不多的几本书，很快被战友们抢光了。

尤其是武延年战友，认真把《我与母亲》看了一遍，有些文章看了多遍，写了4000余字的读后感，以“我所知道的郭占恒”为题发给我，令我十分感动。文中写道：“我与郭占恒既是同乡，又是战友，更是多年的至交好友。好友之间的惦记无声却很甘甜，好友之间的信任无言却很真切，好友之间的情谊无形却很长久，好友之间的祝愿朴实却很温暖。如果提起笔来描述，几个小小的侧面，就可以折射出占恒做人、做事以及持家、交友的生活态度。”然后文章从书如其人、勤为基石、和谐之家3个侧面，进行了详细的描写叙述。他不是作家，也不是文人，写这样一篇读后感，很不容易，足以见其感情之深、用心之深、用功之深。

战友中，航一师的老领导冯孝新、张若青，海航一机校的战友周莉等看完《我与母亲》，都与我进行了电话交流，连说我的文章朴实清新，富有感染力。

朋友中，黄亚洲、桑士达、项栋辉、金雄伟、潘育萍等，可谓是我的良师益友，文集出版前多方推荐有关刊物去发表，出版后又多方推荐别人阅读。《浙江杂文界》《乐清湾》的总编董联军，在繁忙的工作之余撰写了《真水无香》的读后感，谈及他编辑我的作品时，许多读者向他反馈，说这些文字是“真水无香，开卷有益。绿色原生态，久违了”。安吉作家、县新闻宣传中心记者陈霞撰写了《不忘初心才行至更远》这篇读后感，她说：“看了《我与母亲》，掩卷之余，仍有一种淡淡的、暖暖的、温馨的气息缭绕，颇为郭老师真诚、细腻、质朴的文字感动。”还有大才女韩晓露、印小言等，都写了真诚感人的评论。对这些金玉良言，我都一一记怀，并收入到此次散文集的附录中。

还有大学校长和其他人士。

《我与母亲》系浙江工商大学出版社出版，巧合的是，我的杭州大学同学张仁寿时任该校校长。需要申明的是，出书之事我没找他“走后门”，完全由出版社自主审定。2014 年 8 月 2 日，我突然收到张仁寿校长发来的长篇短信：“占恒：你真是勤奋，笔耕不辍，又是一本厚厚的著作《我与母亲》出版了，是前天鲍观明社长转交我的。我读了其中三分之一篇章，觉学兄行文朴实真诚，顺畅幽默，特别是首篇《我与母亲》，直看得我几次潸然泪下！为你的赤子情怀，更为我们勤劳、善良而命苦的母亲！我比你幸运些，母亲还健在，今年 85 岁，只是多年以前就已患老年痴呆症，这苦了我老爸，要照顾她。母亲就认老爸，要是看不到他就满天下找。同时使我感到伤感的是她竟然完全不认识她养大的 6 个子女！我回老家，她偶尔会突然地说出：‘啊，你是自家人。’真让我好生感动和温暖呢！唉，现在我们条件好了，或子欲孝而母不在，或她已丧失了享受生活、体会生命的快乐了！历史地看，我们真是很特殊的一代人呢！论年龄，我们都得在工作之余好好注意休息和健康了。向你学习，将来我也应该写点人生感悟、生命温度的随笔，兴许还能留下作为一个时代的小小见证材料之一呢！”这里，我之所以全文转述张校长的话，完全是因为这段话深深打动了我。顺便说一句，同学中我算是笨的，文笔也不算好，唯一的优点是知道“笨鸟先飞早入林”“只要功夫深，铁杵磨成针”的道理。

大概因为我的散文没有引经据典，没有深奥的词语，就是讲故事、唠家常，谁都看得懂吧，故没有走进“曲高和寡”的殿堂。车队刘师傅，是个安徽人，看了我的书说很感动，一再推荐给他的一儿一女看，希冀他的儿女也能像书中的老郭一样做人、做事。老家村里的张二叔，是村里的文化人，说我有出息，还与我畅谈了书中的许多往事，提供了许多素材。我二姑，一位年逾八旬的老人，手脚极不方便，一边看我的书一边流泪，书中的许多情节，唤醒了她对过去亲情往事的记忆。我哥哥、弟弟、妹妹等，虽文化学历不高，但看我的书津津有味。我妹妹还写了一篇读后感，回忆了许多我所不知道的母亲勤劳持家的细节，令我对母亲更加崇拜和缅怀。

在阅读者中也不乏大家。一日，我的杭州大学同学，现任浙江师范大学教授的郑祥福和洪伟夫妇打来电话，说赵建英在他家看了《我与母亲》一书评价很高，认为有大家水平。我还孤陋寡闻地问，谁是赵建英呀？他俩说是中国社会科学出版社社长。好家伙，真吓我一跳，人家才是真正的大家呢。还有一次，我参加黄亚洲主持召开的纪念 2014 年 6 月 22 日中国大运河申遗梦圆多哈诗歌会。著名作家、中国作协副主席何建明也参加了诗会，会上送给何老师的书很多，他被《我与母亲》反映北方乡土气息的设计所吸引，连说这本书他要好好看看。

诚然，更多的是我未曾谋面的读者，默默地阅读，默默地品味，以至于我不能一一列出，但给我的无形力量和支持，我是能够感知的。这里，道一声真诚感谢！

写于 2015 年 12 月

附录（读《我与母亲》）

无尽的思念

郭雪玲

看了二哥写的《我与母亲》一书，很是感动，浮想联翩，情不自禁拿起笔来，把我对母亲的思念记叙下来，以此作为阅读《我与母亲》一书的随想和补充。

一

母亲离开我们整整33年了，而母亲那慈祥的笑容，永远铭刻在我的脑海里，我总能与母亲在梦中相见。

母亲是一位非常要强的人，她一生勤劳、坚强，面对生活的困难总能用自己柔弱身躯去用力支撑。

母亲出生在城里，很小的时候，就练就一手精细的针线活，这对当时的女人来说相当重要。母亲常常给人家做衣服，每每把缝制好的衣服交给客人，都会受到客人高声夸奖。姥姥接过工钱和赏钱，一家人自然非常高兴。自母亲 15 岁嫁到城外乡下的我父亲家后，由于父亲常年在外做工，很少回家，母亲既做男人的活又做女人的活，担水、种地、做饭、缝洗一家人的衣服，粗活细活样样都干，家里的一切都靠母亲打点。

母亲共生了 10 个子女，过去家里穷，孩子病了没钱医治，得了病只能硬扛着，扛不过去只好病死。记得最大的姐姐都 24 岁了，还是抗拒不过病魔，病逝了，最后母亲只剩下 6 个孩子。每失去一个孩子，母亲的心都要经历一次残酷蹂躏。她的心是那么悲伤和无奈，但她仍坚强地把 6 个子女抚养成人。由于母亲操持全家，大部分时间做家务和干农活，没有时间照看孩子，只好让年龄大的照看年龄小的，孩子们成天在地上滚，院里爬，个个像个小泥猴。

母亲的心地非常善良，待人极为热情，在村里的口碑相当好。记得在我小时候，农村政治运动一场接着一场，上级经常派工作组指导农村工作，工作人员吃饭就分派到各家各户。从东往西排，第一户户主是一位年过七十的老太太，其他成员是市民，第二家是老光棍，第三家有户无人，一个孤女已经出嫁了，上述人家不能安排的。我们家总是排在首位，最少每月承担 3 天，从来没有被漏过。工作组一来我家吃放，可把母亲忙坏了，翻箱倒柜找细粮和稀罕物招待客人。那时，每家要用工分和现金换取粮食（多是玉米），我们家男孩子多，定量肯定不够吃，母亲往往把喂猪的玉米粒皮子也留下来，与玉米面掺和在一起贴饼子，大米和白面则放在柜子的最深处，等逢年过节才能吃。母亲为了不耽误工作组人员吃饭，头天晚上要把做的粮食和菜准备好，第二天收工回来就做，还使出浑身招数，变着样做饭菜，什么贴饼子炖小鱼（哥哥在河里捉的）、包团子、香椿摊鸡蛋、红豆米饭等。母亲常嘱咐孩子："我们吃饭时要少吃几口，一定要让人家吃饱。人家出门在外不容易，抛开家人是为了操心咱村。"记得有一次吃红豆米饭，工作组同志连连称赞母亲做的饭太香了，一连吃了三大碗。等我玩够了去盛饭，只剩下锅底。不懂事的我大声哭了起来，母亲见了只好把饭底烧得焦黄，铲下来递给我，我拖着像盘子一样的"饭咯吱"，大口咀嚼着，真香呀！如今想起来，感觉比锅巴还香。晚上我争着为劳累一天躺下休息的母亲捶腿揉腰。

母亲的心很细，虽然繁重的劳动和烦琐的家务使母亲没有一点闲暇时间，但每个孩子的生日她都不会忘记。她在窘迫的生活中变着法儿给孩子过生日，以表达她对孩子深深的母爱。记得小时候，一次吃中午饭，我刚抄起贴饼子要吃，母亲端来一碗面条，上面还放着切得细细的黄瓜丝和香喷喷的芝麻酱，哥哥们见了口水都流了出来，母亲连忙说："面条是小玲的，今天是她的生日。"我见哥哥们都低下头吃饭，就问母亲："哥哥生日您给他们做吗？"母亲摸着我的头怜爱地说："你吃得少，这一碗面吃不了，剩下给哥哥们吃。白面不多了，过节时恐怕还不够吃。我做新鞋、新衣服，缝新书包给哥哥们，他们比你费这些。"

"好过的年节，难过的日子，一年要有个盼头"，这是母亲常说的口头禅。小时候我最盼望的日子就是过春节和自己的生日，不管平时日子过得多么紧，过春节时母亲总是想方设法让全家人过个好年，摊点"咯吱"，炸点螃蟹盖、卷圈，蒸年糕，炒两个菜。每年还轮流给我们做新衣服。因为我是家中唯一的女孩，备受母亲疼爱，每年都能穿上母亲亲手缝的漂亮小花袄，而母亲过节时从不给自己添置什么。正是母亲的勤劳和灵巧，让我们在艰苦的日子中感受到生活的甜与美，使我至今难忘。

母亲有一颗非常要强的心。她每天坚持到地里劳动，即使自己发烧感冒了，也从不肯休息一天，就是为了多挣点工分，为了让孩子大人吃饱、穿暖，也为了盖一套新房子。母亲也盼自己的孩子快点长大，家中有男孩子，能多挣工分，多分些口粮，分担自己一些劳动，但母亲并不只顾眼前利益，而耽误孩子的前途。大哥上初中时，正赶上“文化大革命”，大哥决定回家务农，一来不愿意参加斗争，二来想帮助母亲解决家中困境。母亲心情非常沉重，对大哥说：“现在的学生不读书，这不是不务正业吗？初中都没读完，这点墨水将来够用吗？回家先干活吧，以后能上课还是回学校读书。”

大哥回村后，在生产队参加劳动挣一等工分，又到通县西火车站装卸货物挣些副业钱，家里的生活确实宽松了许多。可这种日子没过几年，村里有了招工名额，当时一个学徒工人虽然每月只挣 18 元，但对农村青年来说，能脱离农村这个有苦又累的地方是多么幸福的事呀！大哥非常矛盾，既不愿意放弃这次机会，又怕母亲一人受累。母亲毫不犹豫地说：“去吧，机会难得。这几年你为了这个家和弟弟妹妹没少吃苦，不能让他们拖累你一辈子。”于是，家中又只剩下母亲一个劳动力，日子又过得紧了起来。

在那几年里，母亲吃了许多苦，孩子们相继都上了学，可缺粮、缺钱每天都困扰着母亲。她的腿每天都非常酸痛，可硬是不去检查，更舍不得治疗。长年累月，腿已经弯曲了，仍拖着瘸了的腿一拐一拐到地里劳动。劳动时，母亲的腿要借助手的力量。生活的贫困、日子的艰辛，没有磨灭母亲心中对儿女的期望，母亲坚信随着孩子们的长大，好日子离自己就不会远了。

二

又过了几年，二哥要上高中，家中不仅没钱，还要增加费用，于是生活又陷入困境。在北京同仁堂药店工作的父亲，实在看不下去母亲这样辛苦支撑这个家，就对母亲说："我看老二上高中就算了，初中的文化就够用了，不然咱大人哪天才能熬出头？"母亲耐心对父亲解释说："老师找我谈话了，老二在学校很优秀，成绩全校第一，组织能力强，是个难得的人才。我看这孩子跟其他的孩子不一样，就让他念吧，大人吃点苦就吃点苦吧！"

那几年哥哥们确实很争气，他们在各自的工作和学习中都取得了优秀成绩，获得的奖状贴满了陈旧房屋的墙壁，一张张红色的奖状照得小屋熠熠生辉。特别是上高中的二哥，学习成绩一直在全年级名列前茅，每年都被评为优秀学生，担任一中团总支委员并兼任本班团支部副书记；在高中毕业前夕，还加入了中国共产党，成为一名少有的学生党员。学校多次邀请母亲参加优秀学生表彰大会，村里的街坊邻居都非常羡慕我们家。这些足以让母亲感到骄傲与自豪，足以让母亲那整日操劳的心得到抚慰。

二哥高中毕业时正赶上部队到校征兵，不论是政治条件，还是身体条件，二哥都是一流的，于是就被学校选为征兵对象。当部队征兵干部和县武装部干部来到家中，征求父母意见和询问家中还有什么困难时，母亲只说了声："我们同意，家中的困难我们自己能克服。"那天晚上，二哥没有到学校值班护校，陪着母亲聊得很晚。二哥就要到县武装部整装待发了，母亲还是追在二哥身后不停地叮嘱："在家千日好，出门百事难，争气要强，注意身体，注意安全。”

二哥从县武装部出发的那天，母亲一定要到武装部再看看二哥。临行前，母亲很细致地把自己打扮了一番，梳子蘸水弄齐头发，特意脱下满是补丁的衣服，换上只有出门时才舍得穿的半新不旧的衣服。这时的母亲像换了个人。母亲本来就是个子高挑、皮肤白皙的漂亮女人，几十年在田间劳动，风吹日晒并没把面容吹糙晒黑，看上去要比她50多岁的年龄还要年轻几岁，今天经过这一打扮，又像城里人了。母亲照着镜子问我："后面头发乱吗?"我接过梳子，沾点水登上凳子给母亲梳起头来。我发现母亲老了，黑发中藏了许多白发，岁月在她的额头和眼角刻上细细的皱纹，而老了的母亲愈发显得慈祥、亲切。尽管她走路一瘸一拐的，样子不是很好看，但母亲在我心中永远是最漂亮的女人。弟弟搀扶母亲乘公交车来到县武装部大门外，远远看着新兵队伍，望着新兵队伍逐渐远去和空空的大院，热泪从母亲的眼中流了下来。

母亲没有赶到火车站去送儿子，她也许不愿意让孩子看到她泪流满面的样子，怕儿子不能安心服役。据弟弟回忆，母亲回家上车时很吃力，扶着弟弟的肩膀才登上公交车，车上她用衣襟不停地擦着流下的泪水，直到回家时眼里还含着眼泪。在我的记忆里，母亲很少流泪，不论遇见多难、多不顺心的事，她也不流一滴眼泪，这是继姥爷、姥姥、姐姐病逝后母亲又一次流泪。二哥走后，母亲的心像挂在半空中，嘴里总是念叨着："这孩子，怎么也不来一封信?"一个月之后收到了二哥平安信才得知，队伍出发时，二哥关火车门，手被碾了一下，手指康复后，才写了这封信。这时，母亲的心才踏实下来。

二哥参军后，家中不断收到来自部队里二哥的好消息，先是因二哥是新兵中唯一的党员被选调到师部宣传科，后因表现突出受到部队嘉奖，后来二哥参加1977年恢复的第一次高考，被杭州大学录取。家里更是喜事连连，先是父亲和大哥涨了许多工资，三哥、四哥先后参加了劳动，家里先后盖上7间大瓦房，大哥结了婚。这时母亲很满足、很欣慰，好日子正向自己走来。想着再等两个儿子成家，自己就可以好好享受一下生活了。

三

谁知天有不测风云。就在我18岁、弟弟刚刚11岁时，很少生病的母亲突然病倒，昏睡了3天，最终没能再睁开眼睛，带着对儿女的牵挂，带着对幸福生活的向往，悄然离去。

我勤劳而善良的母亲啊，您为儿女操劳一生，没享一天清福，没等儿女向您尽一点孝心，就这样悄悄地走了。

记得那天刚葬完母亲，闷热了一个多月的天空，突然雷声滚滚，下起了大雨。好像老天爷在为我一生吃苦受累，坚强而善良的母亲潸然流泪！

母亲一生很平凡，平凡得好像到处都能看到她的身影，但母亲和中国千千万万平凡的母亲一样，身上具有中华民族最优秀最传统的美德——勤劳、善良、坚强。

我爱我的母亲，我在她平凡的生命中看到了中国伟大母亲的身影。中华民族正是有了像母亲一样的众多母亲，才得以生生不息、源远流长。我爱我的母亲，我爱天下所有的母亲。

（作者系《我与母亲》作者的妹妹）

我所知道的郭占恒

武延年

我与郭占恒既是同乡，又是战友，更是多年的至交好友。

从风华正茂的不悔年华，到历尽沧桑的耳顺之年，我们共同经历了部队这所革命大熔炉的锤炼和地方上不同工作岗位的考验。我复员回到京城后，脱下了军装穿上了警服，从此开始了惩恶扬善，保一方安宁的警察生涯。占恒考上杭州大学并结识了自己的人生伴侣。正如“德厚者行迹无疆”一样，爱情的力量使他选择在美丽的杭州成家立业。转业后，他进入浙江省委政策研究室从事政策研究与理论创新的长期实践。

日月穿梭、光阴似箭，弹指几十年，我与占恒的联系与沟通始终未断。犹如千年流淌的大运河之水，一头连着开凿之源的通州，一头牵着入海之滨的杭城，它承载着年复一年的记忆，连接着彼此之间的关心问候。

好友之间的惦记无声却很甘甜，好友之间信任无言却很真切，好友之间的情谊无形却很长久，好友之间的祝愿朴实却很温暖。如果提起笔来描述，几个小小的侧面，就可以折射出占恒做人、做事以及持家、交友的生活态度。

书如其人

占恒不是专门从事文学创作的。大学期间学的是政治经济学专业，当教官时讲授的也是政治经济学；在省委政研室，他从事的也是经济、政治及政策方面的研究。“术业有专攻”，几十年来，在这个领域，他成为名副其实的行家里手。然而，在2011年一期的《浙江杂文界》刊物上，我看到了占恒发表的《体验日本》一文，文章既有叙述性、纪实性又有评述性，叙议结合，很有独到之处。他能够在繁忙的工作之余，创作出洋洋万字的文学作品，实属不易。

对于占恒的惜时如金和文学功底的感悟，还应从去年他出版的新书开始。羊年春节前，占恒回京，我得到了他出版不久的散文集《我与母亲》一书。书中一共收集了24篇近年新作，全书20余万字，既有人物特写、往事描述，又有出行纪实、生活趣事等。

我是很用心仔细阅读此书的，有的章节甚至看了三四遍。他所写的《儿时过年》，紧紧抓住我们这一代人记忆中的生活往事，仿佛将我们的思绪一下子拉回到了天真烂漫的红领巾时代，如同看到了送门神、贴春联、挂灯笼、放鞭炮时的喜悦，就像闻到了吃糖瓜、煮水饺、炸饹馇饸、炖猪头肉的余香。这不仅体现了占恒对旧街、老宅、柴锅、土炕等等的留恋，同时更饱含了他对长辈、亲人、发小、伙伴等等的亲情，生动重现了半个世纪前京郊农村过春节时的难忘情景。

占恒在书中对老母亲的描述，朴实无华，充分体现出儿子对慈母的崇拜感恩之情。他写道：“母亲一生操劳，含辛茹苦，几乎没过上一天富裕的日子。然而，她就像母鸡哺育小鸡一样，到处捉虫啄米，百般呵护，精心喂养，把她的孩子拉扯成人，阳光般地滋养着她的孩子成长。”一位用心血养育了6个儿女的母亲平凡而高尚的品德跃然纸上，字里行间充满了母慈子孝的真实情感。

占恒有幸到中共中央党校参加为期两个月的学习培训，是一次难得的机会。他以自己的亲身经历记述的《大有庄100号院——我所知道的中央党校》，很有独到之处。文章描述了占恒在中共中央党校培训期间的所见所闻，犹如放映给读者一组组难得的特写镜头，生动而富有感染力。从聆听习校长的重要讲话、专家教授的讲座，到学员们分组研讨、交流发言，从严格的纪律要求到多种形式的文体活动，学习内容围绕党情国情，紧扣时代脉搏，具有很强的针对性和现实性。

毫不夸张地说，占恒在中共中央党校学习的收获是双重的，不仅使思想得到了升华，理念得到了更新，精神得到了洗礼，视野得到了拓展，更重要的是用文字真实准确地书写出了他对自己心灵的认识与感受。

当我读完此书的最后一个字，不由得对占恒观察事物的细致入微，刻画人物的入木三分赞叹不已。占恒的文字表达言简意赅，就连段落的划分与标点符号的运用都能一丝不苟。这无疑与他持之以恒的学习与思考是分不开的。正是这种执着态度，使他在努力干好本职工作的同时，不断提升着自己的文学素养。如同春蚕一样，吃一叶桑，吐一口丝，结一个茧，飞出一篇接地气懂生活的好文章。正像教育家叶圣陶所说：“看书读书写东西都是要干一辈子的事儿，养成了好习惯，不仅是个人的益处，对社会生活和各项工作也大有益处。”占恒正是这样的人。我期待其创作出更多的文学作品。

勤为基石

生活在现实社会中，相信每个有志之人都会有自己的人生追求和目标设定，但随着时间的流逝，每个人的答案却又各不相同。应该说，占恒用他几十年如一日的坚持，诠释了“有所作为”是如何实现的。简明而直接地概括，就是普普通通的一个字——勤。

“书山有路勤为径，学海无涯苦作舟。”勤是开启智慧的明灯，勤是人生奋斗的动力。在书写“勤”字的行动中，占恒两个方面的特点值得称道。

一是善学习。占恒四十年的工作生涯，一半时间在部队，一半时间在地方。工作岗位也先后转换了数次，而且每项工作都干得有声有色。探究其原因，主要是虚心与善学。他在部队时，曾先后当过广播员和放映员，为了胜任本职工作，除向老同志请教外，他不断读书充实着自己的业余时间，并逐渐将其变成自己的生活习惯。正如鲁迅先生将别人喝咖啡的工夫用来读书一样，占恒是利用别人下棋、玩扑克牌的娱乐时间来学习的。他在刚刚完成的《军旅生涯在航一师起航》一文中回忆道：“看了大量的图书、报刊、画报，积极撰写反映部队生活的广播稿，也写了几首口号似的诗歌。”

知识的积累从热爱阅读开始，有的人是书到用时方恨少，而占恒是在恢复高考后第一批顺利考进大学的学子之一，这无疑与其喜欢读书和善于学习是分不开的。记得曾经在江南古镇看到一副对联：“世上数百年老家，全在积德；天下第一等好事，还是读书。”含义为德为根本，喜书多寿。此对联，可以说也是对占恒喜欢阅读和善于学习的真实写照。

二是能吃苦。说占恒能吃苦并不是说其经历过多少艰难险阻或惊涛骇浪的大事，而是指他对成长过程中所遇到的，看似微小的事情的态度。只说两件在别人看似平平常常的小事，他能动脑去学动手去做，但未必每个人都能如此。

比如干“针线活”。一般的男孩子都不曾动手学过，而占恒在母亲的熏陶下，很小就学会了缝被子、补衣服这些常用的针线活，并终生受用。正如他在《军旅生涯在航一师起航》中所讲：“当我成家立业时，家里缝棉被、搞卫生、烧饭、理财都是我亲力亲为，打理得井井有条。”

再比如“学放映”。放映电影在常人看来很容易，实际上也有一套复杂的程序，从倒片、接片、架机、装片、放映到设备的维修、保养，当然也包括幻灯片的制作与放映、露天电影的挂幕、音响的装卸等等，在人少活多的情况下，熟练的技术和默契的配合非常重要。占恒从一个放电影的门外汉，到熟知和掌握所有技能，只用了很短的时间，便能得心应手去操作。正像场站的领导和同志们所评价的：“看着简单的活，如果不认真就会出问题，一场一场的放映，没点吃苦的劲头还真干不好。”

点滴小事能够练就一个人的基本素质，占恒就是这样一个人。从小事学起，从小事做起，把小事学好，把小事做好。正是“勤”字，奠定了他做人的坚实基础，支撑着他的人生路。

和谐之家

初次见到占恒夫人赵涛女士，是在那年两人回京与战友相聚之时。赵涛女士给我留下的第一印象是性格开朗，端庄大方。两人从难忘的大学时期开始，相识相知到相恋相爱，经历了时间的磨炼和考验，组成了美满的家庭。

前些年，因公出差我曾几次去杭州，只要时间允许，占恒总是专程来下榻处与我见上一面。每次谈到个人的工作、生活及家人的近况，占恒的幸福之感溢于言表，夫人的贤德厚道、善解人意，女儿的聪慧好学、自强进取使他深感欣慰。在家庭这个能使心灵歇息的港湾，他感受着亲情的温暖与慰藉，享受着天伦之乐的欢欣与愉悦。

近距离与占恒及家人接触，还是不久前的杭州之行。应该说，能有机会游览祖国的大好河山，目睹三山五岳的雄姿挺拔，领略观海听涛的波澜壮阔，体验少数民族的地域风情，感受传统文化的博大精深，是我多年的一个心愿。从岗位上退下来以后，也摆脱了“五加二、白加黑”的终日忙碌。于是今年6月份，我和家人商定去一趟杭州，并到好友占恒家中看望。

到达杭州后的当天下午，占恒夫妇在家中接待了我们。清香的西湖龙井、刚刚上市的新鲜杨梅、精致的江南小吃，显示出主人的热情与好客。居室布置得整洁舒适，家具一尘不染。大家围坐在一起聊天畅谈，客厅里充满了温馨与欢快。

在杭城逗留期间，我们参观了龙井村的有机茶园、保存完好的名人故居，观看了宋城内的精彩演出，品尝了杭州风味的小厨“味道”，等等，特别是经占恒夫妇的介绍，我们对这座文化底蕴深厚的江南旅游名城有了新的认知，对杭城经济社会发展和城市建设的巨大变化，也有了进一步的了解。

占恒在杭州多年，已经完全融入并成为一名地道的“当地人”。在杭州周边的富阳、嘉兴、湖州等地旅行中，他对当地的风土人情、民风民俗、地理环境、经济状况等非常了解，如数家珍。在边走边谈当中，我们对浙江地区温润的气候、丰富的物产、秀美的山川、悠久的历史、鼎盛的文风、纵横的路网等等，都有了新的感性认识。

当然，一路走来，给我们留下最深刻印象的是占恒家的第二居所，即坐落于安吉山川乡高家堂的农家小院。整个村落被青山绿水和高大的竹海环抱着，这是一个可以让人深呼吸的地方。简洁的徽派小楼面积不大，但房前屋后的院落利用得非常到位。房前的草坪果树和菜地错落有致，房后的竹林及花草生机勃勃，一幅典型的农家田园景象。占恒告诉我们："来这里是一种乐趣，远离城市的喧嚣，让心灵能够真正地静下来，所以每逢节假日，只要没有脱不开身的事情，就一定会和家人来这里住上几天。给花剪剪枝，给菜拔拔草，全家人在一起干干农活，既放松了心情，还能收获劳动成果，两全其美。"

是啊，无论住在哪里，只要与家人在一起，就有了心与心的陪伴，如同紧密相连的大树，紧紧依偎着，根纠缠在地下，叶相握在云里。只有心与心的相连，一家人的生活才会和和睦睦、其乐融融，这是最弥足珍贵的。

（作者系二级警监、高级政工师，曾任北京市公安局通州分局副局长、平谷分局局长、北京市公安局巡视组组长等职）

真水无香

董联军

在流行快餐文化当下，品读郭占恒先生的散文集《我与母亲》，无疑神清气爽，茶禅一味。《儿时过年》《我与母亲》等随笔在《浙江杂文界》《乐清湾》发表后，读者来电感慨："真水无香，开卷有益。绿色原生态，——久违了！"读者把接地气的好文章反馈于我，作为编辑心里热乎乎的。真情实感，清正而雅，朴实无华的文字，不仅拨动读者心灵之弦，也让亲人感动。郭先生的小女读后，哭得稀里哗啦，可谓内外叫好的佳作。

文如其人。巴尔扎克说得好，风格就是人品。郭先生温文儒雅，学养丰富，写出真水无香的好文章，顺理成章。谁言寸草心，报得三春晖。母亲的贤惠勤劳、美丽善良、深明大义，让郭先生永生难忘。母亲一年到头缝缝补补总不停，常说"笑破不笑补，穷不丢人，如果穿得破破烂烂、邋里邋遢，就被人瞧不起了"；知南方冬天湿冷，母亲又特意为儿子缝制了一块厚厚的棉坐垫；家境不宽裕，却常救济贫苦，有好吃的总忘不了给五保户李三爷送去；不识字，却听评戏《秦香莲》听得泪流满面，边听边叮嘱孩儿们“以后长大当了官，千万不能当陈世美”——轻轻数笔，犹如白鹤亮翅，风姿尽显。

修身、齐家、治国、平天下。在先贤眼中，个人、家庭和国家是不可分割的。母爱是郭先生不竭的动力和永恒的正能量。本书的责任编辑沈娴说得好：“《我与母亲》的力量来源于文字间的泥土与须根”“坚持最初，才能行之更远”。虽然母亲篇幅，只占全书百分之五，却是全书灵魂和源泉所在。

“夫同言而信，信其所亲；同命而行，行其所服。”郭先生成长受母亲的影响很大。有母爱滋润，并吸收传统文化的营养，故郭先生阳光，朝气，充满正能量。他说：“自己之所以勤奋学习，努力工作，踏实做事，清白做人，不是为了出人头地，也不是为了光宗耀祖，而是为了博得母亲在天堂的一笑！”敬之，念之，终身笃行之。

真水无香，郭先生的文章不仅有思想的维度，还有情感的温度，常发人深思。如《年关思故乡》是关于现实与记忆的对话，也是物质与精神的哲学思辨。为何“年关”才格外思念故乡？作者描写驾驶员小秦有“家”不能回，与自己无“家”可回的处境，体现两代人不同的观念与追求。“家”在何方？“情”归何处？浓浓乡愁让作者在年关思念起故乡的一人一物、一草一木。著名作家黄亚洲赞道：“郭占恒可谓是一个真正意义上的作家。他首先让你抚摸生活，让你逐渐沉入一种境界，而且，最后，往往让你自己得出结论。”小秦读了此文后，由衷地说，郭主任十分了解外地打工者的情况和心情，很受感动。

当然也不乏“怪味豆”“风味小吃”。读之幽默，思之哲理。譬如做家务，郭先生基本“包干到户”。太太偶尔也会发发善心，打扫房子。但是三下五除二就完事了，地板擦得条条痕迹，还不如不擦。然作者每回都表扬她：“又把地板擦花了。”好一句经典幽默的台词，把夫妻间相濡以沫，关爱之情，相敬之道，含蓄地表达出来。如此妙笔生花，开心幽默不时流露：写节约理发开销，父亲让儿子们学着相互理发。"父亲最先示范，给大弟弟讲好了理个学生头，结果理短了，再改理寸头，寸头又理歪了，最后理个光头。理好，大弟弟一见，哇的一声就哭了。"多么形象生动、腻触感，仿佛穿越时空，身临其境。人在囧途，尴尬难免。《老郭的尴尬事》皆以小见大，风趣调侃。捕捉生活细节，喜怒哀乐，跃然纸上。

开卷有益，郭先生的作品不仅清气上扬，而且充满正能量。他知识面广，善于感知，不偏激诳语，而是理性求真人文。严谨和审慎的风格，始终贯穿郭占恒先生的文字。诸如采风文章，也是史学并举，言之有物，慧眼独具。如《体验日本》客观理性，把日本的人文风情和民族文化还原给读者。到过日本的读者，纷纷赞：妙文，受益匪浅也。《走进台湾》《三国记行》《行走山西》等作品，一路风景一路歌，真知灼见，才情横溢。这些皆有赖于郭先生学者本色和过硬的学术本领。

《大有庄100号院——我所知道的中央党校》作者全盘把握，揭开神秘面纱，有描有析，有声有色，同仁领导，评价甚高。舒国增主任鼓励发表，赵洪祝书记批示鼓励，赵一德秘书长讲，凡去党校的学员都应看看。浙江工商大学出版社社长鲍观明赞道："郭占恒有一种可姑且称为'亲切的洞察力'的特质。敏锐而不尖锐，包容却有原则，或难得或常见的人生经历在他老辣的眼光下、简朴的文笔中，显得黑白分明，大俗大雅，有声有色。"

"问渠那得清如许，为有源头活水来。"郭先生之文颇有魏晋之风，崇尚自然，超然物外，率真气清。其文风自然，文笔清新，学养丰富，显隐有致，给读者以真善美的享受；品读其文让你细细抚摸生活，在逻辑和感性叙述中产生了奇妙的化学反应，并融为一体，充满着正能量。快乐阅读，真水无香，开卷有益也！

（作者系作家、《浙江杂文界》《乐清湾》等杂志主编）

不忘初心才行至更远

陈　霞

缘于公务，有幸认识郭占恒老师，继而读到他的新书《我与母亲》。掩卷之余，仍有一种淡淡的、暖暖的、温馨的气息缭绕，颇为郭老师真诚、细腻、质朴的文字感动。

这是郭老师近年来发表的散文汇集，也可谓个人成长散记，文风沉潜笃实。童年时光，亲情感恩，行走记录，对社会的认知、思考，对日常生活的感念体认皆在其中。这些人生片段，呈现出一个20世纪50年代生人的人生轨迹和心路历程，亦可看到中国波澜壮阔几十年的时代缩影，其人格上的丰富与从容可见一斑。

诗人黄亚洲为此书作序，题为《一个真正意义上的作家》。序中写道："郭占恒这种表述风格无疑是很聪明的，在进入生活之前他首先让你抚摸生活，让你逐渐沉入一种境界，而且，最后，往往让你自己得出结论，你没有结论也不行。这就是文学的魅力。"

郭老师娓娓道来所见所闻所想，为我们送上一道干净、明亮、美好的精神佳肴。浮躁红尘，有谁能拒绝这样真诚、细腻、质朴的生态文字?

看似朴实无华,字里行间却是静水流深。真切而超然的性情,柔软而沉静的情怀,理性而坚守的定力,跃然纸上。读者在他淡定从容的叙述里,不知不觉被感染,产生共鸣,因为真诚的文字最能打动人心。

读《我与母亲》一文,眼睛几次湿润。某年清明,夜深人静,郭老师思念着回不去了的故乡,胸中不时涌起对父母的感恩之情。母亲的音容笑貌宛如眼前,他深夜披衣,流泪写下:"母亲一生操劳,含辛茹苦,几乎没过上一天富裕的日子。然而,她就像母鸡哺育小鸡一样,到处捉虫啄米,百般呵护,精心喂养,把她的孩子拉扯成人,阳光般地滋养着她的孩子成长。"短短几十个字,写出了一个母亲的伟大和对母亲的思念。

"每天,母亲天不亮就从炕上爬起来,摸黑点火烧饭,把孩子们稀里糊涂地喂饱,然后出工到生产队里干活。孩子们就放在家里,大门一关,由大的带小的,任凭满院子爬、满院子跑。母亲中午歇工时,赶回来给孩子们抓弄点吃的,自己再随便填扒几口,又去干活,直到晚上收工时才回家做饭,照顾孩子。"母爱深似海,母亲的早逝让郭老师痛彻心扉。此后,在外的游子只能遥望北方,"乡愁是一枚小小的邮票/我在这头/母亲在那头……";为了母亲的微笑,他不忘初心,"从北京城郊的泥土地延伸,越来越宽阔,路边的风景越来越繁盛。路遥遥,尘滚滚,但低下头,看见的仍是那沾满泥巴的稚嫩双脚"。

从北方到南方,从军人到大学生,再到经济学家和政府官员,郭老师一路行走,一路笔耕。30 多年来发表论文、研究报告以及主编和参编的教材、专著 200 余篇部,主持承担省、部级以上重大课题 10 余项,获省、部级以上科研成果奖 10 余项。理论专著在身,科研硕果累累,心底仍保留一份文学情怀,在文学的芳草地勤奋耕耘，令人敬佩！

他写在北京通州艰辛而温暖的年少时光，令人仿佛闻到四合院里飘出来的芝麻花椒盐的香味和小鞭炮的硝烟味，温情弥漫的年味飘落在华北村坊里。写中共中央党校所在的“大有庄100号院”，详略有序，感性和理性糅合，揭开了党校的神秘面纱。写旅游见闻，注重细节，生动活泼，让人读后身临其境。写日常生活，笔触柔软丰满，美好情怀流淌其间。《老郭的尴尬事》诙谐有趣，正如其后记中言：“真实的生活就是这个样子。”

郭老师对安吉美丽乡村情有独钟，在《我的农家院》，用优美的文字写下自己在安吉高家堂“挪移云霞、吐纳修篁”的幸福生活，这是他一直向往并且梦想成真的现实生活。一蔬一果，满山翠竹，山间清风，小溪清唱，他放慢行走的脚步，感受天人合一的境界。

我想他也算是个新安吉人吧。那么安吉是不是已成为他安放“那回不去了的故乡情结”之地？

郭老师曾任浙江省委政策研究室、省政府发展研究中心副主任等职，繁忙政务之余，潜心读写，集成《我与母亲》一书。如序中所言：“（作者）在有朝一日摆脱了繁重的机关劳作之后，更有时间把自己的笔触大面积地投向生活，并且，依旧如此细腻地表达自己的所见所闻，用极其绵密的字句捆绑我们，让我们幸福得动弹不得。”

“信马由缰”“放马南山”的郭老师，如今，坐拥青山绿水，细品人生百味，笑看风云际会。这知足常乐、幸福闲适的心态令人羡慕！

（作者系作家、安吉县新闻宣传中心记者）

朴实的华泽

韩晓露

郭占恒，省委政策研究室副主任、研究员，常年握笔起草经济政策文稿，写经济论文。最近，他出版了一本散文集，书名叫《我与母亲》。229 千字，约 300 页，捧在手里沉甸甸的。

郭主任文字功底之扎实，让我这文学专业科班出身的人汗颜。《我与母亲》一文中写道："特别是到了夏天，母亲劳累一天，出了一身汗，我们就在院子里，把大门一关，烧几吊子热水倒入大铁盆里，帮着母亲擦洗脊背。那时还没有沐浴露，也不用起香皂，我就用胰子，或者抓一把碱面往母亲后背上一撒，来回搓几下，再冲洗干净，母亲雪白润滑的肌肤顿时清爽起来。然后，母亲再给我们几个孩子洗。一家人洗完澡后，我们围在母亲身边，坐在结满嫩果的枣树下，望着满天星斗，打着芭蕉叶扇子，吃着井水拔凉的西瓜，聊着张家长李家短，幸福的感觉油然升起。"真实细腻而绵密，宛如一幅工笔画。

他的《儿时过年》写到包饺子守岁的情景："从下午开始，母亲就带着我们忙开了，先和几斤面醒着，把肥瘦相间的猪肉剁成肉馅，并用生姜、大葱、酱油、料酒、盐等拌上，然后洗两棵大白菜剁馅，挤掉菜水，与肉馅一起搅拌好。条件稍好时，就多放点肉，再放几个鸡蛋，放点韭黄，最后淋上香油提味。馅准备好了，香气扑面而来，这时面也醒好了，开始揉面，做剂子，擀皮，上手包。……包好的饺子放在用秸秆做的盖子上，放在院子里冻着，随吃随煮，煮好放在盘子里，吃时沾上点早早泡好的腊八醋，哧溜一声吞到嘴里，再咬上一口翡翠色的腊八蒜，满口滚滚生香，你看世界上还有什么比饺子更好吃的呢？”

《我与母亲》里有多篇这样的章节，在扎实而细腻的叙述中，华北农村浓郁多彩的生活气息扑面而来。

他写去日本旅游的所见所闻，写了一大组文章，大处写到了日本的国民特性，日本的风光，日本目前经济的发展状况，小处写到了日本人的生猛饮食，日本的榻榻米和罗圈腿……这组文章既有大处构想的框架，又有小处着眼的细致，既有严谨的逻辑性，又有细腻的文学艺术魅力。难怪画家刘彦勇的那位公安局长先生看后大呼："精彩，我看过之后身临其境，都不用去国外旅游了。"而郭占恒笔下的山西、新疆、安徽、台湾等地，同样写得细致而丰腴。

读郭占恒的文章，犹如把玩翡翠里的芙蓉种，虽比不上玻璃种和冰种来的通灵，但细密醇厚，把玩久了会有温润的华泽从绵密的质地里透出来，有种别样的美。所以，如同我的老师黄亚洲所言，郭占恒是"一位真正意义上的作家"。

（作者系浙江省作家协会会员、散文家）

坦诚而透明的文风

印小言

那天，一拿到您寄来的《我与母亲》的书，就狼吞虎咽地读了起来，一口气读了好多篇，文字朴实生动，真的喜欢这样坦诚而透明的文风。

一

首先通过文章，认识了一位可亲可敬、很了不起的母亲，也对华北农村的风俗有了一些了解。看到《婚礼上的祝词》最后一段时，我眼睛都湿润了，能想象您这位父亲当时复杂而幸福的心情。

尤其喜欢读《老郭的尴尬事》，里面有一段讲袜子破了，描写很形象——“老郭就尽量把磨破的袜子洞掩藏在脚底下，尽量躲在光线暗一点的地方”，我也经历过这样的尴尬呢。写到家庭生活特别风趣，譬如说您太太避着您购物下手狠，将高价报低价“蒙混”过关，我一边读着笑得眼泪都要出来了，原来女人都有这样善意的谎言呢，有趣的是原来您都心知肚明啊。

这篇里描绘了一个不招人喜欢的洋妞，您讨厌她却也很绅士地帮助她，但最后忍不住抢回她随意拿走的您自己的小兜袋，看到这里，我发现您真的好可爱，又忍不住笑了。《体验日本》一篇，客观评价了日本，让我对日本有了新的认知，简直是随着您去免费旅行了一趟。

好了，不说了，慢慢品读。对了，刚开始打开书看您的简介时我怀疑“出生于 1954 年”是不是笔误，我猜应该 1964 年才对吧，看到正文，我才知道没错。老师，那您太显年轻了。这不是恭维，因为只有女人才喜欢被人恭维年轻。

二

一早醒来，没有梳洗就品读《我与母亲》的《慢的遐想》篇。

由一则广告语“快乐慢生活”切入主题“慢”。而作者您不先写“慢”，却先写这个字的反义词“快”，这是很有写作技巧的。从快速交通、快餐，再到快餐文化，对国人的浮躁表现鞭辟入里。这时话锋一转，由您夫人的一句话“慢是一种功夫”，巧妙地过渡到对“慢”的遐想。古人说，欲速则不达，所以说，慢是一种积累，是一种沉淀，也是一种境界。在某种意义上，慢就是快，快就是慢。接着，作者条理清晰地摆出了一系列对“慢”的感知，让读者感觉“知足，感恩，淡定，糊涂，放下”。这把文火慢慢熬，就会达到快乐慢生活的境界，最后又点名中心思想，慢。

通篇文章分为快、慢两大部分来写，显得结构匀称、凹凸有致，文字生动活泼，引经据典，结合时事，综合社会现象，引发读者对修身养性的思考，传达了一种正能量。

当下流行的文字，很多都是小资的风格，矫情、忧伤，生活部分打上马赛克，显得虚假、神秘，而且内容架空历史，架空科学，架空传统文化，表现一些欲望的、卖弄的、哗众取宠却又萎靡不振的文字。而您则不同。您的文字有一种水质的感觉，清澈透亮，无形中让读者深受影响。所谓水滴石穿，就靠这样有力量的文字。

今天的文化早餐味道很美很营养，谢谢郭老师了。

（作者系北京京华美术学院翡翠学院院长助理）

编辑后记

使劲用功的地方在文字之外

沈　娴

人说文如其人，有说文字永远不说全部的真，只弯弯地说着些真话。不论如何，文字这东西写在白纸黑字上，总时不时忍不住反映出些真。

作为《我与母亲》《我与母校》两本书的责任编辑，我可能是除了作者外的最熟悉这些文字的人——读者读书是一篇篇读、一页页翻，编辑得一字字抠、一句句磨，要的是所有的文字既符合客观事实，符合第六版《现代汉语词典》的规范，又优美练达，不动作者原意；编辑编书，框架和细节都了然于胸。

既如此，看到的真话自然不会少。加上郭占恒老师写作充分发挥他搞经济研究的传统美德，不遮不掩，条理清晰。他的人生脉络和态度自然在他这两本传记式散文中显现出来。

郭老师是20世纪50年代生人，北京通州普通人家，家里六个孩子，排行老二。物资匮乏的年代，幸赖母亲含辛茹苦拉扯大，她勤劳真诚隐忍的品格几十年来一直影响着郭老师。读书、当兵、工作，他始终不忘母亲的言传身教。郭老师的这两册书，娓娓道出他艰辛而温暖的年少时光，在学校、在部队激扬文字的青春，工作时的兢兢业业，行万里路后对世界的洞察，对日常生活的点滴偶寄，还有“耳顺”的感怀和对退休新生活的投入。在这两册个人史中，有两种真是可以让人久久回味的。

一种是文字的真，即真诚的内容、真诚的表达。

笼统分两方面来讲，一是内容的真，二是形式的真。

曾和一名画家聊天。他说，大家都觉得动物他画得好，其实人他画得更好；之所以会这样认为，是因为大家不了解动物，猫狗画得三分像，就会觉得九分真；大家太了解人了，九分像觉着失真，十分又觉失神，非得神形兼备才行。

一样的理儿，郭老师的写作内容是生活的常态，这最需要真功夫。怪力乱神、六朝粉黛、上海滩霸道总裁，都不在眼前，不是生活状态。而郭老师的写作内容是普通的生活，是儿时惹母亲生气后的不知所措：“她批评我，我不听，还顶嘴，气得母亲离开家，走到村西口，朝着埋葬我姥姥、姥爷的坟地方向，先喊一声‘我——的——妈——耶！’的长拖音，然后就开始大哭起来。在哭腔中历数我的种种不是、种种罪过，吓得我赶紧跪下，承认错误并经街坊邻居反复劝说，母亲才饶过我。”母亲被孩子惹到动真气，孩子又慌了神儿的场景，大家小时候或都曾经历过，看之不禁既莞尔又感慨。还有儿时过年时饺子的味道：“包好的饺子放在用秸秆做的盖子上，放在院子里冻着，随吃随煮，煮好了盛在盘子里，吃时沾上点早早泡好的腊八醋，哧溜一声吞到嘴里，再咬上一口翡翠色的腊八蒜，满口滚烫喷香，你看这世界上还有什么比饺子更好吃的呢？”饺子破皮后的肉汁已从文字中四溅开来。

郭老师的文字是细腻的、有血有肉的，“在进入生活之前他首先让你抚摸生活，让你逐渐沉入一种境界”。这是作家黄亚洲的评价，也是我的体会。他写的是普通的童年、普通的旅游、日常的工作与琐碎的家庭生活，柴米油盐酱醋茶一样不少，却做到了“于无声处听惊雷”。没有题材的宏大和叙事的雄伟，但散发着琐碎事里透出的恒久微光。

文字的真还体现在写作方式的真。由于经济学出身和在政策研究室几十年的工作经验，严谨和省慎独贯穿他的文字，根骨分明，不流于风月。甚至于写心爱的女生，他也是一板一眼，进行详尽陈述：“她是杭州人，身高1米66，体型微胖，面色红润，梳着两条粗壮的发辫，虽貌不出众，穿着朴素，但掩饰不住青春的活力，是系里的女子排球和篮球队队员，还拿过学校运动会女子铅球第一名；她虽不善言辞，但为人谦和热情，常常是未曾开言口先笑。她一直是我们班的生活委员，一度还代理过班长，经常给同学们发发饭菜票、检查寝室卫生和组织一些文体活动，赢得了老师和同学们的信任。”没有弱柳扶风，没有凌波微步，有的是一个大男孩对心仪姑娘最朴实的喜欢，还有风风雨雨几十年后回首最初的真心。

有人写作行气如空，行神如虹，有人将趣味进行到底，至死方休，也有像郭老师这样的，行文质朴真实，不夸张，不卖弄，结结实实，像从地里长出来的。

另一种是态度的真。郭老师的文字诚恳，说真话。将心比心，文章真不真，态度诚不诚，读者一看便知。

他在《60年一甲子，总该说点什么》中写道：“我的人生信条是有理想、有抱负、有追求，干自己喜欢干的事，不为钱所累，亦不为名所累。钱和名都是你事业的副产品，事业干好了，钱和名自然都会有，否则皆无。……聚光灯下的党政领导、科学家、企业家、艺术家、影视明星等固然算成功，但绝活在身的木工、电工、大厨、手艺人等也是事业有成。学好数理化固然可以走遍世界都不怕，但磨剪子戗菜刀照样可以走街串户受人待见。问题是你要有本事，做成行业的状元、羊群的头羊。所以人生在世，关键要有本事，有自立的本领。自助者才能天助也。”他归纳其人生的三条准则分别为：要有目标，长点本事；要简单化，要相处好共事；要不逾矩，坚守底线。说的是大实话，没有自我标榜，也没有过度谦虚。但道理是实实在在悟得的，真真诚诚说出来的，小年轻读书留个心，便能获益匪浅。

郭老师贫苦出身，读书特别用功，工作十分认真，半辈子简朴生活，喜爱做家务，不喜欢胡吃海喝，待人真诚，与人为善。到现在，没有领导架子，也没有啤酒肚，和我这样的小辈也能嘻嘻哈哈，甚是开心。退休后依然风风火火，日子过得很充实。这也是他一直活得真，活得明白的好处，用他自己的话是，是“小富即安，小进则满，知足常乐，顺其自然”，也应了曾文正公说的“贫贱时眼中不著富贵，他日得志必不骄。富贵时意中不忘贫贱，一旦退休必不怨”。

文字是皮肉，像郭老师这样，使劲用功的地方在文字之外。

写于 2016 年 4 月 19 日

后　记

大概我有恋母情结。甲骨文的“母”字是象形的，“女”字加两点，像母亲有乳之形，具有本源、源泉、繁殖和繁衍之意。一个人的出生和成长，离不开母亲、母校、母语、母国，以及许多与“母”字相关的字形字义。文学上，也常把祖国比喻为母亲。

正如孩儿恋母、学生恋校一样，我是一个长不大的孩子，也是一个长不大的学生。这种情感和心结一直陪伴着我，从少年走向青年，从青年走向壮年，从壮年走向老年。

于是乎，还在2014年创作出版《我与母亲》的时候，我就已拟定好了第二本散文集的书名，叫《我与母校》，借以抒发一个孩子和一个学子对母亲和母校的情怀，而这也就构成了我的散文集的姊妹篇。

《我与母校》主体部分由30篇散文、诗歌组成，内容大体可分为忆母校、忆军旅生涯、忆故乡、退休感言、学术评、艺术评、养生评、致谢读者等部分。

当然，既然取名《我与母校》，重头戏无疑是写母校。粗算起来，从读小学、初中、高中、大学、研究生，加上培训和教书，我一共待过 8 所学校，总共有 15 年在读书，有 12 年在教书，人生中共有 27 年的光阴是在学校中度过的。我在学校入的党，提的干，既当过学子，也做过园丁，可以说，人生岁月中留下了太多的对母校的记忆与回味。母校是我学习知识和汲取文化营养的地方，是我心智形成和身体长成的地方，是我人生之梦开始的地方，也是我起初工作诲人不倦的地方。书中记述的 8 所母校，有的虽已消失，有的与人合并，有的如日辉煌，但无论兴衰，无论美丑，都是我的人生经历中不可磨灭的一部分，都承载着历史，我都有责任一一记怀。

作为一个血性男儿，从小当兵，献身国家，是我的一个志愿。自 20 岁到 40 岁，从军 20 年，我把人生最宝贵的青春年华献身于人民解放军。干过 10 年海军航空兵，待过 10 年武装警察部队；当过战士，也当过干部；做过学员，也做过教员；长期在军营磨炼，也长期在地方进修。我的战友黄国范为此专门写过一篇属于报告文学的文章——《战士·学士·硕士——记武警杭州指挥学校讲师郭占恒》，刊登在 1992 年第 3 期的《武警教育》上。在我记述的 8 所学校中，就有 2 所是我工作过的军校。此外，我还专门写了一篇《军旅生涯在航一师起航》，记述我离开北京通县到江苏常州武进海军航空兵第一师服役的曲折经历。正是在航一师服役期间，我的人生航向发生了变化——我由一个师部机关的战士，转身为杭州大学的学子。由此也可以说，我的人生航向在航一师起航。

故乡是一个人的根，你不离开不觉得，而当你离开时，就像树木被移植一样，根系会断掉，树冠会损伤，直到完全适应新的土壤为止。虽说在《我与母亲》散文集中，写了好几篇故乡的故事，但故乡的故事是写不完的。经过多年酝酿，2015 年初我在故乡写了一篇《故乡屋后的小河》，自以为是全部散文中最为满意的一篇，因为有回味，也有反思；因为消失了，才更显得弥足珍贵。正如读者任春娟所云："读着您的新作《故乡屋后的小河》，有点恍惚，仿佛在阅读老舍先生的作品，特别是春发、夏长、秋收、冬藏四节，细腻生动，画面感极强！冬夜，在温暖的室内通过您的笔触感受您儿时记忆中的四季变迁，是一种非常美好的享受！更加珍惜今天的拥有！"同时，一条京杭大运河把我的故乡与我内人的故乡连接在一起，加上新故乡无与伦比的美丽和魅力，十分值得记怀。于是，我又写了《流淌的运河　流淌的人生》和《人生只合住湖州》。

退休，即意味着老矣，也意味着成熟，还意味着新的开始。姜是老的辣，酒是醇的香。活了 60 年，人生一个甲子，到了耳顺之年，经历了不少人生体验，开窍了不少人生感悟，故应像牛等反刍动物一样，咀嚼一下人生过程，咂巴咂巴一下人生滋味，获取一些新的养分。为此，撰写了《60 年一甲子，总该说点什么》和《向同事们话别》两篇散文。

王永昌是我十分敬重的老领导、大学者，是全国颇有名望的哲学大家。谁知他在经济研究领域，尤其是在经济形势、发展战略、政策把控、金融资本等方面，也有独到的研究和见解。尤其是近几年，他结合多年积累的实践经验，苦心钻研，昼夜冥思，笔耕不辍，硕果累累，接连出版了好几本大部头著作，引得我学习不暇，接连撰写了两篇评述文章。一篇是《全景式阐述当代中国趋势与中国梦的力作——评王永昌新著〈走在山坡上的中国〉》，一篇是《一部以哲学视角探索金融资本文明的力作——评王永昌新著〈金融资本文明论——走向财富创造的新时代〉》。顺便说一下，王永昌还是写诗歌、歌词的高手，虽然作品不多，但都十分精美，尤其是《故乡的小荷塘》《回家的路远又近》《九月杭州桂花香》《思故乡》等，配音朗诵，谱曲传唱，很有味道。

一位哲人说过，文化比经济、比政治更深刻、更久远。中华文明历经沧桑五千年而不中断，背后是文化的作用。一个国家、一个企业、一个人，最后比拼的都是文化。欧洲工业革命起源于文艺复兴，如今要实现中华民族的伟大复兴，也必然要实现中华文化的复兴。这两年，由于机缘巧合，我参加了北京京华美术学院院长项栋辉发起的推动故宫文化的传承和振兴工作，有机会接触了包括故宫领导专家在内的艺术大家，接连撰写了多篇文化艺术方面的赏读文章。这里一一收录的有：《让"一带一路"扬起文明之帆》《宫传传奇——让故宫里的文物活起来》《玉之八"最"》《品味黄时康翡翠作品的艺术意境——评〈黄时康翡翠作品集〉》《开创中国翡翠艺术赏牌创作的新时代——〈黄时康翡翠作品集〉新书座谈会暨作品鉴赏会在故宫博物院建福宫举行纪实》《〈项栋辉中西绘画大系 综合编 1〉作品意境赏读》《和氏璧图案解读》等。必须说明的是，我的艺术功底，大抵就是学生时代上过美术课、出过黑板报、写过大字报等，完全是外行。或许正因为是外行人写的东西，对外行人更具有吸引力和说服力。

养生是随着年龄增大而滋生的"毛病"。就像汽车、机器用久了零部件会老化一样，人的身体器官用久了也会老化，这就需要保养。尤其是 2014 年底退休后，40 年的工作惯性，突然急刹车，真有点不适应，更需要调理和保养。非常幸运的是，这一年多来，我在调理和保养身体过程中，遇到民间高手，其中一位是北京通州社区医院的针灸高手，他们使我有了全新的调理养生体验。对此，我兴致勃勃地记述了调理过程，撰写了《妙手银针尹文艺》，这位医生是中医精华的传承者。我虽不懂中医，但身体中流淌着中医的血液，因家父在新中国成立前，也就是 16 岁时就在北京同仁堂当学徒，一直干到 20 世纪 70 年代末退休，是个老中医，能开方医治许多疑难杂症。前些日子，屠呦呦获得诺贝尔医学奖，她在出席瑞典颁奖典礼时，做了题为“青蒿素——中医药给世界的一份礼物”的演讲，为传统中医正名、添彩。谁能说，我写的这位中医高手，就一定不能获诺贝尔或别的什么大奖，包括患者的夸奖呢？

人生最温暖的场景是依偎，依偎母亲、依偎母校、依偎家人、依偎同学、依偎战友、依偎同事等等。当无以依偎时，就意味着孤独和痛苦。2014 年岁末隆冬的一天，我在整理过去的旧物时，发现几张写于 1981 年 7 月 5 日至 10 日的纸片。纸片上详细记载了 33 年前我 27 岁那年人生最悲痛的一段日子，记载了母亲逝世前后的一段心路历程，记载了当时无以依偎的痛苦，并以“母亲仙逝纪实”为题如实记录。同时，文集还收录了小妹郭雪玲，战友武延年，朋友董联军、陈霞、印小言等阅读《我与母亲》的感言。至于更多的读者感言，我在《致谢〈我与母亲〉的读者》中一一记述，值得一看。

下面，按照惯例该说些感谢的话了。

首先，感谢王旭烽老师为本书作序。对旭烽老师，我久仰大名：著名女作家，其代表作“茶人三部曲”获 1995 年度国家“五个一工程”奖、国家“八五”计划优秀长篇小说奖、第五届茅盾文学奖等。按说我与旭烽老师八竿子打不着，更谈不上请她作序。但机缘就是那么巧合，2014 年 3 月我应省农办原副主任余振波邀请，担任“美丽中国的安吉印记”丛书中一本的主编，王旭烽也是其中一本的主编，在讨论书稿时见过几次面。得知旭烽是我杭大的校友，现为浙江农林大学文化学院院长，是一位读《茶经》会流泪，把茶树比喻为嘉木，将嘉木演绎成茶人历史的“一片茶叶”、一位大家。去年 12 月上旬的一天，我冒昧提出请旭烽作序，她爽快地答应了。原以为，大作家写小东西，大笔一挥，一蹴而就，没想到她竟然花了两个月的时间。这期间，她把我的书稿通读了一遍，包括到印度到尼泊尔出访和参加省“两会”，也包括现场指导拍摄“茶人三部曲”电视连续剧，都忙里偷闲考虑我的书序。她说她不轻易写序，要写就下点功夫写好。我想，这就是大作家的认真和谦和，也是其成功的秘诀。建议读者阅读本书前，一定要先拜读一下旭烽老师的序，她的一句“亲切温暖真诚的好”，真的温暖了我，相信也会温暖读者您。

其次，感谢发表我作品的报刊、网站和编者。去年写完《难忘的杭州大学政治系》一文后，发给我的杭大同学、浙师大教授郑祥福，他和洪伟夫妇认为颇有史料价值，建议我寄给浙江省政协文史资料委员会主办的《浙江文史资料》。在时任主编曾骅和编辑田峰的支持下，这篇文章很快在《浙江文史资料》2014年的第3期刊发。接着该刊又接连刊发了《我与武警杭州指挥学校的岁月印记》《从文一路80号到文一西路1000号——省委党校三年的研究生岁月》，使我写的东西成为文史资料。我的母校领导——北京市通州二中党总支副书记刘利华，把我写的《20世纪70年代初的通县二中》推荐给通州区教委，区教委又推荐给北京教育志编纂委员会，后被收入《我的母校我的老师——“我的校园记忆”征文集》。同时，我的大部分作品在《浙江杂文界》《乐清湾》《书画江南》《艺文志》《羲之书画报》《党政视野》《杭商》等报刊发表，这要感谢黄亚洲、桑士达、董联军、徐卫华、徐明华、韩效祖、马晓才等老师的推荐和帮助。当然，在互联网时代，我的作品更多的是通过人民网、人民论坛网、新华网、光明网、凤凰网、半月谈网、财经网、浙江经济网等各大网站刊发传播，这要感谢金雄伟、刘江等人的推荐和帮助。

再次，感谢浙江工商大学出版社。上回因该社出版《我与母亲》,认识了社长鲍观明,认识了编辑沈娴,以及为本书付出辛勤劳动的美编和发行,特别是他们不计名利、扶持新人的人文精神,深深地感动了我。这次出版《我与母校》,鲍观明和沈娴又出了大力,询问书稿进展情况,交流编辑意见,安排最好的美编和印刷,方使本书顺利问世。其间,还得到了陈寿灿校长的关心和支持,一并致谢。

最后,感谢我自己。这有点不合常理,一般都是感谢夫人,感谢家人,但这次破例一回,主要是感谢一下自己过去一年多的调整和付出。退休后,我对人生取向及时做了重大调整,在职时是工作第一,身体第二,兴趣第三;退休后是身体第一,兴趣第二,工作第三。我觉得,在职不能任性,退休可以任性;当官不能任性,老百姓可以任性;底线不能任性,底线之上可以任性。故退休后,推掉了坐班性的兼职邀请,推掉了一些抛头露面"跑龙套"的活动,每天坚持早晚锻炼养生,然后是读书看报写文章。除此,每天还要从事做饭、拖地板、打扫房间等家务劳动,以及谋划家庭长远发展规划。如果说要感谢夫人,也是感谢她把繁重的家务劳动十分信任地交给了我,迫使我在读书写作中站起来活动一下筋骨,在烧饭中过一把"烹小鲜如治大国"的瘾。

再最后,谨以此书,献给我的老师、同学、战友、同事、朋友,以及尚在母腹中躁动即将在猴年"横空出世"的小外孙!

2016年羊尾猴头之月于杭州、文昌

作者与著名作家、本书序作者王旭烽老师合影